catch

catch your eyes；catch your heart；catch your mind……

漢字的
華麗轉身

HANZI AND
ITS GLORIOUS
REGENERATIONS

漢字的源流、演進與未來的生命

王明嘉、李宗焜、李歐梵 等——著

序

臺北市政府文化局

漢字數千年來，傳承著中華文明，推動著文化運行，與常民生活共存。

臺北市政府文化局與大塊文化合作的《漢字的華麗轉身》，期望藉著蒐集、探討 1949 年前、後至今漢字形體的演進，以及記錄近代漢字對生活樣貌的影響，讓新時代讀者更能感知漢字及其文化底蘊，與漢字文化的精神更加貼近。

本書切入角度多元，有學術、歷史、政治層面的討論，也有藝術、設計、生活方面的應用。編輯團隊邀集了三十一位學者專家、作家、藝術家、設計師、圖文創作者、文創工作者、文化研究者……以撰文或受訪的形式參與，分享他們所觀察與體會的漢字文化演變：從商代晚期甲骨文開始，細細梳理民國以前的漢字字體形象、書法藝術與文字資料保存；接著進入民國，談到民國初年的漢字形象，並推展至 1949 年前後簡、正體漢字之別及其在文化、政治層面呈現的衝突和發展；再旁及東亞漢字圈的變化，檢視日治時期和製漢詞對臺灣漢字文化影響，以及日本漢字的獨特趣味；又將視角深入近代、當代的臺灣，探討這座島嶼在漢字文化存續上扮演的角色；更進一步將視野擴及漢字與科技、藝術、設計、文創等各方面的結合，展現漢字在臺灣與香港的活潑樣貌。

透過這本書，相信讀者能看見漢字是「活」的，這承載文明的文字不僅有傳統、典雅的一面，更有新潮、奔放的一面。面對新時代的浪潮，漢字文化就如一直以來的一樣，藉著凝聚各方潮流的能量不斷轉變繁衍，從古至今源源不絕，源遠流長。

總論

郝明義
大塊文化董事長

漢字是人類文明中很特殊的一種力量。

數千年來，它是人類各種古老文字中，唯一持續存留並活用的文字，並且以一個個方塊「字」為單位而各自存在自己的意義。其他的拼音文字都難免要和語言結合為一體，但是主要表意的漢字卻可以和語言相結合使用，也可以分離使用。

因此，這種文字不只是在時間切面上傳遞了華夏文化，凝聚了漢族的概念；在空間切面上，它也成為聚合不同民族、治理國家的工具，甚至很早就普及亞洲，成為包含日本、韓國各地通用的國際文字。

漢字為什麼會不同於其他文字和語言，有如此神奇的力量？

我們想要透過這本書來回答的是：因為在歷史長河中，漢字有持續不斷的轉身機會。

一方面，這些轉身的本身就很華麗；另一方面，這些轉身也造就了漢字的華麗。

※※※

《漢字的華麗轉身》，架構共分六個部分。

第一部，主要是談漢字在呈現方法，「寫」、「刻」、「鑄」、「印」上的歷次轉身。

漢字由符號轉化為文字、由只能定點呈現的文字轉化為方便傳播的文字、由生活與工作上使用的文字轉化為與藝術結合的文字，都和書寫、呈現工具的變化有密不可分的關係。

因此，這個部分的各篇文章的焦點就集中在隨著「寫」、「刻」、「鑄」、「印」的各種文字呈現與保存媒材的演進，漢字如何演化，如何越來越走進每個人的生活，擴大影響力。

第二部，談漢字走進民國的轉身。

經過數千年時間，到中華民國建立，漢字的發展進入一個劇變的時代。

一方面，是當時西方各種新式媒體、印刷科技、商業活動湧入門戶大開的中國，給社會和個人的各種層面都造成翻天覆地的影響。也因此，漢字在其中的應用，也呈現前所未有的活潑與生機。

另一方面，從清朝末年就在西方衝擊下出現的救亡圖存的呼聲日益升高，許多急切的知識分子認為國家積弱不振，甚至走向滅亡的病根，在於民智不開、教育不普及。而民智不開、教育不普及的根源，則在於漢字的「三難」（難讀、難認、難寫），所以不但有各種改革漢字之議，激烈的根本就主張廢除漢字。漢字存廢的各種不同立場，不但激化學界與文化界的對立，也成為國共兩黨相爭的另一個陣線。

因此，這個部分主要談漢字走進民國之後面臨的生機與危機，以及正體字與簡體字相爭的過程和背景。

第三部，談漢字走進亞洲的轉身。

漢字在亞洲是最早也是使用地域最廣的國際文字。韓國、日本等地，因為長期使用漢字，即使使用不同的語言，仍然與華夏文化產生緊密的結合，形成漢字文化圈。

十九世紀中葉之後，日本因為最早開放門戶，所以成為漢字文化圈與西方文化接觸的最前沿；也因為日本全面西化，沒有包袱與束縛，所以在使用漢字來詮釋、表現、結合西方文化的概念和術語上，極為靈活，給漢字的應用帶來嶄新的生命力，回頭深刻影響整個漢字文化圈。

因此，這個部分主要談近代的日本對漢字在二十世紀的應用上做了哪些貢獻，如何為漢字提供了另一次轉身的機會。

第四部，談漢字走進臺灣的轉身。

1949 年之後，國民政府來臺。從早期一度曾經也要推行簡體字，到後來以堅持正體字為反共堡壘，確立也堅持正體字的國語教育，中間有個過程。另一方面，隨著臺灣社會的民主化發展，本土意識日益受到重視，臺語被列入母語教學當中的一環。而臺語和中古漢語的諸多音韻與詞彙又有千絲萬縷的關係，這些也就成為越來越多人研究的重點。

因此，這個部分主要談漢字在臺灣有關教育、社會、生活各方面呈現的面向，以及引動的影響。

第五部，談漢字走進資訊時代的轉身。

民國初年，主張廢除漢字的聲浪中，除了基於「三難」的理由之外，還有個理由就是在當時的排版印刷科技、打字機的便利之對照下，漢字難以檢排，不方便傳播媒體的使用。其後隨著電腦出現與逐漸普及，漢字之難以檢排，難以應用在這個重要的科技發展上的問題，也顯得無比巨大。正在這個時候，由朱邦復發明的倉頡輸入法及中文字形產生器，解決了這個難題，不但造就由臺灣出發的全球中文電腦相關產業的發展，也為漢字走進資訊革命提供了轉身的機會。

因此，這個部分主要談這個過程，以及仍然有待努力的相關課題。

第六部，談漢字走進藝術與生活的轉身。

在二十一世紀，當漢字擺脫政治的牽絆、固有意識形態的束縛、呈現工具與科技的不便之後，在網路時代與全球化環境中，漢字有機會和每個人的生活產生新的化學變化。

因此，這個部分就主要談漢字可以如何和身體、紙本、數位形式進行各種藝術與創意的表現，產生再一次的華麗轉身。

※※※

因緣際會，臺灣今天擁有一個得天獨厚的機會，為漢字在二十一世紀的轉身提供最神奇的可能。

在展現這種可能上，臺北又有一個獨特的位置。

2004 年，臺北市首開「漢字文化節」的舉辦，很有意識地探索自己在這個位置上可以發揮的角色和作用。當時全球掀起華文熱，臺北市自覺地肩負起「正體漢字之都」的文化傳承重責。首屆「臺北漢字文化節」不僅是臺北市首度以正體字為核心議題舉辦的文化活動，也是臺灣向全世界正名漢字的開始。「傳統、現代與科技」的活動規畫理念，也形成此後的主軸。

臺北漢字文化節舉辦數屆之後，我們團隊參與了 2012 年第八屆的籌辦。

也因為那一屆的工作經驗，我格外相信臺北市在這件事情上有對內和對外兩個方向的事情要做。

對內，舉辦與臺北市文化資源做密切結合的多元活動，讓市民對日常生活中習以為常的正體漢字產生新的樂趣。如此，讓臺北人為自己是正體字的堡壘而自傲；讓臺北人快樂地從日常生活中對漢字進行新的開發與創造，並且和全世界分享我們的自傲與快樂。

對外，提出具備國際視野的文化論述，在國際舞臺上建立影響力。臺北市漢字文化節要連結全世界，一方面讓臺北的漢字文化資源為國際所注目，另一方面也讓臺北的漢字文化資源轉化為產品走上國際。

再過六年後的今天，我們與臺北市文化局策畫《漢字的華麗轉身》這本主題書，也同樣希望維持這些核心理念。我們希望經由這一本書的出版，不論是臺北市民，還是生活、工作，甚至遊覽於臺北市的人，都能體會、欣賞漢字的傳承與發展一路來到臺北市的意義與價值。

讓我們共同使漢字更華麗，也因漢字而更華麗。

CONTENTS

漢字的華麗轉身
漢字的源流、演進與未來的生命
HANZI AND ITS GLORIOUS REGENERATIONS

漢字年表 與漢字相關的大事

圖片授權：達志影像

西元前 4840~4085 年

陶文。仰韶文化中出土的陶器上有類似文字的符號，被認為是漢字的雛形。但是由於發現的數量不夠多，也還沒有辦法破譯，無法肯定其為一套有系統的「文字」。

前 1765~1122 年

殷商時期刻在龜甲和牛肩胛骨上的甲骨文，是用來記載占卜的卜辭，為目前已知最早的中國文字。

出現鑄刻的文字

約商朝開始，青銅器上出現鑄刻的文字，後世稱之為「金文」或「鐘鼎文」。

前 221 年

秦始皇「書同文」政策，李斯、趙高、胡母敬等人作小篆，成為官訂文字。

改進製筆技術

Shutterstock

相傳秦將軍蒙恬改進製筆技術。據傳蒙恬鎮守北方時，見匈奴人用獸毛沾染顏料繪圖得到靈感，製造出了毛筆。現代考古考證早在商朝就有毛筆及毛筆字。但蒙恬改進製筆技術，取兔毛做成毛筆，對後來的漢字書寫及演進有不可磨滅的影響。

結繩

最早的中國文字形式可能源自結繩。《易經‧繫辭》中云：「上古結繩而治，今聖人易之以書契。」許慎《說文解字‧敘》中也說：「神農氏結繩為治，統其事。」

前 2697~2599 年

相傳黃帝史官倉頡根據日月形狀及鳥獸足印造字。《淮南子‧本經》云：「昔者倉頡作書，而天雨粟，鬼夜哭。」站在文化發展的角度來看，複雜的漢字系統不可能完成於一人之手，因此稱倉頡為第一位漢字的整理者較為妥當。

鳥蟲書

春秋戰國時期南方的楚、越、吳等國盛行一種被稱為「鳥書」或「鳥蟲書」的字體，特徵為類似鳥、蟲或魚的字型。為一種裝飾文字，許慎《說文解字》中稱：「六曰鳥蟲書，所以書幡信也。」

前 827~782 年

周宣王時太史籀整理金文，作《史籀》十五篇，用以教孩童識字，太史籀整理的文字被稱為籀文，又被稱為大篆。

宋搨武岡帖第一冊，《史陽敷州帖》，國立故宮博物院藏品。圖像載自國立故宮博物院 OPEN DATA 專區

隸書

程邈整理隸書。隸書起源可能上溯戰國時代，秦時獄吏程邈認為小篆書寫不易，將民間流行的隸書整理進獻，獲得採用，成為秦朝通行的字體之一。後成為漢朝的官方文字。

漢郃陽令《曹全碑》舊拓本，國立故宮博物院藏品，圖像載自國立故宮博物院 OPEN DATA 專區

前 40 年

史游作《急就篇》。史游為漢元帝時黃門令，工書法，作《急就篇》，全文一千三百九十四字，皆不重複，為當時學童識字之書。《急就篇》以隸書草寫而成，被認為是草書的起源，東漢章帝特別喜歡這種字體，於是大盛，又被稱為章草。《急就篇》有時亦被稱為《急就章》。唐張懷瓘在《書斷》中說：「案章草者，漢黃門令史游所作也⋯⋯王愔云：漢元帝時，史游作《急就章》，解散隸體，粗書之。漢俗簡惰，漸以行之是也。」

353 年

王羲之作《蘭亭集序》，後世譽為行書第一。

121 年

許慎作《說文解字》，共收錄九千三百五十三字，為中國第一本字典。由於《說文解字》中收錄了許多籀文、小篆等古文還有異體字。對了解漢以前的文字系統有很大的貢獻。另外許慎在書中首創部首方法，並奠定了以「六書」解釋漢字的基礎理論，影響至今。「六書」非許慎所創，《周禮》、《漢書》中皆有六書之名，也提到是造字之法，但探究起清楚解釋六書原則之人，許慎是目前學者發現的第一個。

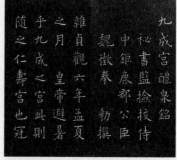

歐陽詢《九成宮醴泉銘》清順治 13 年（1656）翻刻拓本，國立故宮博物院藏品，圖像載自國立故宮博物院 OPEN DATA 專區

632 年

歐陽詢作《九成宮醴泉銘》，明代趙崡視為天下第一楷書。

Shutterstock

105 年

東漢蔡倫造紙。蔡倫（63~121）在任職尚方令期間接觸到工藝製作，當時通行的兩種書寫載具，竹簡過於笨重而絲帛太過昂貴，蔡倫混合樹皮、破布、魚網等材料製作出成本低廉的紙。蔡倫不是最早製紙的人，但他降低紙的成本使其能夠普及化，因此造紙業奉蔡倫為祖師。

146~189 年

行書出現。行書相傳為東漢劉德升所創，張懷瓘《書斷》云：「案行書者，後漢潁川劉德升所作也，即正書之小偽，務從簡易，相間流行，故謂之行書。」

遣唐使

唐代國力雄強，威名遠播，四鄰皆有來朝者，西元 630~894 年間日本先後派遣遣唐使來中國進行外交、學習文化，一般咸信漢字在這個時期傳入日本。

76~84 年

王次仲作楷書。晉朝王愔《文字志》說：「王次仲始以古書方廣少波勢，建初中以隸草作楷法，字方八分，言有楷模。」

709 年
唐代書法大家顏真卿出生。顏真卿的書法以豐映雄渾著稱，其字帖流傳至今。

雕版印刷
雕版印刷術是結合拓石和刻印而成的技術，一般認為起源於隋唐之際，由唐朝中期起漸流行，五代開始有官印書籍，宋代達全盛。宋代名家所書所刻之版風行一時，也開始講究字體。

Shutterstock

1144 年
薛尚功作《歷代鐘鼎彝器款識法帖》，為宋代對鐘鼎文研究的集大成。

1298 年
王禎改進膠泥活字為木活字。王禎在其《農書》中詳述木製活字的製作過程，並於次年以木製活字印《旌德縣志》。

1716 年
《康熙字典》編纂完成，為漢字史上收字最多的一本字典，至今仍通行。

銅製活字
大約明代中葉出現銅製活字。

885 年
王潮入閩，帶領大批中原漢族入墾福建地區，也為閩語帶來唐音。

Shutterstock

1041~48 年
畢昇發明活字印刷術。畢昇本為刻版工匠，為改進雕版印刷的效率，以黏土膠泥燒製成活字，再以鐵板排字印刷，為世界首創。但活字印刷術雖然方便，可惜不易保存，且雕版印刷比較能體現漢字的獨特美感，故此後活字印刷和雕版印刷同時盛行於中國，而非取代雕版印刷。

1590 年
萬曆十八年，耶穌會教士在澳門引進凸板印刷製版機，印製《日本派赴羅馬之使節》一書，為西式印刷製版機及鉛活字首次出現在中國。惜其書為拉丁文字，並未在中國風行。

1254 年
元代著名書畫家趙孟頫出生。趙孟頫為宋代皇族後裔，嗜寫章草及小楷，被譽為楷書四大家之一。

趙孟頫《書趵突泉詩》，國立故宮博物院藏品，圖像載自國立故宮博物院 OPEN DATA 專區

1898 年

田口精爾發明墨汁。田口精爾（1873~1928）為日本企業家，本為小學老師，因見學生須在冬日研墨，墨水容易結凍，因此研發化學墨汁，於 1898 年以開明墨汁為名上市，簡化了書法中研墨的程序。

1899 年

王懿榮發現甲骨文。王懿榮為晚清大臣，酷愛金石之學，1899 年身患瘧疾，於中藥店抓藥時發現藥材龍骨上刻有文字，於是廣泛收集研究，發現這些文字是商朝時的卜辭，甲骨文因此現世。

1807 年

英國傳教士馬禮遜（Robert Morrison, 1782~1834）在廣州雇人以西方鉛字技術鑄造中文活字。是以西方鉛字鑄造中文活字之始。1815 年馬禮遜編製的《馬禮遜字典》在澳門出版。為第一本以西方鉛字印製的漢字書籍，同時也是第一本漢英字典。

1867 年

英人威妥瑪（Thomas F. Wade, 1818~1895）發明威妥瑪拼音。

1843 年

陝西周原出土一件周代青銅鼎，內有五百字銘文，為目前出土的周代青銅器銘文中字數最多的，依銘文主人毛公之名命名為毛公鼎，為研究金文的重要史料。

1859 年

姜別利改進中文活字規格。愛爾蘭裔的姜別利（William Gamble, 1830~1886）為長老會派往中國傳教的教士，原本在美國就從事印刷工作，到中國傳教後於寧波華花聖經書房服務，後將其遷往上海並改名美華書館。姜別利服務期間將西方活字的規範帶入中國，並制定了中文鉛字的七種規格，同時引進電鍍鉛字銅模技術及元寶式排字架，大幅革新了中國的印刷術。

1915 年

山東留美學生祁暄在美國申請中文打字機專利通過。祁暄所發明的這臺中文打字機是用一個大字盤將常用的鉛字按部首筆畫排列，打字員將要打的鉛字檢出後按下打字機操作桿，挾起鉛字後再按一次便可印在紙上，操作不甚便利，速度端賴打字員對字盤內鉛字的熟悉程度而定，但已可換行及配合中國人直書的書寫習慣。祁暄的中文打字機後來經過改良，在港、臺、陸等地皆有販售。

1866 年

日人前島密（1835~1919）向幕府將軍德川慶喜提出「漢字廢止之議」，為日本首倡停止使用漢字者。

1892 年

盧戇章造「中國切音新字」，以自創的五十五個音標標注漢字讀音，為最早的中文拼音方案。

聲母	介音	韻母
ㄅㄆㄇㄈㄪ	ㄧㄨㄩ	ㄚㄛㄜㄝ
ㄉㄊㄋㄌ		ㄞㄟㄠㄡ
ㄍㄎㄫㄏ		ㄢㄣㄤㄥ
ㄐㄑㄒ		ㄦ
ㄓㄔㄕㄖ		
ㄗㄘㄙ		

1918 年

北洋政府教育部公布注音字母。清末以來有學之士就發起了改革漢語拼音方式的運動，史稱切音字運動，當時有許多不同的方案，北洋政府時期，決議以章太炎的「紐文」和「韻文」方案為基礎，創立注音字母，其名稱採注釋漢音之意，後來經幾次增修，於 1930 年正式改稱「注音符號」。中國大陸地區在 1958 年漢語拼音法案通過後廢止使用，臺灣地區則沿用至今，成為兒童學習國語之前的輔助教材。

1923 年

《國語月刊‧漢字改革專刊》出版，此刊收錄了民國初年各家各派對於漢字改革的想法與方案。

1925 年

王雲五發表四角號碼檢字法。

1931 年

瞿秋白、吳玉章等人在蘇聯支持下展開拉丁化新文字運動。

1936 年

于右任作標準草書。同樣基於想要簡化漢字書寫難度的原因，于右任提出的是印刷和書寫用不同字體的辦法，於是成立草書社，後更名標準草書社，蒐羅各代書法名家的草書，以易識、易寫、準確、美觀為原則，統一出一套標準的草書體。

1921 年

錢玄同在《新青年》上發表〈減省漢字筆畫的提議〉一文。

1928 年

胡懷琛出版《簡易字說》。

1935 年

中華民國教育部公布「第一批簡體字表」，隔年在行政院訓令下暫緩推行簡體字。漢字筆畫繁雜，一直以來都有簡化的聲浪，民國成立後，在錢玄同和黎錦熙推動下，獲得當時教育部長王世杰支持，針對筆畫較繁複的漢字進行簡化。後於 1935 年公布第一批簡體字表，共三百二十四個字，但受到社會強力反彈，隔年在行政院訓令下暫緩推行。

1919 年

「國語統一籌備會」成立。1928 年改組為「國語統一籌備委員會」，主導了民國初年官方的漢字改革運動。

越南廢除科舉制度，漢字教育也在越南逐步消失。

1946 年

日本公布《當用漢字表》，收錄一千八百五十個常用漢字，除表中的漢字外，皆應使用假名書寫，希望逐步停用漢字。另外當用漢字表中對於漢字做了部分簡化，和中國大陸的簡字不同，成為特殊的和製漢字。

《第一批簡體字表》，圖片來源：Wikimedia Commons

1953 年

中華民國教育部成立「簡體字委員會」。

隨著大陸地區推行簡體字的風潮越來越盛，在意識形態的爭執上，臺灣地區對於簡化字的推廣開始趨緩，雖然教育部仍成立委員會試圖推動，但部分立法委員結合文化和學術界人士，以「保存中國傳統文化」為由，在意識形態上開始反對簡化字，隨著大陸地區簡體字的推展，臺灣地區反對簡化字的聲浪也就越高，最終臺灣地區的漢字簡化運動完全失敗。這種意識形態影響文字的例子還包含了注音符號的使用在內，1958 年大陸地區廢除注音、改用漢語拼音後，注音符號在臺灣地區的發展更顯得一帆風順，1962 年的五一課程標準中國小注音符號的授課時間就由八週延長至十週。

1947 年

林語堂發明明快中文打字機。和祁暄發明的中文打字機不同，林語堂的明快中文打字機是先發明了一套獨有的檢字系統「上下形檢字法」，將漢字拆解成簡單的符號，用三個不同的符號就可以打出形似的漢字以供檢字，是類似西方打字機的「鍵盤」打字機，共有六十四個鍵。趙元任曾認為這種打字機會是未來中文輸入的主流，可惜造價過於昂貴，並未普及化，以商品而言是失敗的。但是為了製作這臺打字機所創造出上下形檢字法，後來在電腦化時代被神通電腦旗下，開發出「簡易中文輸入法」，現又更名為速成輸入法。

Shutterstock

1948 年

上海成立第一家圓珠筆廠。圓珠筆就是現在說的原子筆，一開始是因為筆頭有圓珠而得名，後來因為傳入中國的時間正好在二次世界大戰結束後，原子彈正流行，便取其諧音成為原子筆。這種方便又便宜的書寫工具很快的風行中國，取代了傳統的毛筆，漢字的書寫又走向了硬筆。

國語日報社在臺灣創立。《國語日報》原名《國語小報》，1947 年由魏建功、王壽康在北平創立，同年魏建功奉派至臺灣推行國語教育，因此將報社移至臺灣。《國語日報》以文教新聞為主，報中文章皆附有注音符號，對臺灣地區的漢字教育和兒童教育功不可沒。

韓國施行《諺文專屬用途法》，規定大韓民國的公文必須用諺文（即現行韓文）書寫，但可在過渡時期以括號形式標注漢文。此舉宣示了逐步排除漢字的決心。

1949 年

中國大陸成立中國文字改革協會，此協會主導了大陸地區簡體字的推展。

1950 年

毛澤東指示文字改革應首先辦「簡體字」，不能脫離實際、割斷歷史。

1952 年

教育部責成國立編譯館編訂國民中學國文、歷史、地理、公民標準教科書，同年修訂「國民學校課程標準」。

1954 年

立法委員胡秋原等人公開反對漢字簡化，與支持漢字簡化方案的羅家倫展開簡化字論戰。

1956 年

中國大陸開始進行漢字簡化方案。兩岸漢字開始不同。

中國大陸地區報紙、雜誌、圖書統一更改格式為橫排。

陳夢家出版《殷虛卜辭綜述》，該書成為研究甲骨文的重要著作。

1958 年

中國大陸通過漢語拼音方案。正式以拉丁字母為漢字標音，廢除之前北洋政府公布的注音符號。之後大陸地區電腦所用的中文輸入法也以此為基準。

1968 年

臺灣開始施行九年國民義務教育，與此同時國立編譯館編輯的「部編本」教科書成為臺灣地區唯一的教科書來源。

1976 年

朱邦復發布「形意檢字法」，為「倉頡輸入法」前身。倉頡輸入法為電腦上最早也是最普及的漢字輸入法，至今大部分的中文電腦鍵盤上都還有倉頡輸入法所用之字根。

新加坡頒布《簡體字總表》，廢除之前的異體簡化字，和大陸公布的簡體字完全相同。

1980 年

朱邦復和宏碁電腦公司合作推出「天龍中文電腦」，為第一臺中文電腦。1980 年代電腦開始普及，特別是在朱邦復研發中文電腦和倉頡輸入法後，迅速普及的電腦給漢字及相關產業帶來相當大的衝擊，傳統印刷、鑄字、排版等工作迅速被電腦取代，字體設計等新興產業也應運而生。

1964 年

中國大陸「簡化字總表」出爐。此表是為了補充漢字簡化方案中缺漏的部分，並對簡化原則做出更進一步的規範，此表前後共公布三次，但 1977 年公布的第二次簡化字總表後來遭到廢除，現以 1986 年公布的第三次簡化字總表為最終定案。共有二千二百七十四個簡化字和十四個簡化偏旁。

1969 年

何應欽建議由教育部和中央研究院共同研究簡筆字，雖有李石曾等人附議，但在學術和教育界明確反對的情況下，仍無疾而終。

同年，新加坡公布《簡體字表》，當中大部分和大陸公布的簡體字相同，但仍有六十七個字不同，被稱為異體簡化字，為新加坡獨有的簡化字。

1970 年

韓國朴正熙總統發表《漢字廢止宣言》，廢止漢字教育。不過因為反對者眾，1972 年宣布撤回漢字廢止宣言。但國小教育禁止教授漢文，國中起漢文列為選修，逐步削減漢字在韓國的影響力。

1978 年

臺灣書店印行《標準行書範本》，規範部分簡化漢字書寫的範本，由何應欽與陳立夫等人提出，當中有部分簡化漢字與大陸地區的簡體字相同。

1981 年

中華電視臺製播《每日一字》節目，每日以五分鐘的時間介紹教育部規範的一個正體中文字，由書寫到讀音、意義及用法全面解讀。節目持續約十七年，為臺灣地區許多學童學習漢字的共同回憶。

日本公布《常用漢字表》，收錄一千九百四十五個漢字，較《當用漢字表》為多，可見漢字的影響力並未在日本消失。

1985 年

大陸自行研發的中文電腦「長城 0520 微機」上市。

1988 年

中國大陸發表《現代漢語通用字表》。

韓國總統金大中發表《漢字復活宣言》，韓國的道路標誌跟鐵路、公車站重新加注漢字。

教科書開放

1996 年，開放國小自選教科書。1999 年，「一綱多本」政策開始實施，國立編譯館的「部編本」教科書不再是唯一的選項。

2002 年

國立編譯館退出教科書編寫市場，僅負責教科書審定。

2004 年

臺北市政府開始舉辦「漢字文化節」活動，每年一屆，旨在彰顯正體漢字於世界文化中之獨特地位，邀請民眾感受漢字之博大精深，從而規範漢字書寫與閱讀的格調，提升民眾漢字審美的品味，引領漢字文化與中華文化昂首闊步走向世界文明的舞臺。

九年一貫國民教育實施。

2013 年

中國大陸發表《通用規範漢字表》，廢除《現代漢語通用字表》。

2014 年

臺北市政府將「漢字文化節」更名為「漢字文化推廣系列活動」。

注音文／火星文／縮寫文

1990 年代以後，網際網路開始盛行，漢字出現了新的發展，臺灣地區有奠基於注音符號和臺灣國語的「注音文」和「火星文」在網路上流行，大陸地區則有大量縮寫文字和為了規避網路禁用詞語而產生的同音替代字。

偶刀天 你還好ㄇ?　上午 11:44

三洨　沒4啦 3Q。　上午 11:45

ㄏㄏㄏ 沒事就好。那先 886。　上午 11:45

2005 年

韓國將道路標誌上的漢字註記改為簡體字。並廢除公車站牌的漢字注記。

2009 年

針對兩岸漢字不同，馬英九總統提出「識正書簡」概念。

2010 年

高雄市政府舉辦第一屆「好漢玩字藝術節」。

日本再度公布《常用漢字表》修正版，收錄漢字增加到二千一百三十六個。

有別於傳統以毛筆書寫的書法，以原子筆或是鋼筆書寫的硬筆書法於 2010 年後開始流行，在人們習慣用鍵盤敲出漢字的時候，硬筆書法的風行也是一種對漢字的反思。

數位 e筆，張炳煌提供

2001 年

書法家張炳煌和淡江大學合作推出「數位 e 筆」，將書法推向電腦時代。

第一部　寫刻鑄印的轉身

CHAPTER 1

從符號到文字

六、七千年前文物上的刻畫符號為何還不算漢字？追溯漢字發展，為什麼得從三千四百年前商朝晚期的甲骨文談起？

李宗焜
中央研究院歷史語言
研究所兼任研究員

現在所能看到最早的系統漢字是甲骨文，它已經是一種非常成熟的文字體系，在它之前必然有很長時間的發展期，可惜這段時間的文字資料太少，我們能討論的不多。

在考古發掘中，有一些幾何形刻畫符號出現，這些符號年代上最早的距今約六、七千年，因此有人認為六、七千年前漢字就出現了。如西安半坡出土的陶器上有些刻畫符號，就被與漢字聯繫起來，認為「×」是「五」、「＋」是「七」、「｜」是「十」等，如果此說成立，那麼距今六、七千年前漢字就已經出現了。

除了西安半坡的陶符外，距今四、五千年的山東大汶口文化晚期遺址，還有一些頗為象形的刻符，也有學者跟後來的漢字對應起來，如將圖 b 左釋為「旦」，圖 b 右為其繁體，從形體來看似乎也不無道理。

但事實果真如此嗎？要解釋這個問題，就要牽涉到文字與符號的區別。文字的基本要素是能記錄語言，而且有讀音。拿這個標準來看，文字跟符號的區別就容易劃分。我們說甲骨文是文字，因為它有讀音，而且明確表達字義（即明確記錄語言），如甲骨文的「×」，我們知道它就是記數的「五」，音義明確，但西安半坡出土刻在陶器上的「×」，雖然形體跟甲骨文的「五」一樣，但它單獨在陶器上出現，是什麼意義無法確知，它也可能是器主的記號或名號，因為音義無法確定，並不具備文字的基本要素，我們只能說它是符號，因此它們叫「陶符」，而不是「陶文」。我們現在畫「×」，也可能是表示錯誤的符號，當然不是記數的「五」。

西安半坡出土的陶器，還有在上面畫魚的（圖c），但這與象形文字的「魚」還不是一回事，漢字的「魚」是象形字，音義明確。陶器上的魚則是裝飾性的圖畫，古今中外的人畫一條魚大概都差不多，但那是畫圖，不是文字的「魚」。從這點看，大汶口文化那些被與漢字聯繫的，就只是符號，甚至是圖畫。儘管古人造「旦」字可能取象於日出，但畫日出景象卻不是在寫「旦」字。

由於這些簡單的幾何符號或象具體實物的符號，在「人同此心，心同此理」的情況下，很容易有相同的外形，所代表的意義卻可能不一樣。這些「符號」即使跟後來的「文字」有相同的外形，卻不能說它們已經是漢字或漢字的前身，也不能說漢字是由這些符號演變來的。當然如果說這些符號或圖畫，會對原始漢字產生什麼影響，可能性還是存在的。

學者認為漢字的形成不會早於夏代，但迄今還沒有發現夏代文字。商代早、中期的文字發現的很少，而且相當零碎。很難反映漢字發展的情況。現在能具體討論的漢字，還是甲骨文。

a. 西安半坡出土的陶器上便已有些刻畫符號。
（圖片授權：達志影像）

b. 山東大汶口文化陶器刻符。（編輯部臨摹）

c. 西安半坡出土魚紋盆。（圖片授權：達志影像）

CHAPTER 2

甲骨文與漢字的發展

本文由六書造字原則入手，解析甲骨文系統完成度，並探討甲骨文如何有助我們研究漢字演變。

李宗焜
中央研究院歷史語言
研究所兼任研究員

現在所能看到的甲骨文是商朝晚期的文字，最早的距今將近三千四百年，其時代包含從武丁直到商末約二百五十年。商代甲骨文對了解漢字發展和殷商歷史，是非常重要的史料。

從歷史而言，記載商代歷史的文獻，主要是《史記・殷本紀》，此外，就是《詩》、《書》裡對殷商的描述，但幾乎都是負面的。在甲骨文出土之前，我們所能知道的殷商，只能憑藉這些間接史料，因此殷商史仍處於傳說階段。甲骨文出土之後，那是殷商晚期的第一手直接史料，有了甲骨文，使殷商史成為中國信史的開端。

從漢字的發展而言，甲骨文是目前所見最早的系統漢字，對漢字的起源和發展，有決定性的重大作用。漢字源遠流長，傳承數千年不輟，世界上沒有任何一種文字流傳這麼久。中華文化能傳承五千年，主要也是因為有文字記載，所謂「言而無文，行之不遠」正是這個道理。

今天使用的楷體漢字，是經過數千年的演變，大概到南北朝以後才定型，唐朝的楷書則達到發展的極致。現在我們能追溯到的最早漢字是商代甲骨文，而甲骨文已經非常成熟，它絕不是最早的漢字，它甚至包含了六書，原始漢字是絕對無法達到這個水準的。

六書是漢字學上的重要議題，大家熟知的是許慎《說文解字・敘》的解釋和字例。我們大致依此意思綜合學者的研究，舉例略說甲骨文中的六書。不論象形、指事、會意、形聲、轉注、假借，在甲骨文裡都能找到，那必是漢字發展到一定程度以後才可能達到的。

象形

　　《說文》所舉的象形字例為日、月，甲骨文字作「日」、「)」，正是日、月的象形。甲骨文字已經線條化，距離原始圖畫較遠；加上甲骨文字主要為契刻，刀刻圓形筆畫不如方形方便，以致日就成了方形。

　　甲骨文的象形字，線條化之餘，還能充分掌握特徵，使之能正確表意。比方說畫動物的形體，有限的線條勢必很難做到完全區分；以獸類而言，其形體無非頭、身體、四肢，用簡單線條該如何區分？先民造字掌握特徵，得神遺形，使各獸形體不致混淆。如「象」甲骨文作「𧰨」，以長鼻為特徵；「馬」甲骨文作「𢒕」，以馬鬃為特徵；「虎」甲骨文作「𧇂」，以張大嘴巴為主要特徵；「豹」甲骨文作「𧱭」，以身上花紋為特徵；「兕」甲骨文作「𡉈」，以長角為特徵；「鹿」甲骨文作「𢉖」，以歧角為特徵。只要掌握特徵，不管其他部位如何相似或省略，都能正確的表意。

　　文字在演變的過程中，形義不停的產生變化，時代越早的文字，對我們探討文字的本形本義越有幫助。東漢許慎撰寫的《說文解字》，是漢字研究的最重要著作，其撰寫動機正是為探求漢字的最初形義。但許慎據以說解的字體是秦的小篆，已歷經很長時間的演變，很多地方距離文字的始形朔義已經很遠。許慎據已譌變的字形論說，自然很多地方是靠不住的。甲骨文的時代早於許慎超過一千年，是比小篆更早、更可靠的文字，藉著對甲骨文的分析，我們能更精確的認識漢字最初的形義，同時修正《說文》許多不恰當的說法。甲骨文在漢字研究上，無疑具有非常重要的地位。如「虎」小篆作「𧇂」，下半部從人，許慎據此字形說「虎足似人足」，從甲骨文看，就是老虎的象形，跟人毫無關係。類似的例子還有「魚」和「燕」，現在所寫的楷體，底下都從四點的「火」，「魚」、「燕」跟火都扯不上關係，從火沒有任何道理。小篆分別作「𩵋」和「𥹰」，許慎解釋「魚」為「象形，魚尾與燕尾相似」。「魚」和「燕」都用象形表示是很自然的，但要說「魚尾與燕尾相似」，恐怕就不是大家都能認同的。許慎分析「燕」的形體有「枝尾」，段玉裁注說「與魚尾同」，這大概就是許慎所說「魚尾與燕尾相似」的原因，因為都有開叉的尾巴。但段注又說「故以火象之」，把「魚」、「燕」的枝尾都說成「象火」，顯然也是根據小篆說的。甲骨文的「魚」和「燕」分別作「𤉯」和「𥸤」，都是象形無疑，而所謂的「火」是譌變，有了甲骨文的字形做依據，可以讓我們認識到從「火」是一路演變下來的錯誤造成的。

《說文》解釋「丘」的形義「⛰，土之高也，非人所為也。從北從一；一，地也。人居在丘南故從北，中邦之居在崑崙東南。一曰四方高中央下為丘。象形。」「土之高」的「丘」為象形字沒有問題，以「一」為地也是對的。但「從北」就很難理解，許慎解釋從北的原因為「人居在丘南故從北」，但「人居在丘南」何以「從北」仍然費解。甲骨文「丘」作「Ⓜ」，《說文》「一曰四方高中央下為丘」的解釋應該才是對的。小篆所謂的「北」，是山丘之形的譌變，「丘」的本形跟「北」沒有任何關係，對「北」所做的解釋都是附會。

《說文》解釋「行」的形義：「𠵍，人之步趨也。」以行走為本義，字形就是人行走的樣子。甲骨文「行」作「꜒꜓」，很明顯是道路的象形。雖然路是人走出來的，但「行」的本義是道路，不是行走。

指事

《說文》所舉的指事字例為上、下。甲骨文的上、下分別作「二」、「二」，以一長橫為基準點，在長橫之上加短橫為「上」，其下加短橫為「下」；這樣的表示法容易與「二」相混（甲骨文的「二」兩橫一樣長），因而有「︶」（上）、「︵」（下）這樣的寫法。

甲骨文還有用一指事符號表示身體部位的，如「𠂤」（臀）、「𠂊」（膝）、「𠂆」（頸），這樣的表意法本來是清楚明白的，但在漢字演變規整化的過程，可能因為不好表現，後來都改為形聲字了。

《說文》解釋「至」的形義：「𡊊」，鳥飛從高下至地也。從一，一猶地也，象形。不上去而至下，來也。」以鳥從高處飛到地上表示「至」（到）的意思。這裡的「一」是表示「地」的符號，並不是數字的一，它是一個指事符號，照傳統文字學的分法，這應該算指事字，《說文》對「一」的解釋並沒有錯。但其「鳥飛從高下至地也」的說法是否正確，從小篆字形似乎不易判斷。甲骨文的「至」作「𡉚」，「一」上面不是「鳥」而是「矢」，以「矢」所到之處為「至」，《說文》所說的鳥形其實是矢形的譌變。甲骨文的「至」有時也寫作「𢀖」，同樣表示「矢」所到之處，不受限於《說文》所說的上去或下來。從甲骨文字形也說明了《說文》從鳥去分析是錯誤的。

會意

《說文》舉的會意字例是武、信。「信，誠也，從人言。」人言需有誠信。甲骨文沒有信這個字，無可論斷。《說文》「武，楚莊王曰：『夫武，定功戢兵，故止戈為武。』」這是用《左傳》的文字來解釋「武」的形義，認為能停止武鬥才是「武」，亦即能化干戈為玉帛，才是武的最高境界。甲骨文的「武」作「」，從字形分析確實從止從戈，但「武」的本義是不是就是停止戰爭呢？我們看甲骨文從止的字，都有行動的意思，如「」（步）、「」（涉）、「」（之）、「」（出）、「」（各）、「」（往）、「」（進）等，因此，甲骨文所呈現的「止戈」的「武」，實際上是進行武裝行動，即拿著武器去打仗，並不是讓戰爭停下來。《史記·殷本紀》提到商湯伐夏，作〈湯誓〉。「於是湯曰：『吾甚武』，號曰武王。」商湯所以「甚武」，正因為「夏德若茲，今朕必往」。誓師之詞，自不可能談止戈戢兵，這也不會是「武」的造字本義。

《說文》解釋「伐」的形義：「」，擊也。从人持戈。」是人拿戈去攻擊。看起來無懈可擊。甲骨文「伐」字作「」，這裡的「人」是被戈擊殺的人，並不是持戈的人。《說文》的分析與造字的本義正好相反。甲骨文「戍」字作「」，《說文》解釋「戍」的形義：「」，守邊也。从人持戈。」跟甲骨文比對起來，這個解釋無疑是對的。《說文》分析兩字的字形同樣是「從人持戈」，意思卻有差別。甲骨文則藉著人與戈相對位置的不同，更表達了伐與戍完全不同的意義。要正確認識這兩個字，自然應以甲骨文為準。

《說文》解釋「射」的形義：「」，弓弩發於身而中於遠也，从矢从身。」甲骨文「射」字作「」，以弓矢會

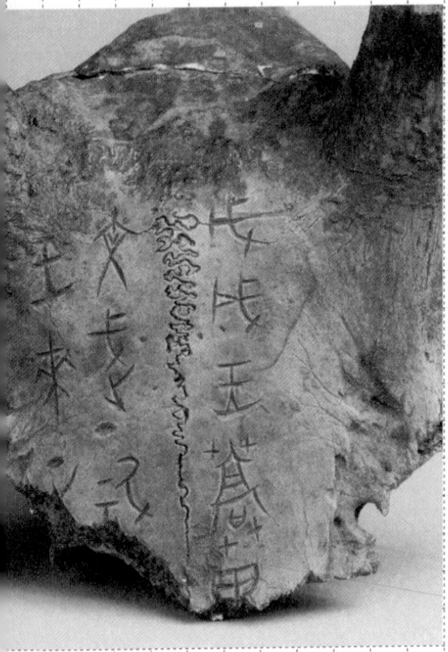

a.

a. 帶刻辭鹿頭骨局部，記載商王征討方國後在蒿地田獵，獲得獵物後祭祀文武丁一事。圖中刻辭可見「」（武）字。（中央研究院歷史語言研究所藏品）

「射」之意，《說文》所說的「身」是弓形的譌變。「射」的最初形義跟「身」毫無關係。《說文》另有一或體作「𢎮」，解釋其形說：「从寸。寸，法度也；亦手也。」甲骨文「射」有一異體作「𨈇」，加上手形，拉弓射箭的意思更加明顯，後來手形的「又」變成「寸」，「弓」形變成「身」，最後成了「射」。

《說文》解釋「疑」的形義：「𥊠」，惑也。從子止匕，矢聲。」疑惑義無可疑，但「子止匕」何以能會疑惑之意，確實令人疑惑。所以段玉裁認為「從子止匕，矢聲」，「此六字有誤」，但段注雖做不同解釋，仍離不開這樣的形體。甲骨文「疑」字作「𣥆」，象人走到岔路口有所疑惑，張口問路之形。小篆所謂的「矢」其實是「大」的譌變，「匕」原本是張口之形，「止」是辵旁的一部分，甲骨文從辵之字，往往省為從止或從彳。小篆所從的「子」是聲符。我們從甲骨文明白了小篆的譌變之跡，自然就不會疑惑了。

形聲

《說文》舉的形聲字例是江、河。甲骨文沒有發現「江」，「河」作「𣲪」，是從水可聲的形聲字。「往」作「𦍙」，從止王聲。「鳳」作「𪅀」，是象形字；另有異體作「𪅂」，加凡聲為形聲字。「耤」作「𢓊」，象人持耒耕作，是會意字；另有異體作「𦓤」，是從耒昔聲的形聲字。

轉注、假借

轉注與假借的問題學術界討論很多，尤其轉注更是言人人殊，莫衷一是。我們在此大概談一下甲骨文的情況。

許慎對假借的解釋說：「本無其字，依聲託事，令長是也。」一般認為假借只借用其形音，與其義無涉，我們也沿用這樣的觀點。依此定義，許慎所舉字例就不是很恰當，因為令或長並不是假借的關係，其意義還是有關聯的。我們來看看甲骨文裡的「本無其字，依聲託事」。如卜辭常見的「不其雨」、「不其風」，按《說文》的解釋，「不，鳥飛上翔不下來也。」「其」是「箕」的古文，卜辭問會不會颳風下雨，顯然跟鳥翔、簸箕毫無關係，這裡只是借用其形

音，不用其意義，這是甲骨文所見的假借。在卜辭裡「風」是借用象形的「鳳」，也是假借；因為風無影像，無可捕風捉影，很難造字，屬於「本無其字」，所以借用了具體象形的同音字「鳳」來「依聲託事」。甲骨文裡假借的例子還有很多。

轉注是最複雜的，以簡馭繁地說，可從卜辭裡常見「王受又」講起。「王受又」的意思是王受到上天或者祖先的祐助。「又」的本義是右手的象形，「助」是其引申義，我們說的伸出援手就是這樣的意思。在甲骨文裡只用「又」表示助，後來發展出人助的「佑」、神助的「祐」，都有助的意思，可以互相解釋，這就是轉注。但範圍有廣狹之別，如「又」可以表示佑、祐，佑、祐卻不能表示「右手」。

在探討漢字本義時，甲骨文的作用是非常大的。我們一方面藉著對《說文》的認識，循階而上的認識甲骨文；另一方面也用甲骨文來檢驗《說文》解釋的正確與否，兩者相輔相成，相互為用。有的人嚴守《說文》家法，甚至直斥甲骨為偽作，態度當然不可取；但如果從甲骨驗證，認為《說文》根據小篆字形所做的說解全無可取，也不是正確的態度。漢字在隸變的過程中，形體起了很大變化，相當程度已經脫離了造字的原意，小篆還是比較多的保留了本原，雖然許多字形已是經過譌變，但其軌跡仍頗可追蹤。而甲骨文作為目前所見的最早成熟漢字，而且是地下直接出土，沒有經過人為的改造或者傳鈔產生的錯誤，無疑是最為可靠的漢字寶庫。掌握甲骨文訊息，對於理清漢字發展的來龍去脈，真有提綱挈領之效。

從甲骨文六書俱全這個角度看，足以證明甲骨文已經發展得非常成熟，絕不是原始文字，也絕不會是最早的漢字，但卻是我們所能見到的最早系統漢字，自是非常寶貴的文化資產。從甲骨文字，我們對漢字的尋根探源往前邁進一大步，同時也對漢字演變有更深切的了解。

延伸閱讀

1 李宗焜 著，《當甲骨遇上考古：導覽YH127坑》，臺北：中央研究院歷史語言研究所。
2 裘錫圭 著，《文字學概要》，臺北：萬卷樓圖書公司。

* 本文中甲骨文、小篆字形取自中央研究院「小學堂文字學資料庫」（http://xiaoxue.iis.sinica.edu.tw/），部分由編輯部參考相關資料臨摹。

CHAPTER 3

從「寫」到「刻」、「鑄」、「印」：漢字與資料保存

游國慶
國立故宮博物院
研究員

從古到今，人們如何利用不同媒材與漢字記事？媒材的演變，又對漢字圈的藝術、文化、歷史等各種資料的保存有何影響？

　　論述漢字的起源，離不開史前陶文。學者依其性質區分為「指事文字系統」與「圖畫文字系統」兩大類。據考古碳十四測定年代，前者自仰韶文化（約西元前4840~前4085年）、歷經馬廠類型文化（前2623~前2255年）、河南龍山文化（前2515~前2340年），到二里頭文化晚期（前1625~前1450年），延續約三千四百年；後者自大汶口文化（約西元前3605~前3555年）、良渚文化（前3310~前2250年）、山東龍山文化（前2240~前2035年）、商代中期文化（前1620~前1520年），到商代晚期文化（前1290~前1255年），也承續了近兩千四百年。

　　這些刻文，因刻畫用途所限，無法見出當時的所有文字是否成體系，但其在器身刻記以做區別的使用形態，一直延續到商代晚期；其各式形體，也往往與商以後的成熟文字可以相連結。可知漢字溯源，自宜上推至距今約五千年的黃帝時期（學者或訂黃帝生卒為前2717~前2599年）之前，所謂黃帝史官「倉頡造字（作書）」的傳說，更應視為是對華夏早初文字的第一次整理與彙編。

　　「倉頡造字」的傳說在戰國時期已經廣泛流傳。《荀子·解蔽》：「好書者眾矣，而倉頡獨傳者壹也」。《韓非子·五蠹》：「昔者倉頡之作書也，自環者謂之私，背私謂之公。」《呂氏春秋·君守篇》：「奚仲作車，倉頡作書，后稷作稼，皋陶作刑，昆吾作陶，夏鯀作城，此六人者，所作當矣。」《淮南子·本經》：「昔者倉頡作書，而天雨粟，鬼夜哭。」《說文解字·敘》：「倉頡之初作書，蓋依類象形，故謂之文；其後形聲相益，即謂之字。文者，物象之本；字者，言孳乳而寖多也。著於竹帛謂之書。書者，如也。以迄五帝三王之世，改

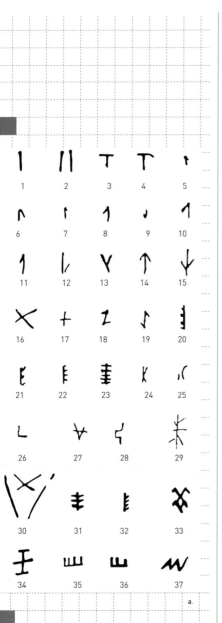

1 2 3 4 5
6 7 8 9 10
11 12 13 14 15
16 17 18 19 20
21 22 23 24 25
26 27 28 29
30 31 32 33
34 35 36 37

a.

易殊體，封於泰山者七十有二代，靡有同焉。」

只因當時書寫質材不易保存，而陶器燒造僅需記號性的簡單刻畫，藉以辨明送燒器皿所屬，是以無大量的文字資料留存。至商代早期，鑄銅製銘的風氣漸興，傳世與考古出土的商代前段二里岡期的銅器上，已發現有三十餘件帶銘文的確例。厥後至商晚期的殷王朝，利用甲骨卜問再加刻卜辭，以及記事刻辭的風氣興起，銅器鑄銘也陡然增多，文字的使用蔚然成風，遂形成一個漸趨成熟的文字體系。

依其起源地域、民族，當名之曰「華夏文字」，但因這文字體系於後世不斷繁衍變化，歷夏商周三代與秦之「契、彝、籀、古、奇、篆」，以至漢代以後逐漸生成轉化為「隸、分、章、草、行、楷」，此體系於焉完備。

漢朝時，積極向外拓展，因「漢族」的擴張，帶動了其使用文字的傳播，遂有「漢字」之名被稱呼，猶如今日南洋人稱「華人」所言為「華語」、所書為「華文」一般。「漢字」，從此成為全世界對華夏文字體系的通謂。

所以，就媒材說「華夏文字（漢字）」的先後，應是陶文—金文—甲骨文—簡帛、漆木、石刻……就文字呈顯方式說，則最早應源自塗抹（如岩畫）、鐫刻（如彫木），在文字漸多後，以木枝、竹桿、毛筆書寫，遂成常態。

製作銅器銘文時，將欲刻鑄的文辭，以毛筆書寫底本於竹木簡牘，再翻作反向的泥條文字範，然後合範翻鑄以成銅器上的正銘文。此之謂「寫」與「鑄」。

甲骨文有墨書、朱書（黑墨或硃砂書寫），但較常見的是刻文：在甲骨片上先寫後刻或未書逕刻。先寫後刻之例，

a. 各地遺址出土的仰韶文化陶文：1 至 30 出自西安半坡，31 出自長安鱖子嶺，32 出自郃陽莘野村，33 及 34 出自臨潼姜寨，35 至 37 出自寶雞北首嶺。（編輯部臨摹）

因書寫的線條較粗，所以在線條左右各劃一刀以刻成一線，稱為「雙刀」。也有熟手可以未經書寫，即用刻刀逐刻，一刀一筆畫，猶如硬筆直書，稱之曰「單刀」。這是「刻」出的文字。

廣義的「刻銘」，可以包括「鑿銘」。銅器上的銘文，除了範鑄，也有直接在成器上鑿刻的——即以硬鎚擊打刀末，以使刀尖更易進入銅體，以鑿出線條，形成銘文。

銅印的製作，有「鑄銘」，也有「鑿銘」。其使用則早期（魏晉以前）多用於簡牘封泥的抑印。紙張盛行以後，大大改變了書寫的質材，同時改變了用印的習慣，南朝已有濡朱鈐印的發現，而更早，在長沙出土戰國楚地的繒帛綢緞上，也曾見有璽印鈐蓋顏料的痕跡。這「印」出來的文字，擴而大之，便是後世的雕版印刷；書籍的流通，造成知識的普及，迅速改善人們求知的管道，其原始工藝技術與操作概念，均可溯源於此。

回顧這漫漫的文字與知識的傳播歷史：從口耳相傳，到三代甲金刻鑄、簡帛書寫，至秦漢帝國，政治一統，文學昌明；開疆拓邊，羽檄文書蒸繁，而抄寫益多。魏晉以後紙張盛行，毛筆技法與各種書體發展成熟，「書寫」與「書法」並駕齊驅，為漢字藝術與文化資料的保存，提供了舉世無匹的文明利器。

延伸閱讀
宋鎮豪 著，〈先秦秦漢時期的墨蹟書法〉，載《中國美術分類全集‧中國法書全集‧第一卷‧先秦秦漢》，北京：文物出版社。

文字呈顯方式：寫、刻、鑄、印、拓。

寫（簡帛）居延漢簡（中央研究院歷史語言研究所藏品）

刻（甲骨）鹿頭刻辭（中央研究院歷史語言研究所藏品）

鑄（銅器）乃孫作祖己鼎（國立故宮博物院藏品）

印（璽印封泥）亞禽示璽（國立故宮博物院藏品，圖像載自國立故宮博物院 OPEN DATA 專區）

拓（碑帖墨搨）卯𣪘𣪘墨拓（國立故宮博物院藏品）

CHAPTER 4

硬筆與軟筆：
書寫媒材轉變與漢字演化

游國慶
國立故宮博物院
研究員

寫、刻、鑄、印幾種文字保存方式轉換，使得漢字書寫有了硬筆與軟筆的區別。不同的書寫媒材，除了影響資料保存方式外，又對於漢字的形象帶來什麼變化？

　　想像古人在岩壁上作畫（岩畫最早在一萬年前）：最早直接用手抓有色礦石作畫、或由植物萃取顏料涂抹，就其呈現的多種形象與線條看，此時或許也有以獸毛製作的「原始毛筆」，但看不出有清楚的「用筆」意致，換言之，也就沒有「書寫」的概念。

　　厥後，有石刀或木刀的出現，可以在陶泥未乾前刻畫紋飾與字形（史前刻畫陶文約始自仰韶文化，距今約七千年），至青銅刀發明以後（甘肅東鄉林家馬家窯文化遺址出土的青銅刀，是中國最早的一件青銅器，距今約五千年），則更能用刀在樹枝、石板、甲骨上刻寫文字。由於書寫工具為銅刀等硬器，故名之曰「硬筆」，其線條呈現較為單一勻細。

　　至以獸毛軟毫做筆頭的「毛筆」發明以後（距今約五千年），其線條呈現則趨於豐富而多變，故名之曰「軟筆」。

　　圓錐形毛筆的發明，是中國漢字書法破天荒的大事，正因這工具的特殊性，在往後的數千年裡，才會開發出篆、隸、草、行、楷等不同書體，以及迥異於西方的漢字書法藝術。

先秦時代的硬筆與軟筆

　　黃帝時期到夏代，有許多刻畫的陶文，可稱之「硬筆書寫時代」。

　　「聿」字的古文字形（商代甲骨金文），象右手持毛筆之形。小篆字下筆毛部分訛變，隸

變以後平直化遂失去造字原象之意涵。

商代甲骨片上和玉石上，發現不少以毛筆書寫的墨書、朱書文字，顯見毛筆已經普及，但甲骨文仍以契刻為大宗，這或許與深契之文不易漫漶、可以長期保存的特性有關，「契文」或「甲骨刻辭」，遂成為商代卜辭記錄文字的一大特色，也是甲骨文的代名詞。

從象形擬物的隨意涂畫，到西周早期篆體筆法的逐漸形成，雖然筆畫、結構、偏旁位置均慢慢定型、定位，但仍存有明顯的肥筆與墨丁，是早期圖繪之遺，以及很多筆寫容易產生的尖筆、方筆，此際所見文字多是宗廟彝器上的銘文，故可稱之曰「彝銘」。

篆體的定型與勻稱化持續發展，經西周中期至晚期的周宣王時，遂命太史籀整理文字成《史籀篇》，後世稱之「史籀大篆」。

東周時期，周文疲弊，王綱不張，諸侯各自為政，所謂「文字異形、語言異聲、車涂異軌」，於是齊、燕、晉、楚各地域的「古文」、「奇字」異彩紛呈。

唯秦處宗周故地，文字直承《史籀》，變化較少。而文字依時遞嬗，《史籀》字形亦在傳抄間有簡化調整，故至秦皇一統天下，為整頓六國文字異形，又再整理《史籀篇》成更加規整的「秦篆」，為與先前較繁複之《史籀篇》等秦文字做區別，故命較古者為「大篆」，新整理者為「小篆」。

總括先秦字體，約可別為「契、彝、籀、古、奇、篆」六體。

| 甲骨文 | 金文 | 小篆 | 楷體 |

「聿」字字源演變（編輯部臨摹）

必須一提的是：甲骨片上有清楚的刀契硬筆與朱墨書的軟筆字跡，但銅器銘文除了少數用刀鑿刻者外（刻銘的字口凹槽呈 V 形），以澆鑄的陰凹文為大宗，今見鑄銘線條的字口剖面呈倒 Ω 形，可知鑄器時所作的銘文範，應是在內範上先書寫篆文反字，再按墨跡筆畫黏附泥條呈 Ω 狀，翻鑄後自然出現倒 Ω 切面的銘文。

在商晚期至西周初期的銅器製銘風尚，猶追求起收筆的方整雄強，故線條屢見修飾之跡（如臺北國立故宮博物院所藏「乃孫作祖己鼎」）；西周中期以後，審美意趣轉移，傾向行款疏朗、線條勻整婉秀，所謂「篆尚婉而通」（《書譜》語）的篆書線質，恐怕正是勻細泥條主導出的書風。因為，尖鋒的毛筆其實並不利於寫出幾乎圓頭圓尾的線條，只有泥條鑄銘，才容易形成這樣的線質，正因如此，先秦的墨跡古篆都非勻整線條，可以作為反證。

紙張發明前、後

到了戰國晚期至秦漢之交，書寫工具主要是毛筆與竹木簡牘。由於政治與戰爭因素，兵檄文書數量劇增，為加快書寫的速度，文書徒吏間相互學習，發展出以平直方折取代圓轉婉曲的行筆線條，遂出現帶篆意的「秦古隸」。

西漢早期隸書持續發展，漸漸地，方折愈多、圓轉愈少，用筆更見提按變化，使轉技巧更加豐富，多了點、折、撇、捺等筆法，形成「漢古隸」，其結構與筆法愈趨成熟，至西漢中晚期，筆法愈趨精妙，結勢愈趨嚴密，所謂「隸欲精而密」（《書譜》語），而「八分」筆法皆臻成熟。

至此，在漢字結構形體上，完全將「古文字階段」的「古、篆」斷絕，取代以「今文字階段」的隸書，這樣的大質變稱之曰「隸變」。

而在書法藝術性的開發上，由於有大量因實用目的的鈔寫工作，書手於長期書寫中，自然而然也具存著共同或獨特的審美意識，使書跡的藝術價值提升。

同此時間，草書也急遽發展，由漢初「隸草」，演化到西漢晚期成規範的「章草」，在東漢時期，更隨著「新隸體─古楷」（節縮隸法的撇捺，以簡易書寫之）的出現，朝向愈加迅捷簡省的「今草」大步邁去。而在「新隸體─古楷」與「今草」之間，「古行書」也悄然

契（晚商契文卜辭）　　　彝（商周初彝銘金文）　　　籀（西周中晚期金文史籀書）　　古（東周晉系古文）

奇（戰國楚域簡帛書）　　　篆（秦漢小篆）　　　　　隸（秦至西漢古隸體）　　　分（東周八分）

章（漢魏章草）　　　　　　草（晉唐今草）　　　　　行（晉唐行書）　　　　　楷（隋唐真書）

漢字源流十二體演變表──以「樂」字為例（圖片提供：游國慶）

暗生。至此漢魏之交，漢字書法盛稱的「篆、隸、草、行、楷」五種字體的形式特徵已完全具足，只待藝術家做更深層的開發。

東漢發展出的紙張，在魏晉時期有了長足進展。書寫的幅面擴大，超越原本竹木簡的單條縱勢，書者更容易在紙上創作不僅有單字字勢，更見上下字間行氣，以及全幅布局的作品。書體流變，因應各時各地人文風潮，東晉貴族講究尺牘翩翩，極力發展楷行草綜合變化的尺牘書風，於是將「行書」的「楷行書」「行草書」以及更簡易的「今草書」推到極致，並於後世出現所謂的「二王典範」。同此時間，漢魏樸質的「古楷」也漸漸走向妍美的「今楷」，但均以秀麗小字為主，未見有氣勢開張宏偉的大字。

南北朝的碑刻、造像記，給了楷書雄強開張的生命力，才有初唐諸家楷書的盛況。而摩崖刻石的渾厚樸茂，則啟發了中唐顏楷的創格。這是楷書的極重要發展歷程。

隋唐以後，紙張的幅面更大，接紙成長卷，更易表現行氣與章法變化。而酒廊題壁的文士雅集聚會風尚，更以大幅牆面，提供酒後大字草書的即席發揮。於是「顛張狂素」（張旭、懷素）相繼作連綿疾迅的「狂草」書，將書法帶至更高節奏與張力的四度元藝術展現。

總而言之，在紙張發明以前，竹木簡牘的典冊，應是最重要的書寫質材，《尚書》曰「唯殷先人，有冊有典」，只可惜竹木易腐，戰國以前的商周簡牘，在考古發掘裡從未見到，但零星的玉石甲骨片上的墨跡，也足以說明毛筆的發明不會晚於商代，所謂「秦蒙恬造筆」的傳說，不過是對毛筆做一點改造，以利徒吏文書的大量書寫需求。

按：考古所見長沙戰國楚筆，筆桿細長，筆頭獸毛包覆桿尖，再延伸出鋒，所需獸毛量多且長。而雲夢所出秦筆，則將筆頭切齊，塞納於筆桿之中，如此則所需獸毛較短、取材較易，製作也更簡單，為後世所沿用。

就考古資料看，商代甲骨以契刻為主，西周至春秋銅器銘文以泥條範鑄為大宗，戰國以後簡牘大興，籀、古、奇、篆於是迭起代變，隸書、草書繼起。至東漢而楷、行、草各體均見規模。

漢末紙張普及，使楷、行、草書更形發展。東晉的行書與今草，盛唐的狂草，都與書寫

紙幅的擴大密切相關。而北朝刻石的雄強，則助長了隋唐楷法的建立。

　　刀契、筆書、泥條，與甲骨、鑄銅、簡牘、刻石、紙張所交織的中國書法史，正見證著古文字階段「契彞籀古奇篆」到今文字階段「隸分章草行楷」的過渡，以及「書寫媒材的轉變」與「漢字演化」的緊密連結。

延伸閱讀

游國慶 著，〈金文真跡的還原——墨拓判讀與同銘參比：以周原出土的同銘器為例〉，《故宮學術季刊》第二十七卷第二期（2009 年冬季）。

CHAPTER 5

漢字書法美學

承繼書寫媒材對漢字影響的討論，本文細究篆、隸、草、行、楷各書法體發展、應用與美學，引領讀者品味漢字書法的心靈之美。

黃智陽
華梵大學藝術設計
學院院長

　　漢字，不同於拼音的文字，是世界上僅存的尚在使用的表意文字，每個字皆含有獨特的造形及意義，長時間透過毛筆書寫的表現，產生多種風格特色。數千年來一貫的文字傳承和書寫，漢字不但成為獨特藝術，更成為表達思想情緒的最佳象徵。

篆、隸、草、行、楷各體發展簡史

1. 篆書

　　「篆書」是漢字中最早形成的字體概稱，結構富有象形性與符號性。廣義的「篆書」包括隸書以前的所有字體，如甲骨文、金文、石鼓文、戰國時期通行六國的古文字、小篆等；就狹義而言，主要是指大篆和小篆。

　　「大篆」專指「籀文」而言，亦即是西周、春秋戰國及秦朝初期使用的文字。西晉衛恆《四體書勢》言：「昔周宣王時史籀始著大篆十五篇，或與古同，或與古異，世謂之籀書也。」[1]說明西周宣王時的太史官名籀，史籀著大篆十五篇，其書體大篆，也稱作「太史籀」。

　　「小篆」是指秦統一中國後的官方標準書體。東漢許慎《說文‧敘》言：「秦始皇帝初兼天下，丞相李斯乃奏同之，罷其不與秦文合者。斯作《倉頡篇》，中車府令趙高作《爰歷篇》，太史令胡母敬作《博學篇》，皆取《史籀》、《大篆》，或頗省改，所謂小篆者也。」[2] 秦

始皇併吞六國後不久，丞相李斯就奏請統一法令制度，廢除與秦國文字不相合的字。於是李斯著《倉頡篇》，中車府令趙高著《爰歷篇》，太史令胡母敬著《博學篇》，這些著作都以大篆字體為參照，並做簡化與調整，這種字體就是所謂的「小篆」。

小篆與大篆相較，其形體筆畫均已簡省，字形較為均衡對稱；大篆字形變化較豐富、大小參差較自由。大篆字體以《石鼓文》最具代表性。小篆字體代表作為：《泰山刻石》、《嶧山刻石》、《琅邪臺刻石》等。漢魏至唐，篆書沒落不興；直至唐代，篆書家李陽冰使小篆在唐代獲得發展，使篆書延至清代。清代考古、碑學復興，篆書再度受到重視，鄧石如、楊沂孫、吳昌碩等引領篆書的發展。

2. 隸書

隸書為秦朝通行的八種書體（大篆、小篆、刻符、蟲書、摹印、署書、殳書、隸書）之一，其字形寬扁，直畫短橫畫長，漸漸形成「蠶頭雁尾」、「一波三折」的特徵。

「隸書」之名，最早見於漢人著作，漢班固《漢書・藝文志》說：「是時（秦代），始造隸書矣。起於官獄多事，苟趨省易，施之於徒隸也。」[3] 東漢許慎《說文・敘》亦言：「秦始皇帝初兼天下……是時，秦燒滅經書，滌除舊典，大發吏卒，興戍役，官獄職務繁，初有隸書，以趣約易，古文由此絕矣。」[4] 秦統一天下，秦始皇焚滅前代古籍，廣徵人民從事各種勞役，同時大興土木修築長城、馳道、阿房宮及驪山陵墓等，於是府衙中獄吏事務繁多，尤其文書處理之事，因大篆繁複、書寫費時，難以應付實際事務之需求，秦朝獄吏因簡捷的需要，改用書寫較為簡易之隸書，從此古文

a. 清代書法家王澍臨石鼓文。（國立故宮博物院藏品，圖像載自國立故宮博物院 OPEN DATA 專區）

b. 元代俞和《篆隸千字文》，可比對出篆隸風格之不同。（國立故宮博物院藏品，圖像載自國立故宮博物院 OPEN DATA 專區）

1 上海書畫出版社 編，《歷代書法論文選》（上海：上海書畫出版社，2006年2月），13頁。

2 翦伯贊 著，《秦漢史》（臺北：雲龍出版社，2003年3月），114頁。

3 周佳榮 著，《中國歷代史學名著快讀》（香港：商務印書館，2016年5月），67頁。

4 翦伯贊 著，《秦漢史》，114頁。

字體便無人使用了。

　　由此可知隸書約起源於秦朝，是秦朝獄吏需要便捷的字體以應付獄訟事務的文書，於是繁複的大篆字體，因簡捷的需要，自然發展而來，在簡牘及帛書中，即可見到這種發展的過程。東漢許慎《說文·敘》言：「左書，即秦隸書。」[5]清段玉裁注《說文·敘》稱：「左今之佐字……左書謂其法便捷可以佐助篆所不逮。」[6]西晉衛恆《四體書勢》云：「秦既用篆，奏事繁多，篆字難成，即令隸人佐書，曰隸字。」[7]於是隸書可以說是小篆的一種佐助字體，以佐助篆書書寫費時之缺點。這種書體又稱為「左書」、「佐隸」，由於這些隸書仍保留篆書結體或用筆特徵，亦稱「古隸」。

　　然而從考古現有的簡牘文字材料看，隸書字體應在戰國晚期已基本形成。如 1979 年出土四川省青川縣戰國末年木牘文字，即被認為是目前年代最早的隸書。近年陸續出土的簡牘帛書改變人們對於隸書開始時間的認知，並表現出漢字大量變化的過程，是研究篆書由隸而變的重要實物資料。

　　漢取代秦而興盛，西漢的文字資料以簡帛與碑刻為主。西漢的碑刻大都保留篆書形態，如西漢宣帝時的《魯孝王刻石》（又名《五鳳刻石》）雖是隸書，但仍保留篆意。西漢早期的簡牘文字，如馬王堆、銀雀山、鳳凰山、阜陽等地出土之漢簡是屬於古隸書文字。

　　西漢末年隸書取代篆書成為主要流行的書體，東漢刻石立碑之風盛行，隸書發展成熟，成為官方通用書體，隸書發展進入鼎盛時期。此時隸書風格眾多，並留下大量石刻。《張遷碑》、《禮器碑》、《史晨碑》、《乙瑛碑》、《曹全碑》等是這一時期的代表作。

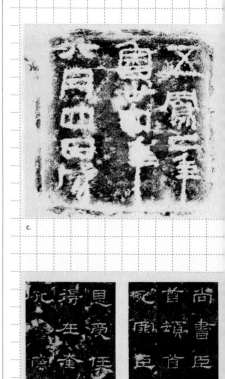

c.

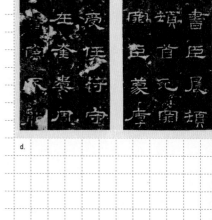

d.

c. | 《魯孝王刻石》拓片，雖是隸書但仍保留篆意。（國立故宮博物院藏品，圖像載自國立故宮博物院 OPEN DATA 專區）

d. | 漢代《史晨碑》墨拓，《史晨碑》為隸書鼎盛期代表作。（國立故宮博物院藏品，圖像載自國立故宮博物院 OPEN DATA 專區）

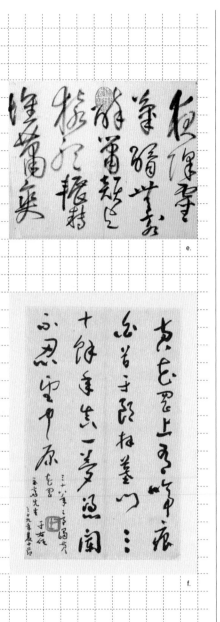

魏晉以後由於隸書的便捷性難與草書、行書、楷書抗衡，已非民間通行之主要書體，於是隸書發展漸趨沉寂。直至清代，在碑學復興的潮流中，隸書再度有所發展。

3. 草書

草書的產生一開始是為了趨急赴速的實用性，並非為了藝術性。後來因為率意的書寫滿足書寫者的視覺美感與心理表達的需求，而受到書家重視，在東漢草書流行的現象已然成形，如東漢趙壹《非草書》云：「專用為務，鑽堅仰高，忘其疲勞，夕惕不息，仄不暇食，十日一筆，月數丸墨。領袖如皂，唇齒常黑。雖處眾座，不遑談戲，展指畫地，以草劃壁，臂穿皮刮，指爪摧折，見鰓出血，猶不休輟。」[8] 東漢文人迷戀草書，廢寢忘食練習。平常與朋友相聚時，彼此也沒有時間對談，只顧著伸出手指在地上比畫，或是在牆上摹寫草書，以至於手臂破皮、刮傷，指甲也折斷、出血，仍然不肯休息。由此可想見東漢時的士大夫學習草書樂此不疲的狂熱態度與當時流行之風潮。

時至今日則因草書最能抒發個人情性，其簡化造形之線條顯出簡潔的動勢美，這種線性的律動感，成為書法藝術中重要的審美要素，草書發展成藝術性較高的一種字體。

廣義而言，草書為各種端莊字體的簡化寫法，幾乎成為簡單的字符。漢初的竹木簡中即可發現草書的雛形——章草，這種存有隸書波磔的草書筆法，偶見於秦、西漢簡牘中。唐張懷瓘《書斷》說西漢元帝時史游以章草作《急就章》：「漢元帝時史游作《急就章》，解散隸書，兼書之，漢俗簡惰，漸以行之是也。」[9] 與秦漢簡牘出土時間相較，表明「章草」並非元帝時候的史游所創，西漢時「章草」應已具備一

e. | 明代草書大家王鐸《書詩》。（國立故宮博物院藏品，圖像載自國立故宮博物院 OPEN DATA 專區）

f. | 民國草書大家于右任《黃花崗詩》。（國立故宮博物院藏品，圖像載自國立故宮博物院 OPEN DATA 專區）

5 許錟輝 著，《文字學簡編·基礎篇》（臺北：萬卷樓圖書公司，1999 年 3 月），77 頁
6 楊再春 編著，《中國書法工具手冊：上冊》（北京：北京體育學院出版社），1987 年。
7 上海書畫出版社 編，《歷代書法論文選》，15 頁。
8 上海書畫出版社 編，《歷代書法論文選》，2 頁。
9 上海書畫出版社 編，《歷代書法論文選》，162 頁。

定的規模。

「今草」是相對於「古草」而稱名的，是在繼承章草的基礎上，簡省了章草的波磔用筆，使書寫更趨自由、簡便。兩漢的居延、敦煌簡中的文字已發現去除隸書波撇的「今草」用筆，三國、魏晉時漸趨發展，「今草」至東晉「二王」已完全成熟，並成為後世標準化的基礎。

「狂草」又稱大草，是在連綿的今草的基礎上將點畫、章法書寫得更為肆縱跌宕、變化豐富。其「狂」字之名得自於草書連綿迴繞的筆法與迅急駭人之氣勢。狂草的出現，是唐代書法發展高峰的另一成就，以張旭和懷素為代表人物。唐代之後，歷代都有草書大家出現，如宋代黃庭堅、明代祝允明、徐渭、王鐸，清代傅山，近現代于右任等。

4. 行書

行書是隸書草化之後漸次成熟的字體，行書最初名為「行押書」[10]或「行狎書」[11]；「行書」之名用於書法最早出現於西晉衛恆《四體書勢》[12]。行書是介於楷書、草書之間的一種字體，兼具楷書與草書的部分特徵。明代宋曹《書法約言・論行書》云：「所謂行者，即真書之少縱略。後簡易相間而行，如雲行水流，穠纖間出，非真非草，離方遁圓，乃楷隸之捷也。」行書是由隸書簡化而來。[13]由於行書相較於隸書筆畫較為簡省，同時隨手書寫時筆畫之間自然出現流暢的連筆，使行書兼具楷書秀美與草書率意之特徵。

東漢許慎《說文解字》云：「行者，人之步趨也。」[14]關於行書的特徵，唐張懷瓘《六體書論》言：「大率真書如立，行書如行，草書如走，其於舉趣蓋有殊焉。」[15]以及蘇軾《書唐氏六家書後》所言：「真如立、行如行、草如走。」[16]張懷瓘與蘇軾將楷書、行書、草書三種書體比擬作人的站立、行走、奔跑三種形態，具體說明行書書寫較端謹的楷書流暢便捷，也比快捷的草書具有易於識別的特點，因行書兼具有行筆暢達與抒發情緒的功能，漸而成為日常生活中最普及實用的字體。不過，以行書的發展來說，「行書」應該是「行押書」的簡稱，和「行走」的形象化特質並沒有直接的關係。

由近幾十年兩漢簡牘書法的出土實例可以看出，行書是從隸書的潦草化簡省而來，使書寫更為便捷，如西漢中晚期到東漢初期《居延漢簡》中便可發現其字體書寫更為簡便，加上

---

10 南朝劉宋 羊欣《采古來能書人名》：「鍾有三體：一曰銘石之書，最妙者也；二曰章程書，傳秘書、教小學者也；三曰行押書，相聞者也。」（上海書畫出版社 編，《歷代書法論文選》，46 頁。）唐 韋續《五十六種書》：「行書，正之小譌（同「訛」字）也，鍾繇謂之行押書。」（上海書畫出版社 編，《歷代書法論文選》，305 頁。）

11 唐 張懷瓘《書斷》：「王愔云：『晉世以來，工書者多以行書著名，昔鍾元常善行狎書是也。』」（上海書畫出版社 編，《歷代書法論文選》，163 頁。）

12 西晉 衛恆《四體書勢》：「魏初，有鍾、胡二家為行書法，俱學之於劉德升，而鍾氏小異，然亦各有其巧，今大行於世。」（上海書畫出版社 編，《歷代書法論文選》，15 頁。）

點畫間的映帶，已與章草字體結構不同，而略具行書的特點。魏晉時期的古樓蘭文書殘紙，大部分已很接近今日的行書的樣貌了。

東晉時期，行書已經完全脫去隸書的影響，王羲之為東晉行書成熟時期最具代表性的人物。宋代書法崇尚意趣，宋代書家著重信手拈來之個人意趣，於是書法成就以行書最高；北宋四大家（蘇軾、黃庭堅、米芾、蔡襄）為其代表。

明代後期行書風格重視獨抒性靈、表現性強的個性書風，讓行書在傳統的基礎上有更廣泛的發展；晚明書壇銳意創新、強調個性的書風延續至清朝初期。

5. 楷書

楷書是由隸書漸漸演化而來的字體，原本隸書的波磔筆法已褪去，其筆畫平直、結構方正、法度嚴謹。楷書最早稱「今隸」，又稱「真書」、「正書」、「正楷」。唐代張懷瓘《書斷》稱：「楷者法也，式也，模也。」17 楷有「楷模」、「法度」等含義，廣義而言，凡是合乎法度規矩之書體皆可稱為楷書；狹義而言，則專指與篆、隸、草、行等字體相對的，結體方整的楷書，尤其是指法度謹嚴且成熟的「唐楷」一類。

從現存的書跡來看，楷書的出現應該在三國時期，鍾繇是第一位楷書書法家。其楷書結體寬扁，橫畫長而直畫短，仍存隸分的遺意，點畫之間已備楷法。

魏晉南北朝是中國歷史上動亂、分裂的時期，因政治上的南北分裂，造成書法風格的南北差異。東晉楷書書風脫去

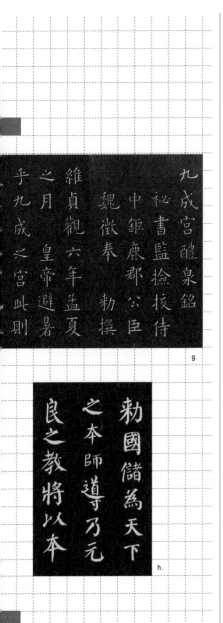

g. 唐代書家歐陽詢《九成宮醴泉銘》清順治 13 年（1656）翻刻拓本。（國立故宮博物院藏品，圖像載自國立故宮博物院 OPEN DATA 專區）

h. 唐代書家顏真卿《自書告身帖》，拓本選自清宮摹刻內府所藏《三希堂法帖》，完成於清乾隆 15 年（1750）。（國立故宮博物院藏品，圖像載自國立故宮博物院 OPEN DATA 專區）

13 上海書畫出版社 編，《歷代書法論文選》，570 頁。

14 邱世鴻 著，《大學行書教程》（上海：復旦大學出版社），2009 年 3 月。

15 上海書畫出版社 編，《歷代書法論文選》，213 頁。

16 蘇軾 著、孔凡禮 點校，《蘇軾文集》（北京中華書局，1997 年），2206 頁。

17 上海書畫出版社 編，《歷代書法論文選》，161 頁。

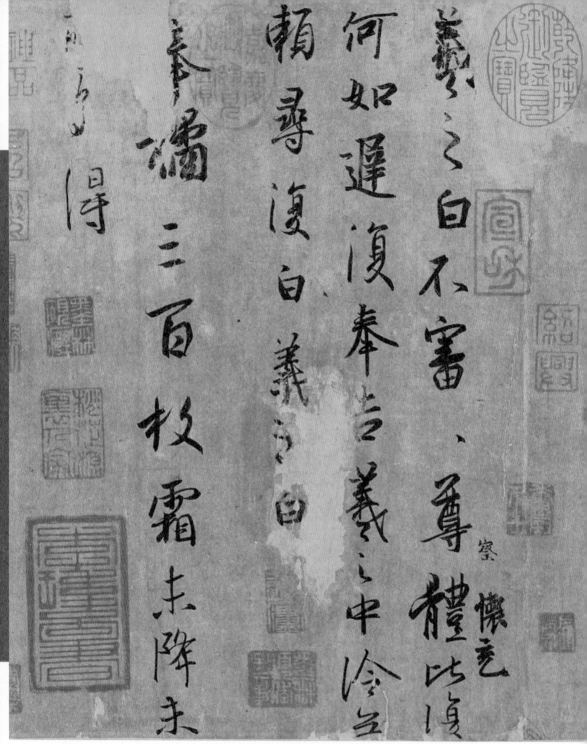

東晉行書代表大家王羲之《平安》、《何如》、《奉橘》三帖。（國立故宮博物院藏品，圖像載自國立故宮物院 OPEN DATA 專區）

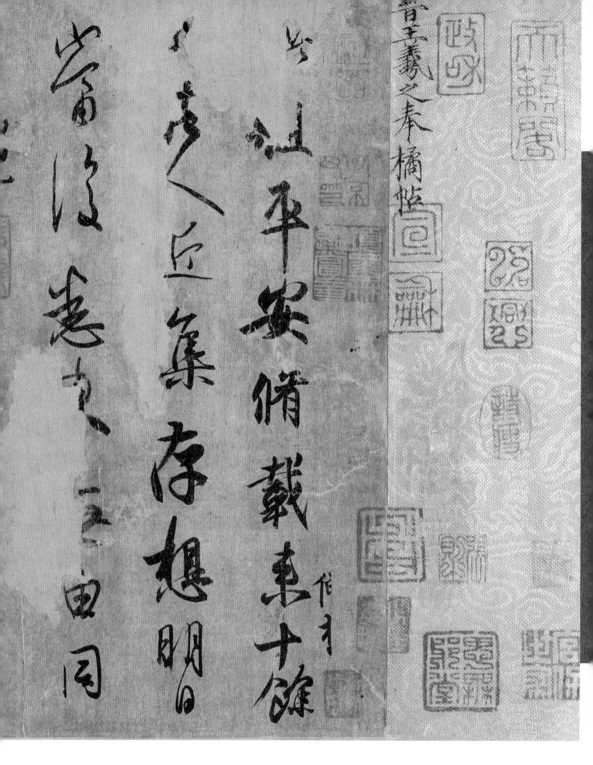

隸書影響，王羲之、王獻之為其代表。東晉之後的南朝書法為「二王」書風之延續，以文人所書寫之書牘為代表，書風妍美秀逸。北朝為少數民族政權，書風樸厚雄渾，以碑刻書法如《龍門二十品》、《張黑女墓誌》、《張猛龍碑》、《鄭文公碑》、《石門銘》等為代表作品。

隋唐為楷書高度發展的時期，此時因政治穩定，融合魏晉以來的南北書風，取而代之的是工整精麗、法度謹嚴的楷書風格，代表書家為歐陽詢、顏真卿、柳公權等。楷書在唐代以後的發展，始終無法超越唐代，書風變化不大。

毛筆書法美學

毛筆工具的發明是漢字書法藝術最重要的關鍵，透過柔軟的毛筆書寫可以表現書寫速度快慢、墨色乾溼濃淡及線條粗細等變化，可以說，毛筆是最能表現線條的多樣形態的書寫工具，透過這種豐富的線條情感甚至能傳達如舞蹈或音樂般具有韻律感的意象。

東漢蔡邕《九勢》言：「筆軟則奇怪生焉。」[18] 書法藉由毛筆書寫表現用筆特徵、結字變化、章法布局、墨色層次等；毛筆配合漢字造形把線條的美感全然釋放出來，展現豐富的節奏之美。毛筆作為書法創作之工具，最明顯的是彰顯了軟毫透過書寫者精湛的運筆技巧與墨色層次表達出線條的豐富變化，如渾厚、瘦硬、燥潤、濃淡、虛實、剛柔、動靜等線質形態，或是用筆方圓之體勢等，從而展現豐富的形式語言。

毛筆特性使文字藝術的表現力達到最高端與最豐富的境界，將書寫者複雜的情緒投射在作品中，所以自古以來有著「書如其人」的期待與評價。

美術發展史中，曾經書法美學的影響是很大的，書法瀟灑又彰顯學養的特質被應用到繪畫的表現中，形成了文人繪畫的風氣。書法重視一氣呵成的技法也大量運用到篆刻藝術中，講求如刻似寫的綜合美感。書法甚至成為日本民族的傳統特色，進一步成為日本表現前衛藝術的有效元素。戰後歐美風行的抽象表現也吸納了書法的理解而使抽象藝術更能在國際間風行。

---

18 上海書畫出版社 編，《歷代書法論文選》，6 頁。

漢字書寫的當代價值

我們書寫的漢字，自古以來沒有間斷，一形一義，以造形表現了結構美與字義，而書法就是透過精湛的技術讓文字精彩動人，漢字的價值因為書法的高度表現才得以完美展現文字的魅力。漢字獨特性與藝術性遠遠優於其他國家的表音文字，成為世界重要的文化資產。我們相信，漢字書法是世界文化的亮點，也是保存漢字最完整的臺灣，必須持續護持與發展的成就。

書法發展至今日，面臨生活形態的改變與數位化時代的全面來臨，毛筆書法因不符合實用之需要，容易被當作束之高閣的傳統藝術，使一般人漸漸感到陌生，書法的發展也面臨新的挑戰。其實，一般人則可以透過書寫行為，使思緒集中、減輕心理壓力，從而達到情感抒發、心靈滿足，使身心平衡安頓，這是大家所嚮往的，也是高壓生活中極好的療癒方式。同時書法也是文字書寫，而文字表達書寫者的思想觀念，思想觀念的動機源自生活的感受，因此，書法也有著表現當代意識與情感表述的優勢，藉由筆墨線條的律動性與表現性，藝術家則可以憑藉對於當代審美環境的敏銳度與創作的覺察力，表現出個人獨特之藝術風格，使當代藝術環境除了依賴圖像之外，也能因書法文字的加入使視覺文化更為豐富多元，並且使藝術環境保有濃厚的人文內涵。書法創作也因思想與內容可以隨著時空不斷演進，將留下時代的記憶與價值。

延伸閱讀

1 李梵 編著，《漢字的故事》，北京：中國檔案出版社。
2 李郁周、林文彥、林進忠、黃忠義、黃智陽等 著，《認識書法藝術叢書（篆書、草書、隸書、新書、楷書）》，臺北：國立臺灣藝術教育館。
3 廖咸浩、黃永川 主編，《漢字文化節—漢字與人生》，臺北：臺北市政府文化局。
4 高明一 著，《中國書法簡明史》，臺北：雄獅圖書出版公司。
5 黃智陽 著，《戰後（1945~2010）臺灣現代書法發展研究》，臺北：何創時書法藝術基金會出版。

CHAPTER 6

造字時代的生活日常

傳說中把創造漢字——這驚天地、泣鬼神的偉大發明歸功於倉頡，說他「窮天地之變，仰觀奎星圓曲之勢，俯察龜文鳥羽山川指掌而創文字」。難怪倉頡要有四隻眼睛，如此才能看盡世間萬物並記錄下來造文字。這也說明了漢字是一種訴諸於視覺的象形文字，就恍如反映古人生活的一面鏡子。

阿尼默
繪圖

編輯部
撰文

家族的相關漢字

家
會意字。從宀、從豕，「宀」下有「豕」表示在家中下層養豬。古人將豬飼養在房子下，自己住在房子上層。

妹
形聲字。从女，未聲。借用未結果的樹枝或新出的嫩芽，來比喻相同血緣而年紀較小的女性。

兄
會意字。從口、從儿，會祝禱之意，為祝的本字。象側面而立的人，頭上有一張嘴，表示兄長的責任為管教弟妹。

父
象形字。象手拿石斧的樣子，古時男子利用工具從事體力勞動而受到尊重，因此引申為父母的「父」。後來加上「斤」另造「斧」字。

母
象形字。象跪坐、雙手交疊，胸前餵哺孩子的母性特徵。

兒
象形字。象小孩子張開嘴巴露出乳齒，或嬰兒頭囟未合縫的部分。

參考資料
1 游國慶 編，《趣味的甲骨金文》，臺北：國立故宮博物院。2 廖文豪 著，《漢字樹》，臺北：遠流出版公司。3 王泰權 著，《巫帝國藏在甲骨文裡》，臺北：橡實文化出版社。4 中央研究院「國際電腦漢字及異體字知識庫」。5 香港中文大學「漢語多功能字庫」。

	甲骨文
小篆 米	甲骨文 米
楷書 米	金文 米

	甲骨文
小篆 勻	甲骨文 勺
楷書 勺	金文 勺

	甲骨文
小篆 皿	甲骨文 皿
楷書 皿	金文 皿

	甲骨文
小篆 盧	甲骨文 盧
楷書 盧	金文 盧

米　象形字。象米粒過篩的形象，引申作糧食的意思。

皿　象形字。象一個大型的圓盆，或敞口無蓋的盛器。

盧　形聲字。从皿盧聲。一種食器，是爐的本字。象一隻張開口的老虎在吃盆中食物，來比喻能餵飽老虎的巨型食器。

勺　象形字。象從缸中舀取水酒，有長柄和方斗的器具。

小篆 司	甲骨文 司
楷書 司	金文 司

小篆 食	甲骨文 食
楷書 食	金文 食

小篆 解	甲骨文 解
楷書 解	金文 解

飲食的相關漢字

司　會意字。從口。象是用長叉子（倒置的杴，古代舀取食物的禮器）把肉撈起來，左旁是「口」（嘴巴）的象形，意為進食。氏族社會中食物為共同分配，負責食物分配的人稱為司，後來演變成官職的稱謂。

食　會意字。象人靠近盛器低頭張開嘴巴進食的樣子。

解　會意字。從刀、從牛、從角，會以刀解牛的意思。

小篆 甲骨文
祝

金文
楷書 祝

小篆 甲骨文
禮 豐

金文
楷書 豐
禮

小篆 甲骨文
生

金文
楷書 生

小篆 甲骨文
祭

金文
楷書 祭

禮 會意字。本字為「豊」，與古時祭祀禮儀有關，象把祖靈柱插於玉琮上，並埋於坑中。其後加上「示」來強調祭祀的含義。

祝 會意字。象人跪於神主前張口對天禱告的形象，指祭祀司祭禮者。

生 會意字。從中、從一，甲骨文「生」會草，從泥土長出草之意。

祭 會意字。甲骨文初從手（又）、從肉，會以手持鮮肉的形象。金文增從「示」，表示祭祀的含義。

社
甲骨文
金文

社
小篆
楷書

祭祀、生死的相關漢字

疾
小篆
甲骨文
楷書
金文

死
小篆
甲骨文
楷書
金文

社　會意字。「社」是以石塊砌成的祭臺，甲骨文簡筆成「土」字。有些金文從示、從木、從一，代表能讓土地長出植物的神；也有金文從示、從土，代表土地之神。

死　會意字。從人、從歹，會生人跪拜於朽骨旁悼念的樣子。

疾　會意字。從疒，會人生病倚牀之形；從矢，會人受疾箭之傷形。

城市生活、娛樂的相關漢字

小篆	甲骨文
鬥	鬥
楷書	金文
鬥	

小篆	甲骨文
舞	舞
楷書	金文
舞	舞

小篆	甲骨文
貝	貝
楷書	金文
貝	貝

鬥　會意字。甲骨文象兩個人相對，持械搏鬥、怒髮衝冠之狀。

貝　象形字。象貝殼之形，西周金文「貝」字下部延伸兩短筆，或把開口封起來增添兩飾筆，成為今貝字所本。

舞　會意字。「無」、「舞」古本一字，象人持物跳舞之形。後來本字借作有無之「無」，金文加象兩腳的「舛」，強調腿足舞蹈的動作。

小篆	甲骨文
京	帝
楷書	金文
京	帝

小篆	甲骨文
眾	眾
楷書	金文
眾	眾

小篆	甲骨文
游	斿
楷書	金文
游	斿

京

象形字。象高臺上有建築物之形，上部象宮觀、支柱，下部象高臺與支柱貫穿整個建築物之貌。高大的宮觀是帝王的居所，所以「京」後來專門表示國都。

眾

會意字。從口、從三人，象「人多言雜」之貌。金文所從「日」形或訛變為「目」，為篆文所本，作「人民」解。

游

會意字。金文從水、從斿。本義是在水中行動、游泳。人在水中游泳，水流與在風中飄蕩的旌旗飄帶（斿）很相似。引申為遊戲、遊玩、出遊。

大自然的相關漢字

雨　指事字。象雨點從天而降之形，上從一，象天空；下從六點飾筆，象雨水。後來把上三點與天相連，西周文字雨形外部連結成直線，為今雨字所本。

果　象形字。甲骨文和早期金文從木，象樹木上有果實之形，本義為果實。引申義「成果」、「結果」。

地　會意字。從土。篆文「地」字象蛇的身體緊貼於土地上爬行，蟲蛇輒以穴居與土地關係密切，所以古人以此來形容土地。

小篆 昆
甲骨文
楷書 昆
金文

小篆 夏
甲骨文
楷書 夏
金文

小篆 休
甲骨文
楷書 休
金文

會意字。從夊、從頁、從
臼。「夊」象徵兩足；
「頁」象人形而突出頭部；
「臼」為兩手。夏的甲骨
文象一個人在太陽下行
走，篆體則省去了太陽。

夏

會意字。從日、從比。「昆」的金文代表上
有頭部，中有羽翅，下有腳爪的昆蟲。篆體
把頭部改成「日」，象徵與太陽息息相關。
「比」，表示並肩同作。昆本義為同，昆蟲
喜歡成群結隊，如同一個大家族，所以會以
「昆」來形容眾多兄弟、同儕和子孫。

昆

會意字。從人依
木。甲、金文從
人、從木，本義是
人在樹蔭下休息。

休

學習的相關漢字

習
小篆 習　甲骨文 習
楷書 習　金文 習

典
小篆 典　甲骨文 典
楷書 典　金文 典

智
小篆 智　甲骨文 智
楷書 智　金文 智

習　會意字。從羽、從日。象小鳥在日光下拍動翅膀在學習飛翔。至小篆，「日」訛變為「白」，象徵在白天日光充裕的環境下學習。

典　會意字。甲骨文象雙手捧起編在一起的竹簡（冊），表示那並非是一般的書冊，而是重要的大冊（五帝之書）。金文從冊、從丌，象尊敬地把簡冊放置於「丌」（薦物的基座）上的樣子。

智　會意字。甲骨文從大、從口、從子。甲骨文和後期金文或不從「大」而從「矢」，「矢」是「大」的訛變，「于」是「子」的訛變。其異體從冊，表示大人把簡冊上的知識傳授給小孩的意思，有知識才有智慧。金文多通假作「知」字。

	甲骨文
小篆	
敎	敎
楷書	金文
教	敎

	甲骨文
小篆	
書	書
楷書	金文
書	書

教　會意字。甲骨文從攴、從子、從爻。「攴」象教鞭，會手執教鞭，教導小孩子學習綑綁繩結技巧或計數。「教」字寫作從「孝」聲是後來的訛體。

書　形聲字。甲骨文中「書」字上部象手拿著毛筆，下部是一瓶墨汁，手持毛筆準備蘸墨的樣子。金文從聿、從者，「者」是聲符。篆文「書」字的字形複雜，後來簡化成現在的字形。本義為書寫，後來延伸至書冊等名詞。

CHAPTER 7

雕版印刷對漢字傳播的影響
——五代、宋、元至清朝，鈔本、刻本的發展

從鈔寫到印刷，書籍製作方式的演變使得漢字傳播更為容易。本文梳理從鈔本到刻本的演變，引導讀者一探其中發展。

游國慶
國立故宮博物院
研究員

鈔本的實用性與藝術性

在印刷術發明前，圖書的傳布，惟有仰賴鈔寫。

最早的古書鈔本，大概追溯到戰國楚簡，如湖北荊門郭店所出土的戰國楚簡《老子》，即為存世最早的老子鈔本，而上海博物館、北京清華大學從海外購回的大批戰國楚簡，所謂「上博楚竹書」[1]、「清華簡」[2]中，也存有許多先秦的古書鈔本。

秦漢以前基本無紙，抄錄典籍一般使用竹木簡或縑帛，是以長沙馬王堆所出土的西漢初年帛書篆書《陰陽五行》、《老子》兩種和武威所出土的西漢晚期《儀禮》漢簡，都屬於秦漢時期的古鈔本。

漢末魏晉以後，紙張因輕便而漸漸普及，但由於技術尚未到位，只見西域樓蘭等地出土的零星殘紙，做一點新材質濫觴的宣告，實際上，三國魏晉時期的竹木簡，在考古發掘中仍然是屢見不鮮的。

魏晉以後，紙張製作技術大幅改善，遂開始改用紙卷鈔經，新興的職業鈔手應運而生，名曰「經生」，在雕版印刷發明以前，這些經生是中國歷代典籍所以能傳承延續的最佳主力。

佛教在東漢傳入中國，大量的佛經譯典，也擴大了經生的族群。故經生鈔寫，當自東漢為佛典傳鈔普及而增生，惜尚未見出土。

今傳敦煌等地所出晉魏隋唐遺墨，則自西晉歷經東晉、北魏、六朝至隋、唐，時間恰恰跨在漢字隸書八分過渡向端楷規整定型的重要時刻，所以書風十分多樣而豐富，但由於是師徒相授，又以小字鈔寫為單一表現形式，故其書風又與東晉文人尺牘的俊秀、北朝造像摩崖的雄強、隋唐墓誌碑銘的嚴整，拉開一種明顯的距離——往往自成一個相對封閉的寫經系統，名為「寫經體」：以楷書為主（兼有行書與草書），起筆細、收筆重、行筆迅捷、頗具動勢，極熟練而生巧，南北朝以前或間雜隸意，至隋唐則緊結流美、氣韻飛動。後世唯元代倪雲林小字題款能遙契其神韻。

迨乎初唐，出現歐陽詢、虞世南、褚遂良幾位楷書大家後，社會風氣偏移，許多寺院碑誌也由這些大家落墨書寫，鈔寫經生受時風影響，才逐漸出現仿歐、仿虞、仿褚的寫經體。至中唐以後，顏真卿、柳公權兩大家既出，風靡一世，經生受其影響更鉅，往往刻意模仿，在寫經之中出現「顏筋柳骨」的時尚筆致，「寫經體」的獨特性於焉漸淡而趨於消亡。

鈔本的書藝獨特性，隨顏、柳楷體而漸失：鈔本的實用功能，也因印刷技術而漸失。隋唐以後，雕版印刷逐漸興起而普遍，一書既經刊刻，可以大量印刷，以廣流行。曠日廢時的鈔經一事，自然隨著其藝術性與實用性的失落走入歷史之中。

唐代雕版印刷雖然興起，但尚未普遍，且品質不佳。許多典籍圖書的流傳，仍舊仰賴鈔寫。五代到北宋，印刷術急遽發展精進，各地刊刻盛行，但對於若干需求量不大的書籍，仍有文人特別覓求佳手，以進行精緻的鈔寫複本。

明代中期以後，慕古、仿古之風大盛，許多藏書家追求蒐集宋、元的舊槧，然而傳世古書漸少，遂藉由輾轉相假傳鈔，以保留宋元善本原刻形貌。

如明崑山葉盛（1420~74年）的「菉竹堂」、寧波范欽（1506~85年）的「天一閣」、山陰祁承爜（1563~1628年）的「澹生堂」、常熟毛晉（1599~1659年）的汲古閣、清初虞山錢曾（1629~1701年）的「述古堂」、清錢塘吳焯（1676~1733年）的「瓶花齋」、餘姚盧文弨（1717~95年）的「抱經堂」、歙縣鮑廷博（1728~1814年）的「知不足齋」、海昌吳騫（1733~1813年）的「拜經樓」、南海孔廣陶（1832~90年）的「嶽雪樓」、蘇州黃丕烈（1763~1825年）的「士禮居」、仁和勞格（1820~64年）的「丹鉛精舍」、錢塘丁丙（1832~99）的「八千卷樓」、常熟周大輔（1872~1932？年）的「鴿峯草堂」等。這些明清著名的藏書家，或是親自鈔寫，或

---

1 「上博簡」，指上海博物館於 1994 年陸續自香港購回的一批被盜掘外賣的竹簡，共約一千二百餘枚。推測出土時間約在戰國中期偏晚、後期偏早，也就是西元前 300 年左右。竹簡涉及到八十多種（部）先秦戰國的古籍，其內容涉及儒家、道家、兵家、雜家等，其中多數古籍為佚書，個別見於今本，如《緇衣》、《易經》、《孔子閒居》等，但傳本不同。上海博物館於 2000 年起陸續公開內容並整理成書，由於數量龐大，當中又有許多新發現的文獻，因此對於相關學界可說是一大發現。上海古籍出版社自 2001 年至 2012 年已陸續出版《上海博物館藏戰國楚竹書》共九冊。

2 「清華簡」形制多種多樣，盜墓者掠賣流散海外，2008 年北京清華大學校友從香港購回贈予母校。由李學勤先生主持整理工作。所屬年份是西元前 305（±30）年，即戰國中期偏晚。兩千三百八十八枚（包括少數殘片），內容有周武王時期的樂詩、有紀年性質的《繫年》、有目前發現最早的實用算具《算表》等重要佚籍。自 2010 年至 2017 年已出版到第七冊，預計還將出版十輯。

是訓練一批專門鈔手，專司精鈔宋元善本。不僅楷法用筆細膩、結構工整，而且校勘精審，極受士林推重。書法工整，校勘精審的鈔本，稱為「精鈔本」；如果是出於名家之手的，稱為「名家（或某人）鈔本」；依善本影鈔的，稱為「影鈔本」。這樣完成的鈔本，所耗費的人力資本自然比刊本高出許多，且每次僅能鈔成一部，不比雕版一次可以印出千百部，所以其珍貴性與市場價位，遂為同時期刊本的數倍之高。

但一般的鈔本，往往只為留存自用閱讀，往往鈔錄的楷字書法不佳，也不注重校勘，致使訛誤叢生，其在學術校勘的價值相對也較精校的刊印本為低。

刻本的種類

刻本亦稱刊本、槧本、鐫本，也就是版本類型，指雕版印刷而成的書本，如宋刻本、元刻本。

中國雕版印刷術發明很早。唐代已經有雕版印刷的書籍流行，五代已由政府指令國子監校刻「九經」，至宋代，雕版印刷的書籍大盛，旁及遼、金、西夏，直至元、明、清，前後盛行一千餘年。在長期的發展過程中，由於時代、地域、刻書者、刻版形體及印刷技術的不同，產生了許多形式各異的刻本。

從時代上區別的有唐、五代、宋、金、元、明、清、民國刻本。

因地域不同，有浙本（浙江地區刻本）、閩本（福建地區刻本，因以建寧府建安、建陽兩縣為中心，故又稱建本）、蜀本（四川地區刻本）、平水本（山西平水刻本）等，具體又分為杭州本、越州本、婺州本、衢州本、潭州本、贛州本、池州本、建陽本、麻沙本等。按照書籍刻印的主體，又分為官刻本（我國古代政府各機關雕版印行的書籍）、家刻本、坊刻本（指一般書商刻印的書），官刻本因所刻單位不同分監本、經廠本、藩府本、書院本以及各種名稱的刻本，比如宋有崇文院本、秘書監本、茶鹽司本、安撫使本、轉運使本、倉臺本、計臺本、漕院本、公使庫本、郡齋本、太醫局本等。坊刻和家刻都是私人刻書。

從印刷技術上區別的有寫刻、朱墨印、幾色套印等。

因版印技術不同，有墨印本、朱印本、藍印本、套印本等不同稱謂。因版刻印的早晚不同，

有初刻本、覆刻本、影刻本、初印本、後印本、重修本、遞修本等不同稱謂。按書籍流通情況又有通行本、舊刻本、殘本、善本、孤本等分別。

從刻版形體上來區別的，有大字本、小字本、書帕本、黑口本、白口本、十行本、八行本、巾箱本（版本較小的古書，巾箱是古時放置頭巾的小箱子，後亦用以存放書卷、文件等物品。因該書型特小，可裝在巾箱裡，極便攜帶，故名）、影刻本等。

影刻本是重製古籍刻本的重要方法：先照原書影摹，然後在版上雕，亦即照原書版式影刻的書本，又稱影刊本。常見方法是「以某一版本為底本，逐葉覆紙，將原底本的邊欄界行、版口魚尾、行款字數等，毫不改變地照樣描摹或雙勾下來，然後將描摹好的書葉逐一上版鐫雕」。其內容或形式與原書相同。

影刻與覆刻、仿刻在仿真程度上有所不同。從工序作法的差異，廣義的影刻還可以區分成三種：影刻本（狹義的影刻本）用勾「摹」方式上版刊刻、覆刻本是直接將原書拆散，葉面貼於木版上刊刻、仿刻本（翻刻）則是用「臨」寫方式上版刊刻。就「像真度」來說是以覆刻本為最真，其次影刻本、再次仿刻本。

另外還有一種「重刻本」，它跟上述三種的影刻本（都是力求與原本近似）不同，雖然都是參照著原來的本子刊刻，但它只要求文字內容是相同的，至於行款、格式等，則未必與原刊本一樣。

刻本的出現和流通，使古代典籍得以廣泛流傳，對保存、傳播文化遺產有著極大的貢獻。

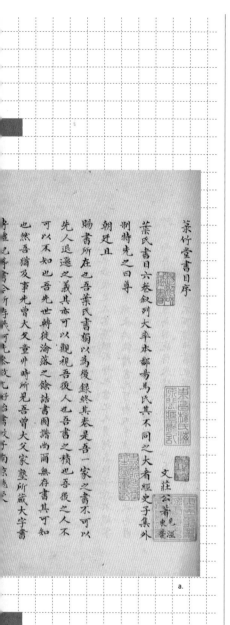

a.

a. 《菉竹堂書目》，清葉氏鈔本，足見其細膩工整。（中央研究院歷史語言研究所藏品）

學女虞無多子大業栲遺愚作詩

見面偬多子何遜詩成黑

聞名尓許時义乐鴉未到間陰度難黑

昏鴉接翅歸杜子美詩無人竭浮蟻有待至昏鴉

洛邑從來天地中 使召公復營洛邑周公

史記周本紀成王在豐

復卜申視卒營築宮居 嵩高蒼翠北邙紅

九鼎焉曰此天下之中 樂史太平寰宇記四百餘

毛詩嵩高維嶽駿極于天邙山連亘四百餘

記楊佺期洛城記云北

里實古今東洛九原之地十道四蕃志河

南北邙山上無林木惟此嶺古樗樹婆婆

四五 風流耆舊消磨盡 文選袁彥伯三國名臣贊序退想管

詆明風流顧況送少游

上人詩襄陽耆舊幾人存只有青山對病

樂遠明風流顧況況送少游

《註東坡先生詩》是宋版書頂尖之作，圖為國家圖書館所藏焦尾本書影，書頁版口雖因火燒毀損，仍可見其精美。（圖片提供：國家圖書館）

註東坡先生詩卷第七

吳興施氏

吳郡顧氏

詩六十三首　時通守錢塘

追和子由去歲試舉人洛下所寄

五首

暴雨初晴樓上晚景

秋後風光雨後山　文選謝玄暉和徐都曹詩風光草際浮

遠宛火𤏡暴曝𤏡白樂天悟真寺詩藍水要

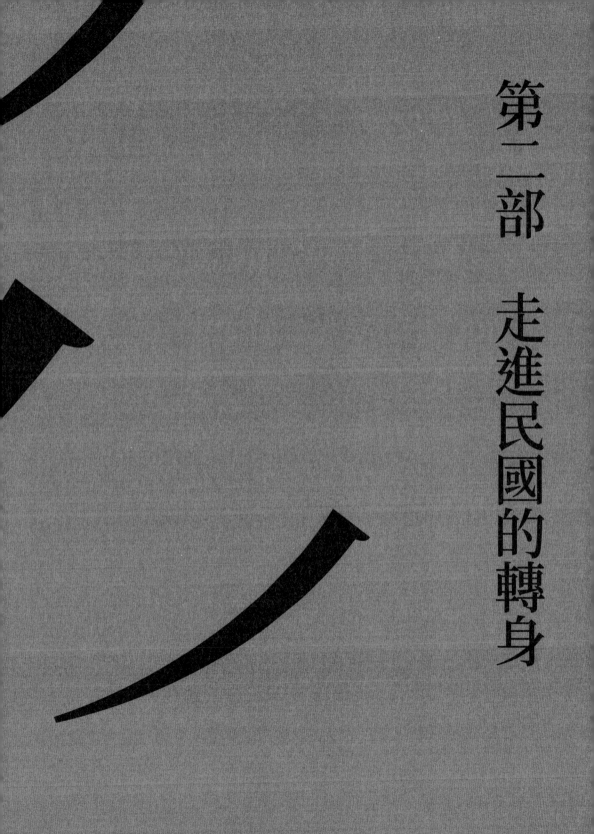

第二部　走進民國的轉身

CHAPTER 8

當漢字走進民國：
一些初步的描述和探討

李歐梵
香港中文大學冼為堅
中國文化講座教授

漢字之形，不止於文字本身的字體與形貌。由民國初期書籍封面、版型與廣告等設計中的漢字呈現，可觀察出漢字與知識分子、普羅大眾生活的豐富互動。

今年（2017）是五四新文學運動發起的一百週年紀念。一百年前，胡適在《新青年》上發表一篇文章，〈文學改良芻議〉，立刻受到陳獨秀的大力支持，和胡適聯名發動「文學革命」，把白話文正式提到中國文學的前臺。這一段歷史，早有不少學者陸續做更深入的研究。然而，關於民國成立後，書寫的漢字本身，包括詞語、字形、字義，及其外在的「物質性」（materiality）和美學潛能的探討和研究，直到最近才開始有學者注意。本文將為讀者勾勒此主題之輪廓。

現代漢字的語言問題

漢字一向是中國文化傳統的基本要素，舊時幼童的啟蒙就是從識字（而不是學說話）開始。隨著印刷術的發展，文字不但可以書寫，而且可以大量複製，變成書冊，因此流傳更廣；換言之，它已經不完全是精英的特權，而得以擴展到更廣的人民大眾。到了五四時期，這個書寫的中文面臨史無前例的挑戰：幾位著名的知識分子，如錢玄同、魯迅和瞿秋白，認為「漢字不滅，中國必亡」（魯迅的話），因為漢字太難寫了，而中國大多數的人民都是文盲，不識字，因此它變成一種障礙，「使得中國大多數人民永遠和前進文化隔離」。因此他們提倡「漢字拉丁化」，連語言學家趙元任也提出國語羅馬字的主張。這個漢字拉丁化的說法，如今看來匪夷所思，其實它背後的原由很明顯：一方面是意識形態上的「大眾化」，另一個原因就是新文學運動揭櫫的「口語化」，換言之，就是以說話的語音作為基準，所以書寫的漢字應該變成拉丁字母，並以之模擬口說的語言。大多數西方語言都是如此，以字母（alphabet）

為主，這一個傳統如今被法國哲學家德希達（Jacques Derrida）批判得體無完膚，稱之為「語碼中心主義」（logocentrism），他反而提出書寫文字（écriture）的觀念來對抗這個趨勢，他的靈感一部分就是來自中文漢字。

誠然，新文學的「口語化」運動也立刻得到官方的認可，1920 年民國政府教育部就規定，小學教材一律用白話文。然而，當時人似乎沒有考慮到書寫的白話文依然不可能「我手寫我口」，而是問題重重，例如方言問題，就不能用書寫的方式解決，否則除了方言地區的讀者之外，別人都看不懂，何況寫方言必須造新字新詞，使閱讀的難度更大。胡適掌握到歷史的脈絡：一個新成立的民族國家最需要的統一工具就是語言，而當時的政府（雖然還在軍閥統治之下）也了解推行國語的重要性，因此國語推行委員會得以成立，而注音符號的發明，也是為了幫助國人學習國語。然而國語屬於北方官話的系統，和南方人——如廣東人——的口音大相逕庭，而粵語更近古音。這便是口語化運動在語言上的爭論了。

從漢字的立場而言，我們必須分辨口說和書寫的不同。白話文所開創的文體是一種書寫的「語體文」，而不是一成不變的口語。即使如此，這種語體文也為現代漢字開拓了不少新天地：例如兩個字或三個字合成的名詞和動詞增多，有助於大量外來名詞的翻譯，也打破了文言文慣用的語法。有的新名詞，如「火車」，讓人想到以「火」——煤炭燃燒——發動的現代交通工具，也突出了漢字形象上的想像幅度。2001 年出版的《近現代漢語新詞詞源辭典》，由海峽兩岸三地外加日本學者聯手，共收集漢語外來詞五千兩百七十五條之多。這些詞語至今仍在使用，早已「華化」了。白話文中的詞語增多，在白話的語境中，文言文反而屈居後座，有的變成耳熟能詳的四字成語，形成文白夾雜的文體。有時候，這種夾雜也會產生意想不到的效果。魯迅的作品就是一個很好的例子。

魯迅的白話文用字遣詞，是文白夾雜的，有時候故意如此，甚至關注到個別漢字的字型的象徵意義。他的散文詩集《野草》中有兩篇散文詩都以「復仇」為名，但在最早的版本中，這個「仇」字用的是古體字「讎」——它的原意是兩個人對罵，但是魯迅把對罵變成無聲，使得整個情境顯得很荒謬。這個含義的形象化，塑造出散文詩的句子：「他們倆對立著，在廣漠和曠野之上，裸著全身，捏著利刃……」[1] 這個形象就像是一座雕塑。作為一個中國現代文學的開山者，魯迅對於這些古字是有自覺的，似乎故意把它放在一個極為現代的想像情境中，因而使得這個古字變形，成了一個現代人疏離的象徵。這是我的解讀。

1 魯迅 著，〈復讎〉，《野草》，（1927；香港：新藝出版社，1967）。此版乃初版的複印版，因此保留原版的印刷字體和封面設計。

現代漢字的物質文化： 出版和封面設計

　　簡而言之，書寫的漢字沒有滅亡，但書寫的方式和形象卻變化甚大。眾所周知，中國大陸用的是簡體字，也是經過多次沿革的結果，成為官定文字之後，所有繁體字消失了，然而近年來對於古書的重印似乎又放鬆了限制。而臺灣和香港依然用繁體字，但內中也夾雜了簡體字，文字的混雜和多樣化似乎成了社會急遽發展的定律。本文的重心不在於此，而是從另一個視覺和物質文化的層面來探討現代漢字的變化，以及它和傳播與普及的關係。

　　我們可以說，如果沒有宋明以來印刷術的發展，胡適所說的「活的文學」（也就是通俗文學，從話本到章回小說）不可能如此風行。胡適似乎對於印刷史完全沒有興趣，他的研究還是以版本的考證為中心，而版本學並不顧及冊數和發行量。

　　從一個文學通俗化的角度來看，晚清（大約是1895~1910 年）這十五年，是一個極重要的轉折期——有的學者稱之為過渡時期。在此期間，漢字的印刷文化工業和市場蓬勃發展，它也為民國初年爆發的五四新文化運動鋪路。傳播新知和新文化最有效的渠道就是報章雜誌和書店，二者都是由於印刷工業發達而產生的。印刷工業為新文化運動奠基，而後者的成功又為前者帶來新的商機和發展。更值得探討的是，這一個互動產生了一種新的藝術和美學——書本的封面設計和插圖，以及報章雜誌上的廣告，如果新文學和新文化運動沒有經過傳播，也不會如此成功。這些外在因素，也直接影響到民國時期漢字的承傳和變化。

　　民國初年的出版生意，幾乎由三家大書店——商務、中華、世界——所霸占，然而小的書店也不少。《新青年》雜

a.

b.　　　　　　第 一 冊

a.｜中國商務印書館「說部叢書」系列《吟邊燕語》（1906），此書系封面印刷往往黑白和彩色並用。（圖片提供：上海圖書館）

b.｜魯迅自行設計與周作人合譯的《域外小說集》封面，並於 1909 年自費出版。（圖片來源：上海魯迅紀念館《魯迅與書籍裝幀》，上海魯迅紀念館 編，上海人民美術出版社）

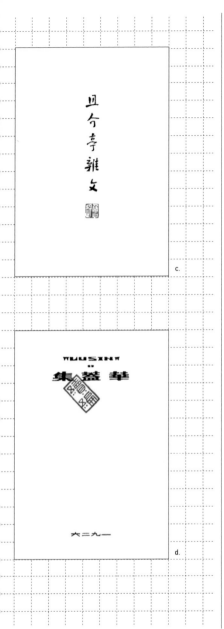

c.

d.

誌就是由一家小書店（亞東）負責印刷發行的。大書店盈利的主要來源是教科書、工具書（如字典和百科全書）和大量的外國通俗翻譯小說，有了市場，也就有了競爭。書本外表的吸引力也逐漸受到重視，封面設計開始發生變化。石板印刷可以複製照片和添加彩色。商務印書館於此時出版的「說部叢書」系列，其書本封面的印刷，往往黑白和彩色並用。

晚清書籍封面的字體，往往脫胎於清朝中葉以降的古體，例如林紓翻譯的法國小仲馬小說《巴黎茶花女遺事》在1901年的玉情瑤怨館木刻線裝本，丁可鈞為之作的書名題簽，就是模仿金文的大篆。[2] 到了民國初期，這類漢字的裝飾和設計開始有了顯著的變化。1916年出版的鴛鴦蝴蝶派雜誌《禮拜六》第九十八期，封面的雜誌名稱字體依然仿石碑上的隸書（一旁注明是集字自《史晨碑》），但配上了半新半舊的仕女，雖然有美人妝點門面，不過還是很保守的設計。其他刊物則逐漸脫離了舊傳統，開創了新式的美術字，對字體的結構和寫法都進行了大膽革新，書寫的工具也有毛筆和硬筆，而此時西方和日本的藝術思潮和平面設計也逐漸傳入中土，為新文化的書本生意製造了不少意想不到的效果。[3]

到了五四初期，新文學作品的封面變得更講究了。我們看魯迅幾本書的封面，有的是他自己設計的，甚至用自己的書法，也不乏他個人特別喜歡的漢朝碑文的文字形象。有的是他喜歡的弟子如畫家陶元慶設計的。魯迅自己的封面設計非常簡樸，頗有古風，但這不是復古，而是把古代的一種美學自覺地轉化成現代藝術。例如《且介亭雜文》和《華蓋集續編》，黑色的字體上又加蓋了一個印章，前者是魯迅自己的圖章，後者則是把「續編」二字變成書名的一部分，而且故意斜排，形成一種美學效果。魯迅的美學品味很高，在1930年代他竭力提倡木刻，帶動風氣，也訓練出一批年輕

c. 《且介亭雜文》（上海三閒書屋，1937）封面蓋了魯迅自己的圖章。（圖片來源：《魯迅與書籍裝幀》）

d. 《華蓋集續編》（北京北新書局，1927，封面年份誤印），封面設計把書名中「續編」二字做成圖章並故意斜排。（圖片來源：《魯迅與書籍裝幀》）

2 可參考姜德明 編，《書衣百影（續）》（北京：三聯書店）。
3 在此我必須感謝香港中文大學藝術史的博士生延雨，她在我的研究課上提交有關這一方面的珍貴圖片資料，部分論點也是她的。我經過她的同意，轉載於此，未敢掠美。此外，中大的兩位年輕教授張歷君和崔文東，也提供有關豐子愷和魯迅的資料圖片，在此一併致謝。其他圖片，是我從一本書——《書影》（姚志敏、王忠民、張振華、卞強生 主編；上海：上海遠東出版社，2003）找到的。其他有關書籍，則列於文後的「延伸閱讀」。

人。因而木刻也變成了書面設計的一部分。老舍的《劍北篇》（1942 年）和郭沫若的自傳《少年時代》如法炮製，但前者又加多了一幅老樹和放牛的畫，把書中的主題內容點出來了（老舍的另一部小說就叫作《老牛破車》）。

　　有些書本的封面設計則較內容更「前衛」（avant-garde），因為設計封面的畫家曾經留學外國，接觸到新的藝術潮流，因此吸收很多新的美學養分。例如畫家劉既漂（1900~1992 年），他為《人間》雜誌第二期和葛又華的小說《瘋少年》（1929 年）設計的封面就是一個例子。漢字的字體經過美工處理以後，和畫面連結，效果有點像同時代的歐洲立體畫。外來的藝術思潮的另一個面向是裝飾用的西洋字體，有時也被置於封面，中外文字體夾雜在一個封面上，成為一個美術設計的整體；特別是翻譯作品的封面更是常見，形成一個國際化（cosmopolitan）的景觀，正像當時流行的世界語（Esperanto）在知識分子群中蔚為風氣一樣（巴金就熟稔世界語）。1949 年中共建國以後，把中文書名變成拼音放在封面，和中文對照的風氣，更為普遍。

　　這一個「表面」的現象，引出了一個更複雜的問題：現代漢字經過形象處理後，是否直接反映作品內容的現代性？或者和內容之間有所差距？如果把這個問題提升到美學的層面，封面設計本身是否就可以代表一種前衛藝術的風格？這使我想到 1930 年代《現代》雜誌所刊載的新詩，雜誌主編施蟄存特意標榜新詩的現代性和都市性。他提拔了一位至今幾乎快被人遺忘的詩人鷗外鷗。

e.

f.

e. | 老舍的《劍北篇》（文藝獎助金管理委員會出版部，1942），封面應用了木刻。（圖片提供：上海圖書館）

f. | 《瘋少年》（人間書店，1929）封面，漢字字體和畫面連結的效果有點像同時代的歐洲立體畫。（圖片來源：《書影》，上海遠東出版社）

《解放了的董·吉訶德》（生活書店，
1942；圖片提供：上海圖書館）

《唯物史觀的文學論》（水沫書店，1930；
圖片提供：上海圖書館）

《意大利的脈搏》（金星書店，1939；圖
片提供：上海圖書館）

《薇娜》（上海開明書店，1928；圖片提供：上海圖書館）

外來的藝術思潮的另一個面向是裝飾用的西洋
字體，有時也被置於封面，中外文字體夾雜在
一個封面上，成為一個美術設計的整體，翻譯
書尤其如此。

這位詩人特立獨行，後來發表的幾首詩故意用不同大小的字體排版，製造出一種視覺上的效果（如原載於《詩》1942年第三期第四卷的〈桂林即日：4·被開墾的處女地〉，全詩以三種字級的字體刊印，詩的開頭有大小各異的「山」字重複排列，呈現桂林群山堆疊之景[4]），可惜響應者渺渺。直到數十年後臺灣的幾位現代詩人，如林亨泰、詹冰、白萩和杜十三所標榜的「形象詩」。

女詩人夏宇，更將之推到極致（或源頭），例如她的一首詩〈失蹤的象〉，乾脆就把大象的形象代替了漢字「象」。大陸藝術家徐冰發明的「天書」，其每一個形象都是來自漢字，但都沒有意義，認不出來。[5]

1930年代的詩人還沒有「新潮」到這個地步，因為當時的文化環境和思想潮流不容許這樣大膽的藝術嘗試。然而即便如此，不少文學作品的封面設計依然充滿「現代感」。有的左翼作家把前衛藝術和革命意涵連在一起，在書本封面中暗藏革命的象徵意象，譬如馮雪峰的《有進無退》（1945年）的書名，就隱含了「前進」的主題，紅色的字體一個比一個大，指向前方。胡也頻的中篇小說《到莫斯科去》（1930年）的封面背景是工業建設的蘇聯，鐵道正在鋪陳，遠處煙囪林立，象徵這個社會主義新國家的光明前景，左邊的立體畫似乎表現工人群眾，而「到莫斯科去」五個字，也是用紅色字體，象徵革命。國民黨要「討赤」，意義相同，目的則相反。丁玲和成仿吾等左翼作家編輯的雜誌《解放文學》，名字以黑白對比的方式畫出──「解放」用黑色，「文學」用紅色，表示文學的政治力量，中間的圖案則是鐵窗（監獄的象徵）中伸出來的一隻手，握著火炬，意義不需解說。這個時期的書本封面設計，紅黑相間的漢字字體用得特別多，顏色的象徵作用早已超出了清末刊物。

g. 《有進無退》（國際文化服務社，1945）封面書名，就隱含了「前進」的主題。（圖片來源：《書影》）

h. 《到莫斯科去》（光華書局，1930）的封面背景是工業建設的蘇聯，鐵道正在鋪陳，遠處煙囪林立，象徵這個社會主義新國家的光明前景。（圖片來源：《書影》）

i. 《解放文學》（出版者與年份不詳）色彩與圖像蘊含的訊息強烈，不言而喻。（圖片來源：《書影》）

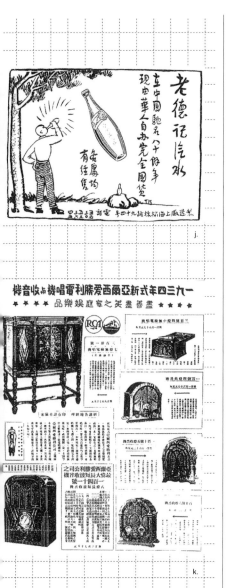

漢字的通俗化和商業化：漫畫和廣告

　　書本的封面設計兼具美術和商業的因素。連帶而興起的是漫畫和廣告。豐子愷可能是第一個把漫畫藝術認真看待的五四知識分子，「漫畫」一詞最初就是他在 1925 年使用。他的畫作和散文可以連在一起看，是「詩中有畫，畫中有詩」的現代版，只不過他自己把漫畫看作一種視覺上的散文，兩種形式都是隨興而作的，題材和風格都有相當的隨意性，雖然他自稱像是隨筆，其實往往得自古典詩詞的靈感。對於漢字本身的價值，他是尊重的。無論是風景人物的素描或漫畫，豐子愷大都用毛筆。在五四文人群中，他代表一種閒逸的古風，但內容還是現代的。他也偶爾繪製廣告。1930 年代一家國產的汽水公司老德記請他畫廣告，他不但畫了一個青年在樹下飲汽水，怡然自得，又像是在吹號角。畫的中央又一個大汽水瓶，左邊是豐子愷親自題的字，並加上一句愛用國貨的詞句：「在中國馳名八十餘年 現由華人自辦完全國貨」（老德記原是英商）。據說豐子愷的廣告「獲得了很好的反響，這種新的飲料也從此與他結了緣分」。6

　　也有一些在 1920、1930 年代出頭的漫畫家，則和豐子愷不同，從商業／廣告出身。上海的商業文化培育了不少此類畫家，他們從畫報（如申報館出版的《點石齋畫報》）畫到月份牌和香菸廣告，把舊時的「仕女圖」改裝成「時裝美女」。這類產品介乎新聞與繪圖、啟蒙和消費之間，雖以繪畫視覺上的吸引力為主，但也需要文字的搭配，做點題之用，或介紹畫的內容。

　　因此，《點石齋畫報》中幾乎每一幅圖畫都有題簽式的文字解說，畫的內容則千奇百怪，因為內中包括很多西方的新奇事物，讀者邊看邊讀，文字幫助解說圖畫的意義。這

j. | 豐子愷為老德記汽水所繪廣告。（圖片來源：由國慶《民國廣告與民國名人》，山東畫報出版社）

k. | 1930 年代，當時上海最大報《申報》上的勝利收音機廣告，文字占了很大分量。（圖片來源：魏可風，《張愛玲的廣告世界》，聯合文學出版社）

4 感謝香港教育大學陳國球教授提供鷗外鷗詩的資料。

5 見美國學者白安卓（Andrea Bachner）的新著《Beyond Sinology: Chinese Writing and the Scripts of Culture》（New York: Columbia Univ. Press, 2013）第五章。此書的封面設計，中文書名較英文更醒目：《說文寫字：漢字書寫與文化的印跡》。

6 由國慶 著，《民國廣告與民國名人》（濟南：山東畫報出版社，2014），133 頁。本文有關廣告的資料，皆出於此書。

一個閱讀過程也使得中文漢字進一步通俗化，它不再用艱深難懂的古文，而用文白相間的文體。到了1930年代，漫畫逐漸變成一種藝術，而且創立了一個新的行業——漫畫家。較著名的有張光宇、葉淺予、盧少飛、廖冰兄、黃文農、張樂平等人，他們直接用各自擅長的漫畫形象創造出有代表性的人物，有時更針砭時政，到了抗戰時期，又發揮同仇敵愾，為抗日做宣傳。這些漫畫家不容輕視，因為他們介乎文人和畫家之間，而兼有二者的功能。到了漫畫成熟的時候，形象逐漸代替了文字，兼有視覺和敘述的功能，可以使識字不多或不識字的大眾接受。葉淺予的《王先生》、張樂平的《三毛流浪記》是最有代表性的例子。葉淺予可說是漫畫藝術的開山者，曾主編《時代漫畫》、《上海漫畫》等雜誌。

走筆至此，不得不提到廣告。它的興起，也和現代漢字的通俗化有關。晚清民初的廣告，文字的作用依然佔首位，較漫畫更強。因為廣告源自「告白」和「公告」，是一種公開的表達形式，原來並不見得有商業目的。但書店也趁機宣傳新書的內容，有時還請作家親自執筆，以增加銷量。文字不再肩負「載道」和「言志」的重擔，而變成宣傳和推廣的必要工具。到了民國時代，文字大眾化和通俗化的趨勢更促使文字和圖像的結合。

廣告是否可以稱之為「文學」，是另一個可探討的議題，但至少它變成一種書寫方式，有論者認為，張愛玲就是一位能寫善畫的「廣告人」，她為《炎櫻衣譜》寫的前言，就像廣告文案。[7]張愛玲本人也喜歡繪畫，以書寫和視覺雙料方式來打造自己的名聲，她的散文集《流言》等書的封面就是她自己設計的。她的前半生最主要的生活城市就是她心愛的上海，這個「十里洋場」的「聲光化電」本身就是一個廣告世界，張愛玲生活在其中，不可能不受其影響。近年來大量

l. | 同時期《申報》上的百代鋼鑽針唱盤廣告，文字令人眼花撩亂。
（圖片來源：《張愛玲的廣告世界》）

m. | 1930年代，上海電力公司也在《申報》刊電爐廣告，圖文並重。
（圖片來源：《張愛玲的廣告世界》）

研究張愛玲的學者和「張迷」，更不忘把這個世界勾畫出來。[8]

　　然而我們也發現，當年的上海和當今的上海或香港不同，廣告中的文字分量依然很重，主流印刷媒體如《申報》所登載的廣告尤其如此，往往把文字和圖像（漫畫或照片）混在一起，製造出一種視覺上的饗宴，但此類廣告的文字再多，讀者也不會留心細讀。例如1930年代的勝利收音機和上海電力公司的電爐廣告，就是文圖並重，而百代公司的鋼鑽針唱盤的廣告的文字，更令人看得眼花撩亂。

　　為什麼文字這麼多？以今天的眼光看來，這些文字大都是多餘的。即便如此，我們不得不承認，當時的商業社會和傳統仍然一脈相承：書寫的文字是文化的主力。商業廣告所激發的消費行為，多少還和識字的多寡有關，形象似乎仍居輔助地位，這類新產品是現代化生活的物質表徵，然而它背後仍然需要文字來解讀；換言之，中國文字的啟蒙作用遠遠超過了西方。如今我們生活在一個極度發展的資本主義的社會，廣告的作用也變得毫無「啟蒙」可言，而是為了提高購物者的欲望，所以商業廣告也變成了一個欲望的圖騰，經過視覺媒體的操作，形成一種新的「洋洋大觀」（spectacle），而1930年代廣告中畫出來的人物形象，也為放大的半裸體模特兒照片或影片所取代。

結語

　　民國時代的漢字演變，可以討論的題目更多。本文僅初步描述一個輪廓，或點出一些跡象。近年來文化研究的學者已經開始關注這個現象，因此感興趣的讀者可從延伸閱讀素材再加以深入。為了紀念五四一百週年，也尊重其普及群眾的精神，我特別寫了這篇不算學術的短文，聊表心意。

延伸閱讀

1 李歐梵 著，《現代性的追求》（【輯三「追求現代性」】），北京：三聯書店。
2 商偉 著，〈言文分離與現代民族國家：「白話文」的歷史誤會及其意義〉，《讀書》雜誌，2016年11、12期。
3 姜德明 編，《書衣百影，1906-1949》、《書衣百影（續）》，北京：三聯書店。
4 豐子愷 著、劉晨 編，《繪畫與文學：豐子愷談藝錄》，北京：海豚出版社。

7 由國慶：《民國廣告與民國名人》，111-14 頁。
8 如魏可風：《張愛玲的廣告世界》（臺北：聯合文學出版社，2002）。後文所舉的三個上海廣告例子，皆來自此書。

CHAPTER 9

簡體字與正體字之別：
回顧歷史的背後

簡正體字背後的歷史其實無法簡單地以兩岸二分。漢字簡化聲浪的緣起實際上更為久遠，進程也更是複雜。

郝明義
大塊文化董事長

在國民黨與共產黨政府長期對峙較量的時間裡，雙方從政治到文化，在各個領域都有旗幟鮮明的不同立場，針鋒相對。

正體字與簡體字之別，也是尖銳對比的代表之一。

但如果回顧歷史，其中有許多需要澄清之處。

《舊約》的〈創世記〉裡說：「那時，天下人的口音，言語，都是一樣⋯⋯他們說，來吧，我們要建造一座城和一座塔，塔頂通天，為要傳揚我們的名，免得我們分散在全地上。」

而耶和華看到天下人都使用同樣的言語，怕他們合作的事沒有不成就的，所以就下去，變亂了他們的口音，使他們的言語彼此不通。「他們就停工，不造那城了。」

這個故事把言語的重要講得淋漓盡致。大家使用的言語一致，登天的事情也辦得到；大家使用的言語一亂，彼此就只好分崩離析。

如同〈創世記〉的故事，清朝末年的中國，也有許多人看出言語的重要性，為了救亡圖存，所以把語言的改革當作第一大事。

所以，要看近代中國的正體字與簡體字之別是如何發生的，至少要回溯到清末。

※※※

當時之所以有人主張救國救民的首要之務是語言和文字的改革，主要因為大家看到民智不開的問題。民智不開，是因為教育不普及；教育不普及，他們認為病根在於漢字有「三難」：難讀、難認、難寫。

所以，要解決這些問題，就不免要為學習漢字思考三件事情的改革：

一，如何統一發音：漢字的發音南腔北調，沒有發音的標準，無法進行現代學校的教育。

二，如何學習發音：中國雖然過去就有教發音的字典，但都是以字注字，也無法滿足現代的教育所需。

三，如何簡便地書寫：中國雖然傳統上就有書法上的簡化字，或是市井生活使用的簡體字，但是零亂也不普及。

因此許多人都希望能進行一些改革，以求如清末語言學家勞乃宣所說的成果：「不識字之婦女村氓，一旦能閱讀書報，能作函札，如盲者之忽而能視，其欣快幾乎無可名狀」。

其後，在跨越一百多年的時間裡，從激進到保守，從左派到右派，從國民黨到共產黨，各種語言和文字改革主張，都是環繞著這三點展開的。

※※※

從中華民國建立，到 1928 年北伐成功之後國民政府主政，推動的改革主要呈現在「如何統一發音」和「如何學習發音」上。

1912 年，教育部就定下了統一「國音」，並採行用「注音字母」來學習發音的推動單位和方針。

一開始，「國音」是由 1913 年成立的「讀音統一會」進行逐字審音，「每字就古今南北不齊之讀音中，擇取一音，以法定之形式公布之，名曰國音」。

到 1920 年，張士一發表《國語統一問題》，提出以北京音為國音標準的主張，當年「第六屆全國教育會聯合會」通過，請教育部「照此旨修正《國音字典》，即行頒布」。1923 年，

教育部正式採行。

制定「注音字母」的時候，一開始也是聲音很多，有主張仿照日本假名的「偏旁派」，有自定字母的「符號派」，還有採用羅馬字母的各派。最後，決議採行 1890 年代章太炎所創的「記音字母」，改稱為「注音字母」。注音字母經過幾次增訂、更動順序，到 1930 年定名為「注音符號」。

改為「符號」而不是「字母」，就是要免除這些「字母」可能替代漢字的可能，確認這些符號只能附著於漢字之旁，「伺候漢字，偎傍漢字」了。

伴隨這個過程，則有政府的教科書改革（包括課文裡生字用注音符號）、配合留聲機等新科技的發音推廣、各種國語傳習所和講習所的推動等等。

※※※

近代主張以簡體字來改革漢字書寫的，至少中華書局的創辦人陸費達在 1909 年就於《教育雜誌》上寫了篇文章：〈普通教育應當採用俗體字〉。

此後有代表性的，可以看到白話文運動中胡適在主張「不避俗字俗語」之後，又讚美「破體字的創造與提倡」；錢玄同發表〈減省漢字筆畫的提議〉等等，不一而足。

事實上，由於加上各種簡化漢字的理由和方法越來越多，連蔣介石都受到影響，最後同意逐步推行簡體字。到 1935 年的時候，教育部正式公布了《第一批簡體字表》共計三百二十四個，同時頒布《推行簡體字辦法》九條。

然而，這個推廣簡體字的辦法在公布之後，因為當時的

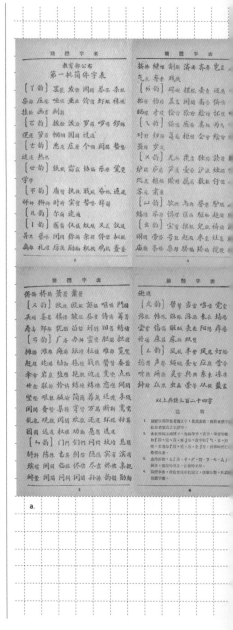

a. | 1935 年，教育部公布了《第一批簡體字表》。（圖片來源：Wikimedia Commons）

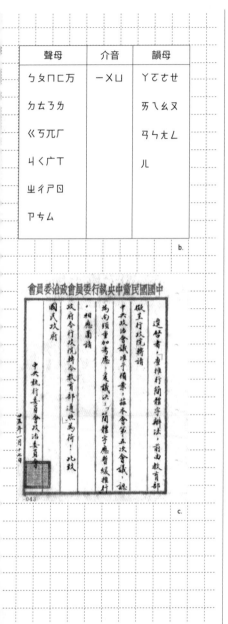

聲母	介音	韻母
ㄅㄆㄇㄈ万	ㄧㄨㄩ	ㄚㄛㄜㄝ
ㄉㄊㄋㄌ		ㄞㄟㄠㄡ
ㄍㄎㄫㄏ		ㄢㄣㄤㄥ
ㄐㄑㄐㄒ		ㄦ
ㄓㄔㄕㄖ		
ㄗㄘㄙ		

b.

c.

國民黨大老戴季陶堅決反對，蔣介石不得不讓步，又下令暫緩推行。

只是等中華人民共和國在 1964 年公布《簡體字總表》的時候，把國民政府在將近三十年前公布的這三百二十四個簡體字大部分都收了進去。像是有人說簡體字把「親不見」成了「亲」、「聖不能聽也不能說」成了「圣」，都是當時就有的（「门」、「垦」、「罢、「发」、「杀」、「杂」、「压」、「画」這些字就更不必說）。

總之，主張簡體字改革，並不是共產黨的獨創，也不是最早提出來的。

※※※

民國初年的社會，各方企圖透過語言和文字的改革與學習，來進行國家改革的企圖，要比主政者來得更激烈。

要簡化漢字的呼聲還是最溫和的。大家沒有最激進，只有更激進。

以錢玄同為代表性人物的廢除漢字運動，就是個例子。

1918 年，錢玄同在《新青年》發表〈中國今後的文字問題〉一文。他認為中國文字「非拼音而為象形文字之末流，不便於識，不便於寫；論其字義，則意義含糊，文法極不精密……此種文字，斷斷不能適用於二十世紀之新時代」。因此，錢玄同提出了「廢漢文」的主張，並倡議未來「當採用文法簡賅、發音整齊、語根精良之人為的文字 Esperanto（世界語）」。

陳獨秀雖然也認為中國文字是「腐毒思想之巢窟，廢之

b. 注音字母經過幾次增訂、更動順序，到 1930 年定名為「注音符號」。万、兀、广三個字母於 1932 年廢棄不用。

c. 1936 年，中國國民黨中央政治委員會致國民政府函，告知經中央政治會議決應暫緩推行簡體字，請令國民政府行政院轉令教育部遵照。（國史館藏，數位典藏號：001-090002-00008-009）

誠不足惜」，但認為語言和文字需要分別對待，因此提出了「先廢漢文，且存漢語而改用羅馬字書之」的調整意見。錢玄同接受陳獨秀的意見之後，就一同倡導國語羅馬字，開始了國語羅馬字運動。

1923 年，《國語月刊》出版了《漢字改革專號》，百花齊放，尤其國語羅馬字運動成為焦點。不但有錢玄同的文章主張漢字的根本改革只有採用羅馬字一途，語言學家黎錦熙、趙元任也都發表國語羅馬字化的相關研究。

國語羅馬字運動的聲勢太大，當年 8 月，北洋政府的教育部就決議進行「國語羅馬字拼音研究委員會」。五年後，國民政府的大學院更進一步公布國語羅馬字，與當時已流行的注音符號並用。

只是到這個時候，國語羅馬字的原始能量和方向都不一樣了。它和注音符號一樣，都無法替代漢字，而只能附著於漢字了（五十八年後，1986 年，教育部把國語羅馬字改稱為「注音符號第二式」，注音符號因此又稱為「第一式」。像蔡英文總統的「英」字譯為 Ing，就是因為這國語羅馬字的系統）。

※※※

當時中國共產黨在語言和文字的改革上，真正原創的主張是提出了拉丁化新文字運動。

如同當時有同出於白話文立場，但是比白話文更強調與民間結合、更直白的「大眾語」，拉丁文新文字也是源自於國語羅馬字，但是更前進一步，更方便以拉丁化新文字代替漢字。

中共會主張拉丁化新文字，有多重原因。

第一，蘇維埃革命之後，蘇聯鼓勵各地民族掀起拉丁化的文字改革運動，所以 1929 年正在旅蘇的共產黨員瞿秋白就在莫斯科寫成《中國拉丁化字母方案》。

第二，共產黨員開發拉丁化新文字，除了要解決漢字本身「難認、難識、難學」的問題外，還有一個階級立場的理由：「中國漢字是古代與封建社會的產物，已變成了統治階級壓迫勞苦群眾工具之一，實為廣大人民識字的障礙，已不適合於現在的時代」。

拉丁化新文字和國語羅馬字主要的不同有二：一，是基本上不做聲調的標示；二，是方便把言語轉化為文字，和一般生活結合。

　　所以魯迅說：這個方法一出世，「方塊字系的簡筆字和注音字母，都賽下去了」；至於拉丁化新文字和國語羅馬字的比較，他則說：「羅馬字拼音者是以古來的方塊字為主，翻成羅馬字，使大家都來照這規矩寫，拉丁化者卻以現在的方言為主，翻成拉丁字，這就是規矩。假使翻一部《詩韻》來做比賽，後者是賽不過的，然而要寫出活人的口語來，倒輕而易舉。」

　　這種拉丁化新文字，先由吳玉章在旅蘇的十萬名華工中進行實驗推廣，然後在 1933 年傳回中國，在各地成立了許多推廣團體。

　　兩年後，上海中文拉丁化研究會發起《我們對於推行新文字的意見》簽名運動，主張：「中國大眾所需要的新文字是拼音的新文字。這種新文字，現在已經出現了……我們覺得這種新文字值得向全國介紹。我們深望大家一齊來研究它、推行它，使它成為推進大眾和民族解放運動的重要工具。」最後，這篇文章邀到以蔡元培領銜的六百多名文教界人士簽名，毛澤東親自寫信向蔡元培致意。然而，接下來抗戰爆發。戰爭改變了許多事情發展的軌跡，也中斷了拉丁化新文字的討論熱潮。

　　抗戰期間，中共只能在陝甘寧邊區先後推動了兩次拉丁化新文字推廣試驗。1940 年，他們頒發了《關於推行新文字的決定》，「規定邊區政府的法令、公告等重要文件，將一律一邊印新文字，一邊印漢字；凡是寫報告、遞呈子、記帳、打收條、通信等，用新文字跟用漢字法律上有同等效力。」

※※※

　　理論上，1949 年中華人民共和國建立之後，共產黨全面執政，應該是終於等來了可以把拉丁化新文字向全中國推動的機會。但中共建政之後，事情有了變化。

　　1949 年 8 月，當年參與推動拉丁化新文字的吳玉章寫信給毛澤東，請示文字改革的方向和原則問題。毛澤東把信交給了郭沫若等人研究，當年 10 月成立了中國文字改革協會。次年，吳玉章在這個協會的幹部會議上傳達毛澤東的指示卻是：文字改革應首先辦簡體字，不能脫

離實際，割斷歷史。

此後，毛澤東在不同場合說過一些話，像 1951 年說「文字必須改革，要走世界文字共同的拼音方向」；1955 年說「拼音文字是較便利的一種文字形式。漢字太繁難，目前只作簡化改革，將來總有一天要作根本改革的」。但是到 1958 年周恩來在全國政協舉行的報告會上做《當前文字改革的任務》報告時，開頭一句「當前文字改革的任務，就是：簡化漢字，推廣普通話，制定和推行漢語拼音方案」，就明確界定了毛澤東真正重視的文字改革三大任務。

毛澤東那幾次說還是要走拼音文字的路，漢字簡化只是暫時之計，不論到底是真心話還是障眼之說，其後拉丁化新文字畢竟沒再見提上進程了。

※※※

有趣的是，在 1950 年代初期，有一度，簡體字差點成為海峽兩岸在語言和文字改革上的共同交集。對岸推動簡體字就不說了，臺灣也差一點。

中共建政之後，很多人以為他們會實踐主張已久的拉丁化新文字運動，從根本上拋棄漢字，曾經當過北大校長的羅家倫就是其一。國民政府撤守臺灣，羅家倫也輾轉來臺之後，曾經在 1954 年發表一篇文章〈簡體字之提倡甚為必要〉。羅家倫提倡簡體字的第一個理由就是為了要「保全中國字」，因為「近數十年來有人主張中國文字拉丁化或全部改用拼音文字，這是我認為不可的」。

羅家倫發表那篇文章的場合，是他以國民黨黨史編纂委員會主任委員的身分，在國民黨中央委員會上做報告。因此得到蔣介石的首肯與鼓勵，是可想而知的。而蔣介石之所以要推動簡體字，則是因為「軍中充斥著『拉伕』來臺的文盲，為了普及識字率……因此連教育部都已在 6 月時，成立了十五位委員組成的『簡體字研究委員會』」（請參閱本書〈羅家倫在臺灣功敗垂成的漢字簡化案〉一文）。

雖然，之前反對簡體字最力的戴季陶已經過世，但蔣介石仍然再度遭到從學界到立法院的反對，在臺灣推動簡體字的方案不得不再次偃旗息鼓。

再接下來，隨著對岸以簡體字為主流，「文化大革命」為代表的反傳統文化的運動愈熾，

國民黨政府也愈需要經由正體字國語文教育強調自己的「正統」地位。從此簡體字在臺灣就沒有推動的空間，簡體字與正體字之間也就由「之別」走向「之爭」，在許多人心目中形成水火對立之勢（請參閱本書〈1960年前後的國語文教學與正體漢字文化的確立〉一文）。但不論如何，在1950年代初期，推廣簡體字的運動差一點在海峽兩岸同時發生，實在是歷史上很奇特的一幕。

※※※

然而，時代畢竟在前進。

在二十一世紀電腦及網路發達的此刻，民智是否開，教育是否普及，早已經和漢字是否有「三難」沒什麼關係了。

兩岸曾經聚焦在正體字、簡體字之別而產生的緊張也不存在了。

以對岸來說，除了1986年停止第二次漢字簡化方案之外，2011年的第十一版《新華字典》中還增加了一千五百多個繁體字。

以臺灣來說，從2008年開始，中央政府也可以接納漢語拼音，將之當作統一譯音方案來推動。所以，正體字與簡體字之別，以及之間可以進行什麼樣的討論，對未來可以有什麼樣的想像，也來到了一個嶄新的起點上。

很令人期待。

CHAPTER 10

以身殉字的陳夢家

朝代更迭動盪間，國學大師陳夢家寄情研究，過著平靜的生活，卻由於對漢字的熱愛而被漢字簡化的浪潮捲進狂濤之中。

呂佳真
文字工作者

從來不問他的歌，
留在哪片雲上，
只管唱過，只管飛揚——
黑的天，輕的翅膀。
——陳夢家〈雁子〉

1911 年 4 月 20 日，陳夢家生於江蘇南京；那時神州大陸還是清朝天下，統領國家的宣統帝溥儀才比他大五歲。他出生半年後，清朝覆滅了；剛會牙牙學語的週歲光景，北京政壇寶座上坐的是袁世凱；等陳夢家上小學，袁世凱已經稱帝不順，病逝了。之後北京城裡三天兩頭換總統。

動盪的時代中，陳夢家遠離權力中心，在父親陳金鏞的栽培下一路念書，最後從中央大學法律系畢業，還擁有律師執照。

陳金鏞是上海廣學會編輯，國學底子甚好，又是目睹西潮東漸的一線人物；陳夢家在此家學淵源下，也就既能寫新詩，也能看古文——而且他專攻的古文還真是不一般，那是當時才從地下出土三十多年的殷商時代（距今約三千年）甲骨文。他後來甚至為此進了燕京大學念研究所。

那時的陳夢家不過二十五歲，從此他終其一生都沉浸在文字學中。

1949 年，中國政權從國民黨轉移到共產黨，掌權者換成了毛澤東。在陳夢家的觀念裡，這不過又是一個朝代的更迭，自古以來改朝換代所在多有，他早已司空見慣，所以並沒有打算跟著國民黨政府東遷。再說了，不管誰主政，用的都是這一套由三千多年前繁衍至今的正統漢字，就算西夏、蒙古、滿清有自己的文字，但策馬中原後，不都是以漢字為主嗎？他對漢字的熱愛是真摯成癡的。

他意想不到的是，毛澤東想要改變漢字，把漢字簡化。

1956 年，陳夢家出版《殷虛卜辭綜述》，這部作品後來成為甲骨文研究的重要著作。同年中共也開始倡議簡體字。陳夢家儘管認為毛派大力推動的簡化漢字完全失去文字學的道理，心中不滿但也不敢太過激烈，只能暫時隱忍。

次年便是「五七之春」，中共當局在 1957 年 4 月發出《關於整風運動的指示》，鼓勵知識分子「大鳴大放」，提出意見。陳夢家便在《文匯報》發表了〈慎重一點「改革」漢字〉一文，希望能夠遏止簡體字的推行。沒想到「大鳴大放」熱烈的回響等於是批了主子的逆鱗，引發共產黨反撲，展開了一連串「反右運動」。

陳夢家於是在這場風暴中被劃成了右派，在三反五反的勢頭下，被打趴在地，一度下放河南農村接受勞動改造。他的妻子，身為翻譯家、比較文學家的趙蘿蕤，更因受到過度刺激，導致精神分裂，住進了北京安定醫院。然而對他來說，這還不是最大的災難。畢竟中共允許一群研究學者使用繁體字，陳夢家在勞改後回到研究崗位，還是能關起門來繼續研究文字。

十年後，1966 年文化大革命興起，五十五歲的陳夢家又被揪鬥了。他不僅被迫長跪在院子裡，有人對他吐口水，還有人往他頭上澆剩飯剩菜；但這些激烈的批鬥、不堪的凌辱虐待，都比不上他的心血被糟踐──他的研究、他的收藏，砸的砸、毀的毀。最終他選擇了自縊身亡，和他的文字學同歸於盡。

如今看著 2008 年由中華書局再度出版的《殷虛卜辭綜述》，令人不禁長嘆：唉！沒有子嗣的陳夢家，幸好有這本書傳世，不然真要在歷史長河中灰飛煙滅了。

至於幾度入院的趙蘿蕤，後來倒是活過了文化大革命，1983 年到北京大學擔任英語系教授，1998 年才辭世。

CHAPTER 11

羅家倫在臺灣功敗垂成
的漢字簡化案

統治臺灣的國民政府暫緩推行簡體字表，而五四作家羅家倫為了知識普及持續推動漢字簡化，學術論戰與敏感的政治氛圍為此議題帶來重重壓力。

管仁健
文史工作者

　　羅家倫寫的〈運動家的風度〉，是臺灣中年人最熟悉的白話文作品之一。1949 年隨政府來臺的白話文作家不多，國文課本裡也不可能出現「陷匪作家」甚是「附匪作家」的作品。於是除了死了最安全的徐志摩、郁達夫、夏丏尊等人，在臺灣的羅家倫與他老師胡適，就成了在戒嚴時代國文課本裡，碩果僅存的五四運動時期白話文作家。

　　但現在很多人可能已經忘了，羅家倫來臺後最積極推動的，還是當年在中國始終未能完成的漢字簡化。其實早在清末，很多知識分子就主張要掃除文盲，必須簡化漢字，甚至拉丁字母化。到了民初五四運動後，這種主張更為風行。魯迅就說：「漢字是勞苦大眾的結核……倘不除去，只有自己死。」

　　1920 年 2 月，章太炎的弟子錢玄同在《新青年》裡提出〈減省漢字筆畫的提議〉。到1922 年「國語統一籌備會」第四次大會，得到陸基、黎錦熙、楊樹達連署，提出減省現行漢字筆畫案，經大會議決通過後，設立「漢字省體委員會」，有錢玄同、胡適、周作人等十六位委員。1932 年制定公布了《國音常用字彙》，大致收錄了民間通用的簡體字。

　　1935 年錢玄同將《簡體字譜》呈給國民政府，8 月 21 日教育部頒布《簡體字表》三百二十四個（第一批）。但次年 1 月 15 日，國民黨中央就議決「簡體字表暫緩推行」。2月國府正式宣布暫停推動簡體字。首度風起雲湧的漢字簡化運動，隨著抗戰爆發與之後的內戰，在中國境內被國府畫下了句點。

　　1949 年國府遷臺後，版圖雖然縮小了，但統治基礎卻更穩固。從民國初年起就力推卻難

成的注音符號，配合《國語日報》的發行與國立編譯館統編的國民學校教科書，達到了空前未有的成功。如今注音符號與正體字，這兩項已成了臺灣與中國在文化上最大的差異。但戒嚴時代國府力推注音符號與力擋漢字簡化，背後其實也都難逃「人」的因素。

雖然力推注音符號的吳稚暉，來臺後四年就去世了；但他與兩蔣之間的密切關係，讓注音符號始終仍蒙「聖眷」。尤其中共在 1958 年推行漢語拼音而廢除注音符號後，更成了「復興中華文化」的代表。

可是漢字簡化在臺灣的遭遇剛好相反，除了中共力推簡體字後，國府就反向操作，嚴禁簡體字出現在公文、報章雜誌與市面招牌上，甚至聯考時有考生誤寫還要扣分，以及在登錄戶口時不得以簡體字命名。推動漢字簡化的羅家倫「聖眷」漸衰，或許也是原因之一。

奉總裁之命推動的漢字簡化案

國府遷臺後，主張推動簡化漢字的仍有傅斯年、胡適、羅家倫、陳大齊、毛子水、洪炎秋、王世杰、李石曾、嚴靈峰、任卓宣等人。這些在政界也都有一定分量的文人，從民國初年在中國，對北洋政府到國民政府，一路以來都是如此主張，但來臺後最具代表性的就要算是羅家倫了。

曾任北大校長的羅家倫，1950 年 2 月由印度抵臺，曾擔任考試院副院長、國史館館長等職，直到 1969 年 12 月在臺北逝世。雖然在臺官位不算顯赫，但他北伐期間就任職蔣介石身邊，算得上是大內近臣，因此在 1950 年代初，臺灣一度嘗試推動漢字簡化時，意外成了「領頭羊」。

a.

b.

a. 五四作家羅家倫在臺積極推動漢字簡化。（圖片授權：達志影像）

b. 《國語日報》為注音推廣的重要刊物。圖為 1948 年 11 月 21 日《國語日報》上的國語教材廣告。（圖片授權：國語日報社）

1953 年 9 月 14 日早上，國民黨中央委員會舉行中央紀念週，由黨史編纂委員會主任委員羅家倫報告〈簡體字提倡甚為必要〉。他在報告裡主張要保存中國文字，必須使中國文字簡化，使廣大民眾易於學習。報告裡還搬出總裁指示：「標語用字的時候，應該盡力避免十筆以上的難字。因為十筆以上的字，在一般識字不多的中小學生的心目中是很困難的……為大眾寫的文字而不能大眾化，那如何可以望其有效」。

羅家倫說這段話時，軍中充斥著「拉伕」來臺的文盲，為了普及識字率，蔣介石也認定了簡化漢字與推廣注音符號一樣，在臺灣的教育改革上已屬當務之急。因此連教育部都已在 6 月時，成立了十五位委員組成的「簡體字研究委員會」，顯然國府在臺推廣簡化字已箭在弦上，不得不發了。

但羅家倫在國民黨內發表的〈簡體字提倡甚為必要〉，文中力主「中國字要簡化，才能保存，才能適合中國民族生存的需要。」當時國府以「節省紙張」為名實施報禁，報紙最多只能三張，因此這篇長達三萬字的長文，次年 3 月 17 日起，竟然在各報連載數天，顯然風起雲湧的「漢字簡化」運動，已得到黨國的首肯，聲勢浩大而勢不可擋。

然而結果卻與推廣注音符號不同的是：反對簡化字的人不但多，而且他們是跳出來公開與黨國唱反調，甚至是企圖挑戰絕對權威的領袖蔣介石。恰巧同一時間，對岸中共推廣漢字簡化更猛更快，情勢也逼得國府不但必須停止推廣，甚至反向大力禁絕。

羅家倫引發的學術論戰

1949 年 9 月 1 日，國共內戰尚未結束，毛澤東在中華人民共和國宣布成立前一個月，就先指定吳玉章、成仿吾、范文瀾、馬敘倫、郭沫若、沈雁冰等人組織「中國文字改革協會」，10 月 10 日在北京正式成立。次年 7 月 10 日，吳玉章召開幹部會議，傳達了毛澤東的指示：「文字改革應首先辦『簡體字』，不能脫離實際，割斷歷史。」

1953 年 10 月 1 日，中共中央委員會也成立「中央文字問題委員會」。11 月 21 日確認要推行簡體字。中共推動文字簡化的力道更強更快，等於讓臺灣反對簡體字的衛道人士，取得了「反對有理」的免死金牌。

1954年3月17日起，羅家倫〈簡體字之提倡甚為必要〉在各報連載，他認為文字是大眾達意表情，取得知識和爭生存的工具，已經不是少數文人學士專有的欣賞品。況且時代到二十世紀的後半葉，青年們要挽救國家民族的危亡，和增進人類知識與幸福，則必須識字更多。現代人的事情實在很多，斷無從前讀書人那許多閒工夫用在認字寫字上。

羅家倫認為簡體字的需要是生活的需要、時代的需要，這種潮流是抵擋不住的。並舉中國文字由甲骨文到金文，由金文到小篆到隸書、章草、楷書、行草的變遷，以說明簡化運動，自古已然，其每一變遷均係適應時代生活之需要。因此有許多簡體字早已是政府公文或軍中文書裡所通用的，有許多更是可以用簡化部首的方法使其做系統的改進。

漢字簡化與注音符號或白話文一樣，羅家倫所說的並非完全無理。但言多必失，有關漢字源流的考證，並非羅家倫的專長，中共推簡化字之前也沒先發「三萬言書」，說多了反而招敵。結果連載剛結束，先師潘石禪（當時任教於師大國文系）27日就在《臺灣新生報》發表〈論羅家倫所提倡之簡體字〉，以學術立場指出羅文中許多古文字舉證是造假。

隨後中研院院士周法高也寫了〈簡體字論戰諍言〉、〈簡體字答客問〉、〈論簡體字〉、〈續論簡體字（答胡秋原先生）〉等文。羅家倫在與其他專攻文字學的專家論戰時，氣勢也越來越弱，應驗了潘老師文中早已指出的「做官之日長，治學之日短，以偏激武斷之成見，集古今廢字、俗字於一爐，便自命改革」。

c. 羅家倫的文字簡化主張引起立院強烈反彈。《聯合報》1954年
   3月1日報導。（圖片授權：聯合報）

羅家倫引發的政治與立法之戰

　　除了文人之間的學術論戰，羅家倫力推的漢字簡化，讓來臺後就已成了裝飾品的立法院，意外點燃了一波生氣。廖維藩、胡秋原等一百零六位立委，以當前有人主張變革中國文字，另造或採用已有之簡體字，以代替現用文字，此舉關係民族歷史及傳統文化甚鉅，為防止其毀滅中國文字及國家命脈起見，特提議制定《文字制定程序法》以固國本。

　　立法委員連署立法，依憲法本來就是立委職權；但國府遷臺後實施戒嚴，立法多由行政部門依需要提出。廖維藩等一百零六位立委，為反對羅家倫推動的漢字簡化，跳過行政部門與黨團運作，在連署制定《文字制定程序法》提案時還強調：「今共黨匪徒和少數不肖的知識分子，直欲效顰西方文字系統，初則欲以拉丁字或羅馬字的拼音字代替中國字，繼則又倡行所謂簡字、俗字運動，勢非將中國文字中國文化完全毀滅不止。我國數千年以來，由方言語音的通轉，以達成文字讀音的統一，由文字的統一，以達成文化精神和民族精神的統一，故能屹立大地，而為世界文化最悠久的國家，今日不幸，遭逢空前的紅禍，正欲振奮民族精神，反攻復國，豈容類似匪諜的行為和毀滅中國文化的事實尚可留存於自由中國？」

　　3月23日，中研院院長胡適在文協歡迎茶會中，主張簡體字也是新文學運動的一部分，呼應羅家倫的漢字簡化。但4月24日羅家倫也放軟了態度，以他最近找了一百五十九名國校學生實驗，證明寫簡體字確實省時省力；但他強調只是提倡漢字簡化，絕無勉強別人寫簡體字的用意。甚至舉例民初以來提倡注音符號和白話文也都不勉強，但注音符號和白話文對歷史文化的貢獻，如今已是有目共睹的事。

d.｜　《聯合報》1965 年 11 月 14 日報導，投奔來臺的李才旺難以閱讀繁體字書刊，大力批中共漢字簡化政策。（圖片授權：聯合報）

不過隨著雷震《自由中國》對國府的批評越來越直白，蔣介石與胡適之間的矛盾已白熱化，政治情勢的轉變，讓羅家倫意外地被驅入了冷宮。教育部長程天放也說，設立簡體字研究委員會，是要防止社會上各人自行創造簡體字，不是要制定一種簡體字。

雖然國府沒嚴格讓立委連署立法嚴禁簡體字，但在高舉復興中華文化的國策下，簡體字成了「共匪暴政」的代表。因為「共匪這樣做是要消滅漢字和徹底摧毀中國文化，短時間內，即可使中國人不但認不得中國字，而且說不來中國話，達到蘇俄消滅漢族歷史和文化的目的」。

當簡體字與共匪甚至蘇俄連在一起後，就連學術論戰的舞臺也沒了。每當有年輕的駕機或駕船投奔自由的反共義士抵臺，記者立刻送上臺灣宣傳品要他朗讀，遇到不認識的字，就更能證明「共匪暴政」與「蘇俄滅華」的可怕，從此羅家倫也不敢再公開鼓吹。1950 年代初期在臺灣曇花一現的漢字簡化運動，瞬間又銷聲匿跡了。

| 簡體漢字
在臺灣的二三事 | 日治時代，臺灣已有一些簡體字被做成印刷銅模，這些字有的來自民間流傳的簡筆字或古字，也有一些是日本新字體或用於速記的「略字」。
1948 年，國共內戰局勢逆轉，正在臺灣推動國語實驗的魏建功，請已在危城北平的王壽康，將教育部設立的《國語小報》以及附有注音符號的字模搬到臺灣。《國語日報》的字模，是當時全國唯一在漢字右邊具有注音符號的印刷銅模。不僅是教育部推動注音符號的標準字模，意外地也成了漢字的標準字體銅模（沒有任何簡體字）。
1954 年 1 月，省府訂定《臺灣省各縣市（局）鄉鎮區（市）辦理戶口校正應注意事項》，當時對體字的管制並不嚴格，其中第二項規定簿冊及身分證姓名有用簡體字書寫者應登錄查報錄，並即改書正楷本體字，但自願沿用簡體字者得免予更改。
1954 年 2 月，廖維藩等一百零六位立委提議制定《文字制定程序法》，規定增製新字辦法外，也規定俗體、簡體字應由中央研究院隨時彙整，並由行政院通令禁止全國機關學校及印刷機構使用。
1962 年 12 月，臺北市政府為了整理廣告市招，擬定了《廣告市招整理辦法》，規定「廣告及招牌所用的文字應一律用中文式應由上而下，由右而左，不得用簡體字」。
1965 年 11 月 14 日，《聯合報》三版報導〈共匪倒行逆施 讀書人不識字 簡體字把人害慘了 義士索閱淺近畫報〉，談及解放軍叛將李才旺難以閱讀書刊，大批中共漢字簡化政策。 |

CHAPTER 12

漢字使用的新課題
——回歸正統：漢字形體溯源與字體、文化之存續

在讀寫便利與文化存續的論辯聲中，漢字的簡正體之爭鬧得沸沸揚揚。當資訊快速傳播，人人打字比寫字快，我們又該如何看待此議題？

游國慶
國立故宮博物院
研究員

雕版印刷盛行的唐宋，是以楷體為版刻字體的基型，中晚唐以後，更以顏、柳體為骨幹，發展出橫細豎粗、結構方整，適於排版閱讀的宋版書。厥後，復開展出仿宋體、明體、細明體、新細明體等美術字型，藉由規範的筆致，讓書法藝術經由工匠轉化，保留基本美感又增益其工整規範，便於摹寫上版、刊刻印行。中國典籍及文字因此流傳普及一千五百年，遠至日本、韓國與越南，唐楷宋版書體的字型對於漢字文化圈的建立厥功甚偉。

不過，到了民國初年，一群學者眼見中國積弱不振，人民知識不普及，遂諉過於漢字楷體的繁複難學，決議簡化正體字，推出第一批簡體字表（1935 年）。戴季陶先生以為嚴重破壞中華文化，漢字簡化經其力阻而暫廢止。

簡化討論盛行時，于右任先生見簡化字不可行，然書寫競速省時一事，實乃文明階段不可不為之事，遂發起「草書社」（後改為「標準草書社」），欲匯集歷代草聖書跡，作為書寫記事省時利便之工具，並編輯《標準草書範本》，訂出凡例通則與代表字符，希望便利學子藉此書迅速掌握草字書寫要領。此範本自 1936 年第一次出版，歷經 1937、1939、1941、1943、1948 年共六次修正；來臺後又經 1951、1953、1961 年的第七、八、九次修正；1964 年右老仙逝後，劉延濤銜遺命做最後一次調整，於 1967 年出版《標準草書第十次本》，總結這原初為文字改革所做的標草推動任務。政治與社會氛圍的改變，讓標草運動漸轉成右老草書藝術展現的一人天下。後來臺灣、日本、大陸等地也相繼成立標準草書學會，但目的都不在文字改革，而在草書藝術的開發延續，在「狂草」書之外，另又開啟一個「標準草書」字型的藝術新境界——「標草」，遂在漢字書體發展史上卓然躍出，「隸草—章草—今草—狂草—標草」，已然是草書史學者必論的序列了！

在楷書書寫繁複費時的謬思裡，出現「簡化字」的文字大改革與「標準草書」的推動，標草運動終究沒能以其簡捷，對日常文字書寫產生規範與普及性的影響，卻在另一領域，「動態藝術性的展現」上，綻開出一片「無心插柳」的廣大柳蔭。漢字簡化一派，在 1949 年大陸由中共當權後得勢，主事者重新頒布第一批簡體字表，並持續推動第二、第三次簡化。長期以政治力推行的「簡體字」，其規範與普及早已有目共睹。

許多簡化方式應用了前代俗體或簡寫，既常俗習用，通行無妨。不過，一些挖空、打叉、又字符代用、改換簡易偏旁、同音字替代等，規則紊亂，造成閱讀古書時極大的混淆；常見者如「發」與「髮」、「里」與「裡」，因簡化字同形導致混亂；而以簡字重印便利學習的《千字文》，亦是顯例，原來文章以一千個不重複字組成，簡化後重字迭見，盡失本色。要存續華夏文明精蘊，須回歸正統漢字；對此缺失的批判，已是兩岸學者的共識。

其實在現代，大家習慣用鍵盤打字、用語音輸入顯字，誰還計較寫個字要少幾筆畫？這科技若出現在民初，肯定不會有人去提倡簡化正楷體了！但是，簡化字的使用，已然普及在大陸各個角落──如何讓他們認知正體楷字的好，還願意主動學習認識？這便要從漢字形體溯源做起。古漢字從象形、指事、會意等造字法，建立了基本構形部件，再經由假借、轉注用字、形聲造字的錯綜方法，來因應語言的轉變，成為可以完整記錄漢語的文字體系。方塊字的形式確立與由上至下、由右至左的行款習慣，讓漢字書寫有明確筆順與筆勢發展，對後來篆、隸、草、行、楷各種字體開發與演變，有著必然關係。另外，形聲字聲符與形符的組合方式，也能有效配合語音、創造新字，因時因地的超級調控能力，令古漢字毋庸走上其他古文明文字消亡、改作拼音的老路。

所以，要回歸正統漢字，須從這「一文一字」的正楷漢字說起，重新了解漢字的造字構形原義，以及從篆、隸到草、行、楷的變化規律，最為首要：亦即在深入了解漢字發展史前，先對各漢字的形體，進行形、音、義考索的溯源，從其本義擴及引申義與假借義，進而可推敲古人形聲字聲符兼義的造字取則，及其背後蘊涵的文化背景。

如此，則每一個漢字都是一部文化史，蘊藏五千年豐富的文化內涵：從文字、文書、文辭、文章、文學、文物，到文化，環環相扣、連綿不絕。學漢字者，必將因其生動有趣的原始造形而興致勃勃；因了解其篆─隸─楷書演變規律而熟悉寫法；因見知隸─楷─今草連筆簡省變化之妙而驚呼連連；因熟諳漢字本義而識措辭用字之精準有力──凡此種種，皆是回歸正統漢字的無上福報！

第三部　走進亞洲的轉身

CHAPTER 13

日本製的不是只有冷氣、冰箱

——近代新漢詞在臺灣的傳入與轉變

日本漢詞曾為臺灣人帶來新知，雖然二戰後臺灣「國語」已不是日語，但現代臺灣生活中仍有日本漢詞的影子。

陳柔縉
作家

　　近代中國知名文人郭沫若生於十九世紀末，小胡適一歲。少年時到天津報考軍醫學校，國文有一題，「拓都與么匿」，他說這五個字讓他摸不著頭腦，「我自己不記得糊里糊塗地寫了什麼東西去繳了卷」。出了考場，他很驚訝，六位四川同鄉考生竟有一位知道這幾個字的意思，原來是「total」和「unit」的中譯，出自清末大翻譯家嚴復之筆。這位厲害的考生還解釋說，「拓都大約是指社會，么匿是指個人」。郭沫若自傳寫到這裡，忍不住哀叫，「我的媽！」

　　「我的媽」三個字，側寫了二十世紀初中國文字世界的一個衝突。

透過東學引進西學

　　十九世紀，中國和日本都迎戰了西潮激烈的拍擊，西方的知識、制度、文明、物質，不論抽象的、具體的，在在需要了解與學習。翻譯西書是重要的一步。

　　日本方面，幕府原禁洋書，直到十九世紀中期，和美國訂定通商條約，開放港口，相關書籍大舉輸入。先前十六、十七世紀，利瑪竇、湯若望等外國傳教士抵達中國。中國人不需要向他們學洋文、翻譯西書，這些傳教士自動就用漢文寫成《萬國輿圖》、《幾何原本》和《乾坤體義》等兩百多本書籍。這些書在中國如泥牛入海，未起刺激作用。十九世紀中期，日本卻視若瑰寶。例如英國人合信（Benjamin Hobson）的醫學著作《全體新論》，前後被日本人翻印十次。美國人丁韙良（W. A. P. Martin）譯的《萬國公法》，翻印過五次。

日本也設立了「洋學所」，後陸續改稱蕃書調所、洋書調所、開成所，名稱儘管不同，學習西方科學、語言的目的一致。如此累積了豐碩的翻譯成果。

古老的日本原本沒有文字，一千多年前漢化後開始導入中文，順應日語語法，創出平假、片假，與漢字搭配，構成所謂的「日文」。現在日本以片假名譯表外來新概念、新事物，十九世紀中期大量翻譯西學時不一樣，當時多以漢詞譯出。

日本彷彿是西學班的學長，當中國想積極趕上世界列強，送去日本跟學長，比送去歐美老師那邊似乎更簡單快速。除了地理距離近，日文多漢詞，更讓中國人安心。在中國人眼中，日文和中文「同文」，清末的改革派康有為就說日文「十之八」是漢文，梁啟超更樂觀說，「學日本語者一年可成；作日本文者半年可成；學日本文者數日小成，數月大成」。

1894 甲午年，清日兩國開打，隔年清敗割讓臺灣。1896 年，清廷首次派出十三位留日學生。而據日本學者實藤惠秀研究，到了十年後的 1906 年，當時留日的中國學生已達八千人。

於是，留日派帶回中國一大堆「新名詞」，時髦又先進，從清末到民初，日本製造的漢詞無縫接軌，自然融入中文體系。有點像原料加工，轉變成商品，回銷原產地一樣；把日本漢詞拆散，每個字都屬中國人原有，卻是日本吸收西方知識後，運用組合而創造的新產品。若以現代的觀點看，新名詞的智慧財產權應歸於日本。

翻開這些日製新名詞，現代人不瞠目結舌者幾希。一般用詞的「方面」、「反應」、「支持」、「成分」、「定義」、「相對」、「記憶」、「浪漫」、「退化」、「進步」、「高壓」、「手段」、「具體」、「距離」、「唯一」、「前提」、「理論」、「間接」、「基地」、「原則」、「流行」、「教育」、「提供」、「幹部」、「會談」、「對象」、「確定」、「綜合」、「住所」、「強化」、「軟化」都是。物品方面有「玩具」、「鉛筆」、「參考書」、「電池」、「馬鈴薯」。經濟方面的「經濟學」、「入超」、「出超」、「景氣」，商業的「交易」、「信託」、「金融」、「高利貸」、「消費」、「公債」、「證券」、「廣告」，政治的「人權」、「主義」、「自由」、「共和」、「政黨」、「革命」，法律的「判決」、「所有權」、「仲裁」、「公證人」、「財團法人」、「動產」，統統都是日製新漢詞。哲學的「唯心」、「唯物」、「理性」、「思想」，文化的「文化」、「出版」、「美術」，醫學的「神經」、「動脈」、「內分泌」、「結核」也出自日本翻譯之手，便不足為奇了。據學者研究，總數近五百個。

清末民初，郭沫若就是受用這批新詞的年輕人，無多違和。但是，另一批學者官紳就渾身不適了。特別是留英的嚴復，他不假日本之手，努力從洋學原產地的英文原著翻出中文新詞。讓郭沫若叫出「我的媽」的拓都和么匿，都是嚴復苦心考究漢英語學的結晶，卻勢單力孤，產量慢而少，最終仍不敵日本大量製造與傾銷。

新經驗帶來新漢詞

臺灣這邊，傳入新名詞的經驗跟中國路徑不太一樣。日本關西大學沈國威教授在〈詞源探求與近代關鍵詞研究〉文中指出，近代中國接受西方新概念而生新漢詞，分成三個時期，先是十九世紀初到中日甲午戰爭，第二階段為 1895 到 1915 年，最後是民初的新文化運動時期。

中國的分期不適用於臺灣。甲午戰爭後，1895 年臺灣變為日本統治下的領土，成為日製漢詞新語自然且當然的受體。新漢詞對臺灣人來說，就是日語。

1895 年後，臺灣快速全面移植日本從西方學習到的現代事物，相關詞彙源源不絕滾進來。日治之初，麒麟等品牌「麥酒」（啤酒）登臺，據報載，臺灣人喝不慣，因為啤酒「寒冷不合於口」，喜歡的臺灣人「幾稀」。十幾年後，就有人用啤酒宴客了。

也是日治一開始，臺灣人沒見過的撞球活動來了。大家以日文的「撞球」或「玉突」來認識這項紳士休閒。日治後期，臺灣人開撞球場已遠超過日本人。

1906 年，全中文的報紙《漢文臺灣日日新報》介紹了日文裡的「電扇」，新奇溢於言表：「夫所謂電扇者，係以附鳥羽之風車形。藉電力之鼓盪。急速旋轉。而自然生風之機械也。」如果蚊子側面飛過來，可以「捲而殺之。一隻不得留」。

1907 年的漢文報紙報導了「淡水海浴」，記者實地「一浴于淡水之海水浴場」。海水浴場也是西方之物。日本時代，基隆、高雄等地都開闢了海水浴場，新竹州也有南寮等三處。臺灣第一位醫學博士杜聰明在《回憶錄》中說，星期天他常去基隆的孤拔海濱海水浴場游泳，「夏天每日是人山人海」。

　　1897年，日治第三年，臺北就闢建了「圓山公園」，臺灣知道了都市「公園」的模樣。1903年，模仿西洋文化，在圓山公園內豎立了第一座「銅像」。1920年代初期，臺灣以日文的「籠球」認識了美國人發明的籃球。

　　民生生活的新事物之外，政府制度從日本時代開始有「法院」，法官、檢察官分立。也有了代理訴訟的律師，當時稱這個全新的職業為「辯護士」。剛開始，臺灣人不認識何謂辯護士，還以為付了律師費是要去賄賂法官。

　　日本時代，日本也導入新形態的現代化商業手法。近幾年才風行的「福袋」，日本時代早有。1917年新年，《臺灣日日新報》就推出讀者換福袋活動，時間一到，「社前早已雲屯霧集」。福袋有一到六等，不外醬油、牙粉、清酒之類。結果，二等一百二十公斤白米的得主就有臺灣人鄭老成。三等福袋獎品為一大桶醬油，得主也有臺灣人姓名，如楊文桂、陳耽。

　　現在超商以「均一價」推銷關東煮，「均一」就常出現在日本時代的廣告。1927年，重慶南路、衡陽路口附近還開了間全店均一價的專門店。現今百貨公司現場化妝或料理的「實演」，新車「試乘會」，也都是日本時代運用的推銷手法。

　　除了以上種種指涉西方新事物與知識的日本漢詞，臺灣還接收了許多日本自有文化的漢詞。日本時代，豪族霧峰林家核心人物林獻堂留下的《灌園先生日記》，以中文記載，便可一窺。1935年10月17日記，「五時餘以電話與陳炘打合明晚招待出席之人數。」日文的「打合」意即商量。1934年5月底，他入住北投溫泉旅宿，日記說近藤父女兩人為「留守番」，隔天又記，近藤是此處的「番人」。兩番

a. | 日治時代的基隆孤拔海濱海水浴場，「夏天每日是人山人海」，但如今已不復存在。（摘自《臺灣紹介最新寫真集》，勝山寫真館發行，1931年；圖片提供：陳柔縉）

b. | 臺灣人對「公園」與「銅像」的印象，始於日治時期建立的圓山公園。（摘自《臺灣紹介最新寫真集》；圖片提供：陳柔縉）

e.

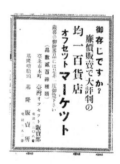

f.

d.

c.

c. | 臺灣人初識籃球時，以日文喚之為「籠球」。（摘自1939年臺南第二高
等女學校畢業紀念冊；圖片提供：陳柔縉）

d. | 1917年11月18日《臺灣日日新報》的一則法人登記公告。「法院」一詞
由日治時代進入臺灣政府制度。（圖片來源：《廣告表示：＿＿＿。老牌子・
時髦貨・推銷術，從日本時代廣告看見臺灣的摩登生活》，麥田出版）

e. | 1923年12月13日《臺灣日日新報》廣告：歲末，福田商會吳服店如往例
在15日開售三種不同價格的福袋。（圖片來源：《廣告表示：＿＿＿。》）

f. | 日本人經營的印刷公司跨足經營百貨均一店，1927年12月9日在《臺灣
日日新報》頭版大刊廣告。（圖片來源：《廣告表示：＿＿＿。》）

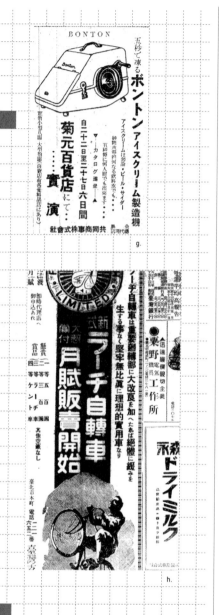

之詞都為日文，意指近藤當天值班。

和風漢詞生根難拔

　　二次世界大戰結束，戰敗的日本退出臺灣，國民政府跨海來接收。對臺灣的漢詞世界來說，面臨兩股勢力的肉搏。那些中國近代從日本直接借用的日譯新名詞，「消極」、「偏見」、「電子」、「解剖」、「假設」、「封建」、「防空演習」等等，兩方都一樣，沒有衝突。

　　原本臺灣吞進滿肚子的日本漢詞，有一部分就必須吐出來。「自動車」要改成汽車，「汽車」改成火車，「配當」變分紅或股息，「月賦」變分期付款，「口座」變帳戶，「辯護士」變律師，電影「封切」變首映，「萬年筆」變鋼筆，「籠球」變籃球。林獻堂在 1946 年 1 月 5 日開始請老師學北京話，日記寫說「定火、木、土午後四時來教」。很快老師應該就會指正他，不能再用火、木、土，要寫成星期二、星期四、星期六。

　　1947 年 8 月出版的《勿忘臺灣落花夢》，可以一探時代轉變之際，臺灣人一時還無法擺脫日本漢詞。作者張秀哲十三歲被送去京都，中學讀過臺北中學校（建中前身）、香港全英語的拔萃學校，也念過廣州的中山大學。之後在中國活動抗日，魯迅為他的書寫過序，日治末期在上海做生意。他擁有多語言背景，在《勿忘臺灣落花夢》書裡，仍難以準確轉換。例如他說跑去上海的南京路上「散策」（日文意指散步）；糖果店的老闆接到他的信心中「恐縮」（日文，惶恐、羞愧之意）；他的某朋友常與臺北「外人」（日文意指外國人）花天酒地；張秀哲見過日本盛名的白蓮女士，說她出身富豪，曾嫁給九州的百萬「長者」（日文，

i.

j.

富翁之意）；他說要藉此機會也可以「用意」（日文意指準備）宣傳中國國民黨及三民主義。

前《國語日報》社長洪炎秋出身鹿港，1920 年代到北京留學、工作，戰後返臺，出任推行國語運動的要角。他形容戰後初期，一上大街，「蠑螺罐詰新入荷」、「無用者無斷禁立入」這些日式用語為「鬼符」。可想而知，和風漢詞那時必然成了中文的敵人，被消滅不少。

然而，臺灣經歷過日本統治半個世紀，時間不短，部分日式漢詞在此生根難拔，也可以想見。最具代表性的像是「派出所」、「便當」和「坪」。便當源於日本的「辨當」或「弁當」，外省人士口中的「飯盒」，終究無法擊退便當。中國傳統的土地面積單位用「畝」計算，臺灣從荷蘭統治時期學會用「甲」，日本時代則從日本襲用了「坪」至今，兩個榻榻米為一坪。

還有一部分日本製漢詞則以臺語的形式藏於臺灣。福佬話的啤酒為「麥仔酒」，即來自日語「麥酒」。樣本講成「見本」，打針講成「注射」，訂貨叫「注文」，捐贈叫「寄附」，消防隊為「消防組」，都是直接望日文漢詞而發音。

所謂「日本製」，是臺灣現代生活中很重要的一環。森永牛奶糖、明治巧克力、日立電冰箱、龜甲萬醬油、資生堂化妝品、中將湯、三越新光百貨、高島屋、SOGO，都來自日本。臺北捷運車廂常見小小的鋼鐵片，寫有「Kawasaki」，顯示由川崎重工打造。日本製的零食和藥品更是臺灣人的生命線。生活上的「日本製」，還有一項隱而不顯，那就是日本製漢詞了。近者有物流、宅急便、女優，遠者多如繁星，如「出版」、「作品」、「漫畫」、「廣義」、「處女作」……

延伸閱讀

1 尾形勇、鶴間和幸、上田信、葛劍雄、王勇、礪波護 著，《日本人眼中的中國》，新北：臺灣商務印書館。
2 薛化元 主編，《發展與帝國邊陲》，臺北：國立臺灣大學出版中心。

CHAPTER 14

另一種文字簡化

──日本的漢字浪漫

蔡亦竹
實踐大學應用日文
學系助理教授

文化碰撞下，廣泛使用漢字的日本，也曾經歷過幾度文字改革，因此發展出了獨特的趣味。

　　日本真的是個很喜歡漢字的國家。甚至每年一度的京都清水寺貫主（住持）年度漢字揮毫，讓臺灣和中國的許多類似活動相較下像是小學生的塗鴉大會一樣。

　　很多喜歡到日本旅行的朋友，最常說的就是因為日本漢字很多，所以就算不懂日文也可以看得懂日本的大眾運輸系統標記，可以安心地自助旅行。但是對日文有涉獵的朋友就知道，其實日文是一種先有發音再有文字的語言。這也是為什麼當時日本的假名必須從漢字借字，而現代日本人教育程度較差的，會對許多詞只知發音而不知如何書寫，甚至把「弱冠」寫成「若干」（因為發音都是「じゃっかん」），又把真正的「若干」發音念成「わかせん」（若干）了。

在日漢字遇到的挑戰

　　但是日本仍然無法抗拒漢字的魅力。甚至漢字已經內化成日本文化的一部分，歐美系人士看到漢字，許多人第一個聯想到的已經不是中國或是臺灣，而是一千多年前把漢字當成外語吸收進自己國家的日本了。而和日本成強烈對比的，就是一海之隔、文法系統也極為類似的朝鮮半島。

　　在韓戰之後，「한글」這種原本被稱為「訓民正音」、後來才被改稱為「韓文」或是「偉大的文字」的文字，正式取代了所有的漢字表記。而日本也不是像我們表面看到的，一直如此熱愛漢字。在漫長的歷史裡，其實也有好幾次要廢除漢字的聲音出現。早在江戶時代，以

本居宣長為代表的「國學」學者，就指出漢字的字數太多和漢文的不便。結果本居宣長為此所著的《漢字三音考》，裡面還是用了一大堆漢字。自古以來，日本就從中國輸入了大量的經典。因為不可能每個要讀這些經典的人都得學會中文，所以日本發展出了「訓讀」這種特殊的方式，直接以日文念出整串的漢文句子。所以日本人在進行論述和高度的議論時，變得強烈依賴漢字漢詞——畢竟在江戶時代之前，中國的確也是東洋文化的中心大國。不過隨著時代的演進，在日本的漢字也經歷過幾次的挑戰。

第一次是來自明治維新時代的「文明開化」浪潮。在帝國主義全盛期的十九世紀，船堅砲利的列強成為唯一正義的標準。在這個時代，日本所有的固有文化全都被視為是「因循固陋」。於是以日本第一任文治大臣森有禮為首的知識分子，強烈主張要廢除漢字，甚至是日文本身，而將日本的國語改為英文，來對應當時以「富國強兵」為最高價值的弱肉強食時代。但是這種言論不只被國內許多人反對，就連外國學者也認為列強都以民族國家為主，而民族國家的義務教育都強調「國語」的重要性來強化向心力和愛國心，所以日本不只不該廢除漢字、日文，反而更應該加強國語教育。所以在明治初年的義務教育增加了「國語」科目，而因為師資不足和不知從何下手，許多學校甚至找了當地神社的神官來充數，上課的教材就用神社裡祭禮的「祝詞」。而這些祝詞裡就充滿了大量的漢字。另一方面，西周等學者在導入大量的西方人文知識用語時，就利用了漢字精簡而且便於敘述抽象觀念的特質，發明了「社會」、「國家」、「文化」等，中國本家未曾存在過的和製漢語，甚至這些用語大部分都逆輸入回華文世界，成為漢字文化裡的新元素。

可見在當時，漢字文化就已經融進了日本傳統的骨血裡。

此国不同彼国

但是在對漢字的修正上，日本卻又沒有什麼堅持——因為對他們來說漢字本來就是種外來品。在昭和期的軍國主義時代，整個日本都進入了狂熱的精神主義狀態。而漢字擁有的敘情和簡潔的特質，讓它成為了打造煽動國民的標語美句的最佳工具。也因此，在敗戰後日本發布了所謂的當用漢字，用意在讓漢字簡化、降低軍國主義色彩並且「降低因為漢字造成的學習困難」。但是背後最大的原因，還是當時的日本最高統治是總司令部（GHQ），甚至當時日本製造的商品，背後打上的都是「MADE IN OCUPPIED JAPAN」。

日本漢字的簡化，其中就是藏著如此高度的政治意義。不過很多人有個誤解，就是日本的漢字簡化是受到中國簡體字的影響。事實上，「當用漢字」的發布早於簡體字出現約十年左右，所以講起來日本還是第一個改動所謂「正體字」的始祖。正如前面提到，日文是以「音」為主的語言，所以其實在江戶時代為止的舊日本，就有許多異體字、甚至是同音訛用的傳統。比方說像大家常聽到的「一生懸命」這個詞，其實真正的寫法是「一所懸命」，指的是武士把生命賭在自己的土地上。而像大家熟悉的日本藝術「浮世繪」，其實「浮世」本來應該是「憂き世」，指的是無常而充滿悲傷的人世，後來轉用來敘述「世間事」時，「憂き」就被換成了發音同為 UKI 的「浮」而沿用至今。所以其實日本人對於漢字的改動，本來就沒有太大的抵抗。而在當用漢字和中國簡體字出現之前，其實兩國都做過對所謂「異體字」的整理，日本和中國現在的簡化漢字，有許多就出自於過去的異體字或略字體。

　　舉例來說，「國」這個字在中國和日本現在都寫成「国」。如果去看太平天國的文物或是更早的字體，就會發現有「囯」這個字體。理由也很簡單，四方圍起來裡面有個王就是「國」。但是這個出現在當用漢字，也出現在簡體字裡的漢字卻出現了兩種說法。一種是日本在過去「國」的略字的確是「囯」，但是因為為了要保存過去「國」字的草書形態，所以加上了一點成為新的當用漢字。中國方面則是傳說為了表示中國今後再也沒有帝王存在，而且中國是充滿美玉之地，所以才用了這個新字體。如果就時間先後的話，當然日本的「国」在大正年間就出現於所謂《漢字整理案》裡。這個「国」字背後的故事，卻也可以看出一點中日兩國對於漢字基本態度上的差異。

　　順便一提，現在日文輸入如果打「くに」的話，除了「国」之外也會出現「國」的選項，甚至是則天文字裡的「圀」這個字。著名的歷史人物水戶黃門本名就叫德川光圀。

　　日本人從古至今都沒有放棄對漢字的熱愛。就像「辻」、「凪」、「糀」、「峠」這些和製漢字一樣，日本除了完整吸收了漢字文化之外，甚至還創造出許多用日本訓讀的讀音，與會意、指事、象形原則結合的新漢字。像「辻」（つじ）這個字在日文就指十字路口，而「峠」（とうげ）指的就是山路的最高處，因為這個地方是上山和下山兩個動作的交會處。如果仔細解析這些日本獨特漢字，常會讓同為漢字文化圈的我們會心一笑日本人的巧思。而在某種意義上，過去暴走族把「請指教」的よろしく用讀音改寫成「夜露死苦」，和最近日本出現的年輕父母給自己小孩取名「キラキラネーム」（煞氣名）現象，也算是日本次文化中對漢

字的另一種熱愛的表現了。最後介紹一個讓人「驚呆」的小孩命名，來讓大家了解日本對漢字運用是多麼出神入化好了。這個名字寫成漢字就是「黃熊」，你猜猜它怎麼念。

「プウ」（Pooh）。

中國和日本都使用「国」字，但兩「国」出現的時間與緣由大不同。圖為世界文化遺產京都地主神社內的立牌，神社祭祀主神為「大国主命」。（圖片提供：張雅涵）

2016 年大阪環球影城歡度十五週年，邀集多位藝術家以同一卡通人物為主題創作。這個牌子上印著書法家紫舟的作品。不妨再猜猜「墨柔飛」該怎麼讀。（圖片提供：張雅涵）

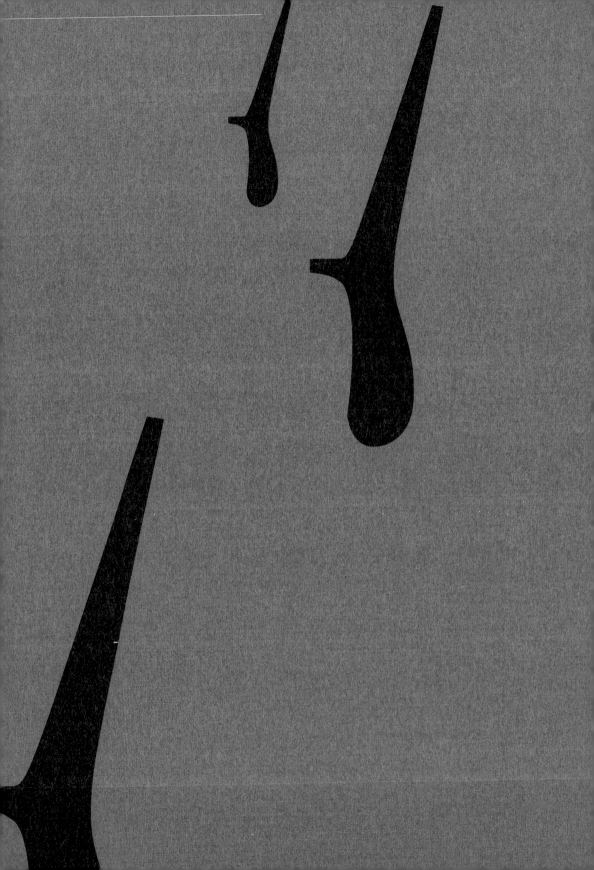

第四部　走進臺灣的轉身

CHAPTER 15

1960年前後的國語文教學與正體漢字文化的確立
——「周全詳盡」的課程標準與統編本教科書

邱鐘義
文字工作者

歷經政治變動的期間，教育當局如何藉逐步調整國語文課程來凝聚國族精神？

臺灣和香港、澳門是世上僅存保留正體漢字的地區，對於正體漢字文化的保存有著不可磨滅的貢獻。但是不到百年之前，臺灣地區的「國語」還是日文，雖然 1945 年日本戰敗，臺灣重回中國的版圖，但是長達五十年漢字文化的中斷要如何彌補？針對這些問題，編輯部團隊訪問了國家教育研究院教科書研究中心並參考相關資料，希望能由教育制度以及教科書的編審來看這些問題。

戰後初期：因循大陸的國語教育

戰後初期首先遇到的問題是：臺灣的中小學國語文教育課程和教科書發生了什麼樣的變化？1945 年日本戰敗，重慶國民政府指派陳儀接收臺灣，成立臺灣省行政長官公署負責臺灣接收與回歸祖國工作。11 月 3 日臺灣省行政長官公署以署法字第三十六號布告，宣布「民國一切法令，皆適用於臺灣」，也從此刻開始，臺灣的國語文教育開始依循著中華民國政府政策方向。

光復初期臺灣地區國語文教育的首要目標，是加強臺灣地區人民的國族認同，希望透過漢語、漢字的教學，重新建立起臺灣人民和中國文化的聯繫。不過由於戰後人力物資的缺乏，形成許多困境，當時面臨的困境包括師資不足、教科書荒的爆發，臺灣民間在日本統治期間仍有教授漢語漢字的傳統，但多以閩南語或客語授課。面對這些問題，陳儀向教育部請求支援，教育部也隨即指派專家來臺推行國語教育。

在師資上，當時除了攸關國族認同的國語、國文、公民、歷史、地理等科目堅持使用本國籍師資外，允許留用部分日籍師資以期解決困境，並大量由大陸地區徵聘教師來臺任教。教科書方面，抗戰後期到戰後初期的中小學教科書開放民間編輯，國立編譯館編輯的教科書，也會委由其他出版社印製發行，所以版權頁上會注明：國立編譯館主編，正中、世界書局……印行。國民政府在倉促中把在大陸各大書局編審出版、正體漢字書寫的教科書拿到臺灣使用；而抗戰時期國立編譯館編審的國定本教科書也運往臺灣；另外，當時主要的教科書出版社如世界、商務、開明等，也均至臺灣開設分店銷售教科書。因此臺灣的中小學教科書除了國定本之外，還有商務、正中、世界等多家出版社編印出版，形成國定本、暫行本、代用本或審定本各類中小學教科書充斥市面現象，但都還是不能緩解正體漢字書寫的教科書荒問題。

於是在 1946 年，長官公署成立了臺灣省編譯館，隔年改隸至臺灣省政府教育廳編審委員會，來負責臺灣地區教科書的編輯審查工作，並且改組臺灣書店共同負責正體漢字教科書印刷與銷售工作。1947 年改組後的臺灣省政府教育廳成立「中小學教科書供應委員會」，統籌印製及回收舊教科書，以解決正體漢字教科書荒問題。

根據國家圖書館出版《臺灣光復初期出版品書目（1945~1949）》一書的調查，戰後初期正體漢字書寫的中小學校教科書發行時間與模式不甚固定，期間發行的四十七種臺灣國民學校教科書中，歷史科有七種，國語科則達十六種之多。顯示當時國語教科書發行熱潮，以及中華民國政府接收臺灣後推行「中國化」與「國語」政策之不遺餘力。從教科書內容來看，因應戰後臺灣實際情形與特殊需要，當時的國語文教科書特別強調中華民族意識與國民精神的涵養，為讓學生有較多的時間學習注音符號、練習與熟識國語文，課文內容採用較多的中國情事，兼及臺灣本地材料。這段時期臺灣的國語文教育雖然有明確的目標，但受限於人力物力的匱乏，並不能很完善的達成目的。

國民政府來臺後：部編本國語文教科書和愛國教育

長久以來在我們的認知中，臺灣地區過去的教科書都是被「部編本」一家壟斷的形式，原來在大陸時期和戰後初期也曾有過各出版社百家爭鳴的狀況。

臺灣地區國語文教育人力缺乏的狀況在 1949 年之後有了大幅的轉變，最重要的原因當然

就是國民政府在國共內戰當中失利，被迫遷移來臺。不僅改變了往後數十年的政治環境，也為臺灣中小學教育帶來大量的人力與新的契機。雖然，遷臺後的中華民國政府有效統治範圍僅及於臺澎金馬，但是學校教育仍維持「大中國」的架構，且更加注重灌輸反共復國與領袖效忠觀念。由於在國共內戰中戰敗，蔣中正總統在政府來臺後檢討政策，認為教育失敗是導致國民黨政府在大陸失敗的一個重大因素，因此痛定思痛，決心改革教育政策。由國中小學教育入手，藉由教育來加強人民的國家意識與愛國精神。在這個時期，政府對於中小學國語文教學的目標也有所轉向，由光復初期的「強化國族認同」轉向了「反共抗俄」、「激發愛國思想、宏揚民族精神」。1952 年，教育部責成 1949 年跟著政府播遷來臺的國立編譯館負責初中與高中國文、歷史、地理、公民等四科的標準教科書，以「大中國」的教育觀，實施中學生國語文、史地與公民教育。隔年又將原屬臺灣省教育廳編審委員會的小學國語、算術、社會、自然等科的教科書移交給國立編譯館編寫，勞作、美術與音樂則仍由省教育廳編印，至於其他書局所編的教科書也必須通過教育部的審查才可以使用，如：藝能科等。

隨後國立編譯館逐年編輯標準教科書，到了 1968 年遵照當時的蔣中正總統指示，正式實施九年國民義務教育後，國立編譯館所編的所謂「部編本」教科書就成為唯一的選項，其他出版社所編的教科書逐步退出市場。

在國立編譯館開始進行中小學教科書的編審工作時，教育部同時修正了中小學課程標準，對中小學課程與教科書內容進行規範。以 1952 年修正的《國民學校課程標準》（又稱「四一課程標準」）為例，雖然後來又經過幾次微幅修訂，但卻成為臺灣「部編本」時期教科書最重要的指導綱領。一

a. 同在 1948 年（民國 37 年）出版的國定本國語課本第一冊，左邊由世界書局印行，右邊由臺灣省教育廳中小學教科用書供應委員會發行。（圖片授權：國家教育研究院）

b. 1969 年出版的國小國語課本第四冊仍保留〈勤勞的蔣總統〉這篇選文。課本卷首按「五一課程標準」擬定的〈編輯要旨〉，也見強調課文選材應「根據國家當前需要，宏揚三民主義精神，激發民族意識，發揚固有道德，增強反共抗俄意志」。（課文及圖片授權：國家教育研究院）

c. 依據五一課程標準規定，注音符號教學延長十週，本圖為 1967 年出版「國語課本首冊暫本」第一課。（課文及圖片授權：國家教育研究院）

般相信當時的蔣中正總統對這次課程標準的修訂不僅非常重視且多所指示，以國語科為例，在一開始的目標當中就在第五點明示了國語教學的目標應「指導兒童養成道德觀念，激發愛國思想，弘揚民族精神」。1962 年修正的「五一課程標準」更將此條列為目標項下的第一條，可見當時政府企圖藉由國語教育加強愛國教育的決心。以當時教科書的選文為例，便可看出一些端倪。以 1958 年出版的國小國語課本第四冊為例，三十篇選文中就有〈勤勞的蔣總統〉、〈蔣總統的家鄉〉、〈愛國的老農夫〉、〈共匪太殘忍了〉等多篇強調意識形態與愛國教育的文章。另外，由大陸來臺的大量人力，雖補足師資缺口，卻也將大陸的南腔北調都帶來了臺灣，因此教育部也在課程標準當中，將注音符號列入輔助教材當中，並編列國語課本首冊，以八週的時間教導注音符號，後來在「五一課程標準」中又將注音符號的教學時間延長到十週。注音符號雖然早在 1918 年就出現，但在大陸時期一直沒有普及化，直到這個時期，注音符號才變成國小新生必須學習的標準教材之一。而透過注音符號教學，除了普及國語正音教學，也正式確立了正體漢字在臺灣中小學課程中的地位。類似的情況也出現在新式標點符號上，同樣是因為這次的課程標準修訂，才成為大家都必須學習使用的標準。

「周全詳盡」的國語文課程標準

由於政府的特別重視，「四一課程標準」對各項目都有十分詳盡的規範，當中最為鉅細靡遺的就是國語科，其他科目多是比照國語科辦理。因此我們以國語科的課程標準為例，仔細檢閱後，可以發現這份課程標準在選文上要包含普通文、實用文、韻文、劇本各類文章，像劇本類的文章還必須「宏揚三民主義、激發民族精神、發揚我國固有道德、增強反共抗俄意識」。除此之外，插圖的大小、顏色、深淺、形式也都有詳細的規定，更不用說紙質、字體、筆順等等每一樣都有說明。之後於 1962 年 7 月修訂公布的「五一課程標準」與 1968 年實施九年國民義務教育之時的「五七暫行課程標準」，皆僅小幅修訂。依循四一課程標準之強調反共抗俄與民族精神教育前提下，培養倫理觀念、中華民族文化與愛國教育成為國語文教學與教科書內容選材的最高指導原則，在在反映其時三民主義統一中國的國家政策。

這份現在看來相當繁瑣的課程標準，以當時的時空背景而言，其實是有其必要性。但是這樣一份過於詳盡的課程標準，加上當時威權時代的政治氛圍，造成大家不敢去質疑挑戰，而隨著時間過去，社會日趨開放，這份沒有太大修正的課程標準看起來就顯得不合時宜了，於是依據課程標準編輯而成的「部編本」教科書就成為教育改革的對象。

*本文部分內容取自於 2018 年 3 月 28 日上午 10 時至 12 時之國家教育研究院副研究員何思瞇訪談記錄。

CHAPTER 16

臺語中的古語與漢字保存
——訪《臺灣閩南語常用詞辭典》總編輯姚榮松

臺語在漢字文化存續中扮演什麼角色？本文將細細梳理臺語和漢語古音、古字的淵源。

邱鐘義
文字工作者

在現今的臺灣，臺語被列入母語教學當中的一環，是義務教育中必學的一課。臺語是漢語方言的一個分支，雖然現在有許多將臺語升格為「語言」而非「漢語方言」的聲浪，但就語言學上來說，臺語仍和漢語有許多共通的詞彙和文法，甚至臺語中還保留許多中古漢語中的音韻與詞彙。曾任臺灣師範大學臺文所（臺灣語文學系前身）所長的姚榮松教授，不但是師大臺語文系的催生者之一，同時於 2015 年榮獲教育部表揚推展本土語文傑出貢獻獎，更領導編輯《臺灣閩南語常用詞辭典》，對研究與推廣臺語不遺餘力；本篇特訪問姚教授，以釐清臺語當中保存下來的古漢字與古音。

臺語、閩南語、河洛話的正名

有關「臺語」和「閩南語」兩詞的使用，臺語指的就是臺灣一般民眾所使用的語言，會隨著政治上的不同而有定義上的變化。在日治時期，臺語指的就是臺灣閩南語，而客家話則被稱呼為廣東話。但是近年來客家話與臺灣原住民語言也被認定為臺語，於是有「臺灣閩南語」一詞的出現，用以稱呼在臺灣本地主要通行的漢語閩南方言。民間也常稱它為「河洛話」〔hô lo uē〕，其實是源自閩粵地區客家人對閩語稱呼「福佬話」諧音而來，因閩客皆來自中原地區，誰才是河洛話也有爭議。

層次疊積形成的閩南語

在漢語各系方言當中，閩南語被公認是保存最多古漢音的一支，其原因和福建東南較為封閉、偏僻的地形有關。閩、粵地區山地丘陵地形居多，和中原地區的交通不便，於是在亂世時成為北方漢人逃避戰亂的地方，也因此帶入了古漢音。西晉末年永嘉之亂，中原衣冠南渡，就有所謂「八姓入閩」，其中有一大批漢人由中原來到以泉州為中心的晉江流域，此時帶來的是漢代的古音。唐代前期（七世紀末葉）陳政、陳元光父子率兵屯守泉、潮之間，並建立漳州地方政權，這批來自光州固始縣的武裝移民，將當時中原漢語語音帶到本地，形成現今漳州話文讀體系的基礎，此時帶來的是唐音。唐末紛亂時王潮、王審之由中原入閩平亂，後割據福建一帶，也再度將唐音帶入。因此閩南語中保存了漢語的上古音、中古音的遺跡，層層疊疊，才形成我們今天所認知的閩南語。

另外，閩南語當中的「文白異讀」情形特別明顯，這指的是同樣一個漢字會有兩種不同的讀音，文讀又稱讀書音，是方言和官方語言混雜的結果，也是文教普及的結晶；而白讀又稱說話音，是口語當中的音讀，比較常受到周遭外來語言文化的影響。一般而言白讀音會比較接近古音，但是文讀音在通用語言或是官方語言轉變後，往往會變成白讀音保留下來。閩南語當中文白異讀特別明顯的這種情況，顯示了當地曾經歷過多次通用語言的轉變，使得古音在白讀當中一路傳承下來，所以我們現在才會說閩南語保留了古漢字的音韻。比方說「方」字有三讀，〔hong〕、〔hng〕和〔png〕，前一個是文讀，用在「四方」、「方法」等詞，後兩個音是白讀，〔hng〕用於「藥方」、「地方」，〔png〕只用於姓氏，保存雙唇音聲母p的古讀，但不包括韻母。

一些常見詞語中的古漢字

我們日常生活當中常用到的臺語字，追溯其源頭可以發現是古音古字流傳下來的。像是「讀冊」〔thák-tsheh〕（讀書）的「冊」這個字，指的就是古漢字中的竹簡，在紙尚未發明前，漢朝人念書是念竹簡的，很明顯地閩南語中的這個字就是古音古字。另外像「有身」〔ū-sin〕（懷孕）也是一例，早在《詩經・大雅》當中就已經有「大任有身」的說法，可見閩南語中對於懷孕一詞的讀音和本字可以溯源至《詩經》的年代。閩南語中稱瞎子為「青盲」〔tshenn-mê/tshinn-mî〕，這個語詞也是古音古字，早在《後漢書・李業傳》中便有出現。

臺灣地區多地震，而地震在閩南語中寫作「地動」〔tē-tāng/tuē-tāng〕，漢代著名科學家張衡發明的「候風地動儀」便是偵測地震的儀器，可見此一用詞之古老。諸如此類的例子甚多，以下將簡單以一表格列出部分閩南語中的古漢語字詞。

現代用語	閩南語讀音	閩南語寫法或本字
跑	tsáu	走
跌倒	puảh	跋
懷孕	ū-sin	有身
女婿	kiánn-sài	囝婿
地震	tē-tāng/tuē-tāng	地動
濕	tâm	澹
讀書	thảk-tsheh	讀冊
裂	pit	必
本事、能力	tsâi-tiāu	才調
鍋	tiánn	鼎
杯	au	甌
薄竹片	bih	篾
週歲	tōo-tsè	度晬
瞎子	tshenn-mê/tshinn-mî	青盲
縮小、收縮	kiu	勼
辣	hiam	薟

上表所列僅是閩南語中保留古音古字的部分案例，其他還有很多。

本字研究

　　但是可能很多人就會有疑問了，這些古字中有些連現代漢語當中都很少用到，又是怎樣確定現在我們的發音和用字和古音或古字一樣呢？那便需要進行「本字研究」了。所謂本字，就是文字本來的寫法，在強勢語言或是通用語言上比較不需要進行本字研究，多用在方言上。而要如何進行本字研究呢？在漢語漢字發展的歷史上，字書和韻書的編纂不曾停過，因此透過研究古字書和韻書當中所記載的用詞和音切，再比對現代用語，找出可能的古音和古字，接著比對其他方言中的相同語詞，試著找出音韻對應或文字變化的原因，最後再尋求古籍，尋找範例。這樣才算找到本字。現在粵語、閩南語和客家話等方言都有在進行本字研究。

　　不過，本字研究所考證出來的「本字」，在學術上當然有其意義，可以找出方言詞彙的歷史、理解方言和古音之間的關係，但是語言本身是活的，現在通行的漢語和各種漢語方言都還有人在使用、不斷變化成長。有些考證出來的本字在現代漢語中也已不再使用，這時便不用刻意去強求使用本字，語言本是約定俗成，方便使用，方言中也不是每個詞彙都可以找到本字，如同樣是閩南語，臺灣的閩南語在經歷日本統治時期後受到日本語的影響，比起福建地區的閩南語就多出許多非漢語字源的語詞，此時在書寫上大都採取借音或者是新造字。

　　閩地因為地形的複雜，在多次中原漢人南遷入閩時帶來了漢字的上古音和中古音，並透過白讀系統保存至今。現在的閩南語當中的確有許多古漢字漢音的實例，而透過本字研究，可以找出更多這樣的案例。但是語言是活的，考證出的本字在學術上有重大意義，但卻不一定要強求在生活上使用。

延伸閱讀

1 姚榮松 著，《臺灣閩南語漢字詞彙研究論文集》，臺北：萬卷樓圖書公司。
2 鄭良偉 編著，《走向標準化的台灣話文》，臺北：自立晚報出版社。
3 宋澤萊 著，《一支煎匙》，臺北：聯合文學出版社。
4 方耀乾 著，《臺語文學史暨臺北：書目彙編》，高雄：臺灣文薈。
5《2003 臺語文字化學術研討會論文集》，高雄：高雄市政府教育局。
6 楊秀芳 撰，《閩南語字彙》（一）（二），臺北：教育部。
7 教育部國語會 主編（總編輯：姚榮松），《臺灣閩南語常用詞辭典》，教育部電子辭典（線上）。
8 盧廣誠 編著，《實用台語詞典》，臺北：文水出版社。

CHAPTER 17

創新活版印刷的守字人
——專訪日星鑄字行負責人張介冠

採訪整理／邱鐘義　攝影／周致

日星鑄字行排版見證了印刷產業的興衰，也守護著漢字文化史的一頁。

> 留一臺鑄字機、一套銅模、
> 一套鉛字給我的子孫，
> 讓他們知道祖先做過什麼行業。

張介冠

日星鑄字行第二代負責人。在電腦排版印刷逐漸取代活字印刷之際，仍堅持「只要還有一家印刷廠用得到鉛字，日星就絕不關門。」默默的守護即將要消失的活字印刷傳統工藝。2012 年因保存鑄字技術及推廣鑄字工藝而獲頒「臺北市傑出市民獎」。

請談談日星創建時的背景與臺灣當時活版印刷業的情形。

日星是我父親於 1969 年創立的，當時我只有十八歲。在那之前父親就已經從事鑄字、檢字以及印刷廠的工作，他從 1941 年左右就進入這一行，奮鬥了快三十年才成立了日星。我們家做這一行很久了，1946 年國民政府接收臺灣時有一家日本的吉村印刷，我三舅的師傅就是吉村印刷的廠長，後來就因為這層關係，家裡一直從事這一行。日星成立的時候，是臺灣活版印刷業的高峰期，這波高峰期大約從 1960 年左右開始。當時還沒有電腦排版技術，中文打字機已經出現，但使用上比較麻煩，而照相打字技術剛剛出現，非常昂貴，因此大多數有印刷需求的還是選擇活版印刷。那時整個臺灣有將近四萬家活版印刷廠，像太原路這附近以前就有好

日星成立時，中文打字機已出現，但使用起來並不方便。

幾家印刷行，日星這個地址的前身也是一家
印刷行。

從日治時代開始，印刷工人因為識字的關
係，能接收到的資訊較多，社會地位普遍比
較高，薪水也高。那時活版印刷所用的鉛字
耐刷量並不高，可能一套鉛字印表格只能印
三萬到五萬張，印書的話可能一刷就得換一
套鉛字了，加上相較於數量龐大的印刷廠，
鑄字行最多的時候大概也只有二十六、七
家。因此鑄字行當時只要肯做，沒有不賺錢

的。不過日星成立得晚，而且是那時鑄字行
中比較小間的，規模大的像中南行，光鑄字
機就有二十七臺吧，日星只有五臺而已，規
模很小。

**您提到了中文打字機跟照相排版技術，這些新科
技對活版印刷業有帶來衝擊嗎？**

嚴格來說，沒有影響。當時工作量之大，是
怎麼做都做不完，完全沒感覺到有影響。不

過我對這兩項技術也略有所知，中文打字機用的字不是鉛字，是錏鋅字，日星沒有鑄造這種字，它們有另外的鑄字管道。中文打字機主要是印報表為主，在公部門比較流行，取代了版刻。中文打字機可以製作一般文件或表格，不過只能用平版印刷機來印，但是1971年左右臺灣才開始有人引進小平版印刷機，那時數量很少，因此中文打字機的規模一直起不來。照相打字的話主要的問題是價格太昂貴，一臺照相打字機在1971年時大概要價一百萬元，另外，照相打字技術同樣要用平版印刷機來印，跟中文打字機面臨同樣的問題。照相打字機主要是在印單張、大型的海報，但是當時市場主要的印刷需求還是在鉛字書籍跟雜誌上。因此大概到1981年之前，活版印刷還是獨霸印刷業市場。說沒有影響也是太過了，其實多多少少有一點，但是受限於這兩項技術所需要的平版印刷機在臺灣不普遍，因此鑄字行的生意還是很好，沒有感覺到太大衝擊。

活版印刷業的盛況大概持續到何時？又是怎樣開始衰退的？

大概到1989年之後，電腦排版技術在臺灣日漸成熟，配合上越來越多的小平版印刷機，大幅優化了印刷流程。之後大概十年不到吧，活字印刷業就差不多整個完蛋了。

剛接觸這些新科技時，您的心情如何？有強烈感受到被淘汰的危機嗎？

其實我接觸電腦的時間很早。大概1979年左右就已經接觸過了，當時我就覺得這項技術會為我們的生活帶來極大的變化。日星是臺灣印刷產業中少數在1981年左右就開始使用電腦的，以鑄字行來說更是第一家，不過不是應用在排版，而是在內部會計系統上，真的是很好用，節省了非常多人力。初步使用電腦帶來的便利也使得日星在1986年左右開始考慮引進電腦排版技術，以彌補流失的客戶。那時電腦的衝擊是真的很大，很多活版印刷廠都紛紛轉型，購入小平版印刷機結合電腦排版技術，因此流失的客戶不少。因為引進的話，等於是和以前的客戶搶生意，所以一直猶豫不決，怕會損害跟老客戶間的關係。後來大概到1988年時日星決定引進照相製版技術，另外我妹妹也出去成立了電腦排版公司。

想想也是很感慨，才說照相製版技術對鑄字行的生意沒有影響，但後來卻是靠著這臺照相製版機延續了日星二十年的生命。當決定要引進照相製版機的時候，家裡對於要買美國貨還是日本製的有過一番爭論，那時美國製的比較便宜，價格大概只有日本貨的一半，用起來也比較方便，但是日本製的比較耐用，最後我還是決定買日製的。這臺機器我決定明年讓它退役，服役滿三十年啦，該退了。今年剛好日本三菱製紙員工來臺灣旅遊，來日星看到這臺機器就抱頭痛哭，原

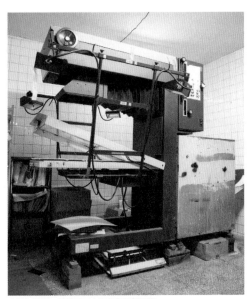
由日本引進，服役已三十年的照相製版機。

來這臺是他們進公司時經手開發的商品，現在他們都升到部長了，沒想到還能在臺灣看到。這臺機器當時在臺灣賣得並不好，但是1988年之後突然賣到臺灣的數量就變多了，也許是日星用這臺機器做出來的版還滿受到歡迎的吧，同業也就紛紛向他們訂購。

當時電腦排版帶給活版印刷業跟鑄字行的衝擊到底有多大？

大概到1996年吧，短短十年間，日星的鑄字業務已經從怎麼做都做不完，變成一天打魚、三天曬網的情況了。1986年時，日星的五臺鑄字機每天至少要工作八小時，一天

開工十二小時更是司空見慣，但是十年後已經是偶爾才會開動一臺來用。以活版印刷廠的數量來說，之前說過極盛時全臺灣有將近四萬家的活版印刷廠，但是到1996年時還有在開工的約剩下三百家左右。像日星這種小規模的鑄字行，大概需要三百到五百家的客戶才能支撐得下去，更不用說一些規模遠比日星更大的鑄字行了。印刷廠一間一間關門，仰賴印刷廠維生的鑄字行當然也就撐不下去了。

可以談談日星絕處逢生的轉型經過嗎？

大概在中南行跟普文社這兩間大型鑄字行宣告關門以後，我大概就了解到鑄字這門生意已經要走入歷史。那時我們引進了照相製版技術，靠著這臺照相製版機接些零星的案子撐到2006年，那時全臺灣只剩下五家鑄字行。一開始是想做到真的不行就賣掉算了，但是隨著其他家鑄字行一家一家關門，我就在想，如果最後只剩下日星一家，還要賣掉嗎？能賣給誰？後代子孫會不會不了解他們祖先曾經從事的這個行業？於是我開始有將日星保留下來的想法，不只是保留鑄字行本身，而是活版印刷業這一整個產業鏈，因為鑄字行是在這條產業鏈的最前端，而當初我做學徒時，其實也有學習每個環節。不過把這個想法跟家裡討論之後，家裡人幾乎都反對，原因在於日星的這些設備，尤其是鑄字

大批銅模已在架上站崗多年，許多都瀕臨毀損。

最重要的字型銅模，都已經使用多年，瀕臨毀損，新製要花很大一筆錢。那時臺灣已經沒有重刻銅模的師傅了，只剩日本還有，但是費用非常昂貴，而且這個行業在日本也一樣慢慢地式微。那時估計過，要將日星整套銅模翻新，大概需要上億元的資金，家裡覺得沒有必要開支這筆錢。後來我決定由比較不花錢的地方開始著手，就是修復現有的銅模字體。

其實大約在 1981 年左右，日星就委託臺灣的銅模廠製作了一套新的五號楷書銅模，但是那套銅模並不好用，客戶時常在抱怨我們的鉛字有歪斜的情況，一開始還以為是師傅沒注意，但是提醒師傅注意後還是繼續發生

這類的情形，才知道是銅模的問題。也就是在那個時候，為了找出究竟出了什麼問題，我開始研究漢字，才發現有所謂的「字型」這種東西。然後開始看字帖，還有當時電視上的《每日一字》節目，研究字要怎麼寫才會漂亮；慢慢又發現鉛字也有鉛字的一些規範，但是為時已晚，那套銅模已經鑄成，也沒有多餘的經費再去打造一套新的，因此只能想辦法修復。剛好我在入行之前是做俗稱黑手的車床，因此有技術基礎，那時臺灣又剛好有新的 CNC（電控機床）技術進來，我就跟工研院合作，嘗試修復這套銅模。不過效率很差，光跑一個字的外框大概就要花四個小時，因此最後也不了了之。那時也有考慮再新做一套銅模，不過因為資金問題所以作罷，也幸好當初沒有選擇再製作一套銅模，而是將資金投入電腦排版和照相打字，如果不是這樣，日星可能就撐不到現在了。

不過 2006 年時情況又比較不一樣了，事隔二十年，CNC 技術有了長足的進步，於是我又重新摸索著自行修復這些銅模。我先把鉛字印成字卡，掃描起來以後用軟體修復筆畫磨損殘缺的地方，修復後再轉成 CNC 所使用的檔案，最後使用 CNC 雕刻銅模，那時修復一個字大概要花上一整天。後來蘑菇手帖發現我在修復字型，他們對這個十分有興趣，於是義務來幫忙我一起修復，不過那時候我沒有經驗，也不知道修復的標準在哪裡，大家合作得磕磕碰碰，最後在 2012 年暫停修復字型的工程。後來，我又跟中原

大學商業設計學系的林昆範老師討論日星轉型計畫，才確立了日星轉型成工藝館的想法，而非博物館。我覺得放進博物館的東西就是死了的，給人紀念的，我不希望這樣，工藝館還可以讓有興趣的人來實際操作。也在那個時候，我開始思考活版印刷的未來，在電腦打字與印刷如此方便的年代，就算還有年輕人想從事這個產業，他們大概也很難找到客戶，於是我和初期參與的幾位義工討論，思考如何創新活版印刷，於是有了現在加入文創元素的日星。不過對我而言，現在走向文創或是工藝館的方向只是為了延續日星的生命，找出活版印刷的新出路，我個人還是希望投入到字體銅模的修復工作上，保存這個快要消失的產業與文化。

請問現在日星所保留的銅模的數量有多少？

現在日星一共有二十套不同字型跟大小的銅模，總計大概是十二萬個字，比較值得一提的是《聯合報》所用的一套銅模，當年《聯合報》決定全面改用電腦排版時就將原有的銅模出售，日星就把這一套買下來了。

據您所知有活版印刷廠成功轉型的案例嗎？

應該是沒有。日星之前有想出一些文創商品，也想找之前的一些客戶來幫忙排版印刷，但是這種文創的排版對活版印刷廠而言太難開價，又太麻煩，所以沒有人願意承接。以前的活版印刷印量大，講求快速，對於現代這種需要精緻或是創意排版的文創商品比較不在行，所以我相信現在學習活版印刷的一些年輕人可能無法像以前的師傅一樣迅速，但是可以做這些比較精細的排版。

現在臺灣還有活字印刷廠嗎？

大概還有二十幾家有在營業吧，不過他們一年跟日星買的鉛字總計不到二千元，營業量大概也不大了。可能是以印流水號和打騎縫線為主。

文創排版也是活版印刷的一條新路，不像以前因為需求量大而求迅速，改求精緻與創意，是很不一樣的作法。

可以說明一下日星所用字體銅模的由來嗎？

當時活版印刷所用的字體大略有五種：楷書、老宋體（日治時期被稱為明朝體）、黑體（方體）、仿宋體、長宋體（長仿宋），但嚴格來說就是楷書、宋體和黑體這三種。大部分的模具都是日治時期留下來的，後來當然有再添補，其中比較特別的是楷書，楷書體有另一套字模是由一位廈門的許鴻璋先生在 1949 年時帶來臺灣的。許先生這套字體是所謂的「上海字」，是當時上海地區流行的鉛字字體。後來他在臺灣成立了風行鑄字社，許先生帶來的字模只有楷書，但是這套楷書和當時臺灣所流行的字體有極大的差異，比較剛毅、優美，後來幾乎所有的鑄字行都跟風行買整套的鉛字作為字種，再用電鍍法做成銅模，這套楷書字體於是風行全臺，也就是後來稱的風行體。關於這套風行體，我後來因為對文字產生興趣，曾經想過到大陸尋根，去尋訪這套字體的源頭，像是上海印刷技術研究所等地。但是大陸由於文革以及 1960 年代的字體規範，這些老玩意兒被認為不符合時代，幾乎都被淘汰了。最後只能大略猜測風行體其實可能是上海華文鑄字製模廠所用的字體，可是也找不到確切的證據，公共電視跟我一起去拍了一部紀錄片《鑄字人》，就是有關我這段到大陸尋找字體根源的旅程。

其他字體大都是委請當時臺灣的銅模廠或日本的銅模供應廠商製作，其實比較常用的就只有楷書跟宋體，黑體主要是用在標題上，所以黑體的銷售量較少。

文字是與時俱進的，如果有新的字出現怎麼辦？

做新的銅模成本太高，所以一般來說，我們是不會特別為新的字體去做新模的。舉個例子來說，中南行當年光整理風行鑄字行留下來的銅模，所花費的錢大概就可以買下一條街了。

相較於活版印刷而言，電腦文書處理的一大優勢是字型的多變，那在活版印刷極盛時，有廠商曾經考慮過針對這點做過改進嗎？

有，還不少。那時很多人想要有隸書的字型，但主要都是客戶端想要，應該是沒有印刷廠或鑄字行嘗試去做新的字型，主要的原因還是在成本上。1986 年左右活版印刷業還鼎盛時有人估計過，做這樣一套新的字型沒有一千萬也要五、六百萬，成本太高。另外就是對廠商而言沒有這個必要，那時光用現有的三種字型就印不完了，多一種字型只是多花錢又多麻煩而已。等到電腦排版開始取代活版印刷，再去開發新的字型也已經無濟於事，所以臺灣的印刷鉛字一直都只有這幾個字體跟型號。

您從做文字的工匠開始，又是從何時去開始思考

漢字的意義，進而轉向從事文化保存的工作？其中的轉折又為何？

雖然我從小不喜歡念書，但是我還是挺愛看書的，尤其以前家裡有在幫忙印那種章回小說，回家就拿起來讀，因此對於文字並不會排斥。真正開始研究文字，就是之前說的大約 1986 年左右，為了找出新製的銅模究竟出了什麼問題而開始研究，慢慢發現文字，特別是漢字真的是很有意思！不管使用電腦或是紙張，我們現在還是天天都在接觸文字。漢字是中華文化五千年的載體，又是世界文字系統中少有的表意文字，相較於表音文字多了一份意涵在內。再加上獨特的書寫工具所塑造出的藝術價值與美感，在在都使得漢字與眾不同。從這次復刻銅模的工作中，我更是感受到漢字的博大精深，我在修復每個字的時候都會去找資料，像是《說文解字》，去了解這個字的來龍去脈，又去觀賞書法家在寫字時的影片或是他們的字帖，

來加深對於字的掌握程度，在這個過程中，我對於文字的熱度也越來越高。也因此我認為如何將漢字保存下來，是日星的使命之一，這也是希望成立活版印刷工藝館的首要工作。

什麼是照相排版

照相打字／排版技術約出現於二十世紀初期，其原理是利用照相技術，在字盤中對一個一個字「拍照」，然後沖洗出來之後就可以成形。

相較於活版印刷，照相排版的優點在於可以透過照相鏡頭的縮放，來達成字體大小的變換，甚至可以做出簡單的變形字體如斜排、拉長、壓扁等。這些都只需用到一個字盤，活版印刷要調整字體大小則必須使用另一套鉛字才行。此外照相排版字盤的磨損率較低，而且只要更換不同字體的字盤，就可以有各種字型的變化。

其缺點在於成本過高，照相排版機相當昂貴，另外沖洗費也是筆不小的開支。不過在平版印刷機發明後，照相排版配合平板印刷機可以印出相當精美的成品。

照相排版大約 1980 年代曾經流行過一陣子，不過很快就被電腦打字和排版取代。

採訪人從鉛字架上將「漢字」兩字檢出，小小鉛字上承載著源遠流長的文化重量。

延伸閱讀

1 柯志杰、蘇煒翔 著，《字型散步：日常生活的中文字型學》，臺北：臉譜出版社。
2 許慎 著，《說文解字》。
3 張其昀 主編，《中文大辭典》，臺北：中國文化研究所。

CHAPTER 18

電影中的文字符號說了什麼？

——從《兒子的大玩偶》到《郊遊》，讀出臺灣的社會實景

電影中的文字符號是很容易被忽略的元素，但高明的導演卻能利用文字符號的外顯影像與內在意涵，將故事說得更細緻。

陳儒修
政治大學廣播電視
學系教授

　　一般做電影研究，首先看重畫面。透過場景設計、人物移動以及燈光顏色等，可以呈現很多內容。然而畫面中的文字符號，很容易被忽略，因為這些文字符號常常出現在背景，或者只是人物走動經過的一個店招或一張海報，觀眾不易察覺它們的存在。不過碰到厲害的導演，這些文字符號也能說故事。讓我們用《兒子的大玩偶》（1983 年）做例子。

《兒子的大玩偶》：殖民遺緒與現代化歷程

　　《兒子的大玩偶》的第一個鏡頭，坤樹裝扮的三明治人，從長鏡頭的背景往前走來。由於這個長鏡頭約有三十秒鐘，觀眾除了注意到他走得很辛苦之外，相信也看到他身後一大堆交疊混亂的商店招牌，可以從中辨認出「銘家攝影社」、「（國際）家電製品」、「進安診所」、「石橋機車」與「寶豐傢具」等招牌。這裡是 1962 年的竹崎，與 1966 年在高雄設立的第一個加工出口區，時空距離不遠。

　　如果說，以《兒子的大玩偶》為代表的臺灣新電影運動，是在記錄臺灣的現代化歷程，那麼本文想探討：除了透過影像呈現臺灣經濟起飛的故事之外，這時期的電影畫面中出現的文字符號，如：店招、海報、標語，甚至是塗鴉，透露著怎麼樣的歷史痕跡？

　　回到《兒子的大玩偶》，上述那些店家，在當年已經是臺灣各鄉鎮的基本「門面」。大概在所謂的「鄉下地方」的主要街道上，都會看到類似的店鋪與店招。這反映著臺灣地方健全的生活機能，也是鄉村現代化的記錄。此外，坤樹身上掛著《蚵女》（1963 年）電影海報，

傳達著更關鍵的訊息。《蚵女》這部健康寫實主義的代表作品，標示的正是臺灣將從農漁業社會轉型到工業社會。

影片《兒子的大玩偶》有三段故事。第二段〈小琪的那頂帽子〉裡面的文字符號，則透露不同的訊息。兩個業務員到鄉下推銷日本快鍋，產品包裝盒與海報反映著臺灣的日本情結。包裝盒上的日文「しあわせ／コンビ」在字體與尺寸上，都比中文名稱「鈴木快速炊鍋」大而且明顯。海報上最醒目的字，則是「日本原裝進口」。這些詞彙試圖建構的印象，就是「日本商品＝品質保證」，有如延續日治時期殖民統治的歷史記憶。另一方面，本片則諷刺這樣的說法，其中一個業務員懷疑這個快鍋根本就是日方生產的不良品，才傾銷到臺灣來。鄉下的老人家也認為這種快鍋沒有用處，慢火燉煮才是正道。果然在影片末尾，日本快鍋就釀成悲劇。

到了第三段〈蘋果的滋味〉，則從日本的殖民遺緒，轉向冷戰時期的臺美關係。一個三輪車伕被美國軍官的車子撞傷，原本悲傷的故事卻變成荒謬喜劇，因為這家人從此受到美國人的照顧，還可以吃到天價般的蘋果。當他們搭車通過一座鐵門，門上招牌寫著：「U.S. NAVAL HOSPITAL ／美國海軍醫院」（而且跟前段影片一樣，英文字體與尺寸，都比中文大），其實就是這個工人家庭進入「天堂」的開始。美軍醫院裡面，什麼都是白的，護士是白的，牆壁是白的，就連廁所也是白的！

〈蘋果的滋味〉裡的荒謬情境還不止這些。車禍發生後，美國軍官由外事警察陪同，到新生北路「康樂里」找傷者的家人。這個地區是在 1949 年，隨著國民政府播遷來臺的海南島與舟山群島的民眾所搭蓋的違章建築，後於 1997 年遭到臺北市政府強迫拆遷，改建成現在的林森公園。在該地區

a. | 《兒子的大玩偶》第一幕的街景和坤樹身上的海報，標示著臺灣從農漁業社會過渡到工業社會的轉型。（圖片提供：中影股份有限公司）

b. | 〈小琪的那頂帽子〉中的文字反映殖民統治留下的日本情結。（圖片提供：中影股份有限公司）

c. | 〈蘋果的滋味〉中，美國海軍醫院告示牌展現冷戰時期的臺美文化階級差異。（圖片提供：中影股份有限公司）

居民與公權力抗爭過程中，有一位老住戶上吊自殺。片中只見他們在有如迷宮的巷子裡鑽來鑽去，就是找不到「新生北路二段二十八巷八號之八」。這也難怪，因為我們在畫面中看到，有一戶門上竟然有三個不同的門牌號碼，以及在牆壁上有白油漆箭頭指示前面右轉是「Ｘ巷Ｘ號」，等到轉過去之後，卻是不一樣的巷號。導演萬仁很明顯地用門牌號碼的錯亂與毫無秩序的貧民窟空間，諷刺政府漠視弱勢族群的權益，甚至已經在這麼早的時候，就預示政府將會以都更的名義草菅人命。

《風櫃來的人》：城鄉移動的生活景觀

1983 年還有一部《風櫃來的人》，這是一部關於三個無所事事的澎湖年輕人，因故到高雄打拚的故事。然而當串連解讀裡面的文字符號時，本片所展現的訊息，已不再只是青春成長故事，而是關於人的移動，而且是在現代化氛圍下，反映著人口由鄉下移動到都市的景觀。影片第一個鏡頭，就是「風櫃東站／青灣」公車站牌的特寫鏡頭。這個開場鏡頭，原本只是為了標示故事發生的所在地，卻由於後面陸續出現「高雄港旅客服務中心」與「鼓山輪渡站」等招牌，形成一系列動線符號，代表這幾個年輕人從澎湖渡海到高雄的路徑。而在片尾時，出現了「臺北國光號」的站牌，顯示年輕人接著準備到都會的都會──臺北，打拚自己的未來。

透過這些交通運輸站的招牌，《風櫃來的人》由前半段描繪窮鄉僻野的澎湖，轉到後半段呈現五光十色的高雄。這三個年輕人真的是「風櫃來的人」，他們原先在澎湖打打殺殺，卻帶有某種質樸。到高雄就得收斂自己，面對都會環境的冷漠、疏離、爾虞我詐以及快節奏的生活步調，同時加入

d. 〈蘋果的滋味〉裡門牌號碼的錯亂，諷刺政府對弱勢族群的輕忽。（圖片提供：中影股份有限公司）

e. 《風櫃來的人》藉「澎湖─高雄─台北」的地點標示，展現從鄉村到都會的人口流動。（圖片授權：三三電影製作有限公司）

前面提到的加工出口區的生產線行列，成為工人。

另外還需要指出，當他們初到高雄，沿路尋找親友的住所時，有三次經過一個房地產看板「鹽埕／名流世界」，而且都擺置在畫面中央，非常搶眼。這個房地產廣告將與本文最後的例證《郊遊》，遙相呼應。房地產廣告不僅標示著都會的物質環境，也是階級差異的符號。同時，把家園的美好想像呈現在房地產廣告文案中，恰好與《蘋果的滋味》裡的貧民窟，形成強烈對比。

《童年往事》：族群離散與身分認同

下一部影片也是關於童年成長經驗，然而它不僅是個人回憶，也是民族記憶，這就是 1985 年的《童年往事》。本片是侯孝賢導演的自傳影片，第一個鏡頭就是一個木牌子，上面寫著「高雄縣政府宿舍」，旁白是侯導演述說他們家庭在 1947 年由廣東遷徙到臺灣，並且落腳在鳳山的過程。這塊木牌跟《風櫃來的人》第一個鏡頭裡的公車站牌一樣，都代表著人移動的痕跡。不同的是，這裡的遷移不再是由鄉下移動到城市，而是一個族群遭逢戰爭動亂，不得不拋棄原有的家園，被迫到另一個地方找個家，所以這個木牌象徵國共戰爭造成族群的離散。

《童年往事》的年代，是臺灣海峽兩岸緊張對峙的年代。那是 1958 年「八二三砲戰」的時候，政府為了激勵民心士氣，到處張貼政治宣傳標語，例如在片中小的圍牆上，就出現「自強、團結、愛國、滅共」與「實行三民主義」等標語（可以想見，「消滅萬惡共匪」應該在圍牆的另一端）。國共對戰的報導，成為報紙頭版標題，片中有一個《中華日報》報紙的特寫鏡頭，頭條是「中樞紀念國慶／總統主持盛

f. 「鹽埕／名流世界」的房地產廣告，展現階級差異以及人們對家園的美好想像。（圖片授權：三三電影製作有限公司）

g. 《童年往事》「高雄縣政府宿舍」這個木牌象徵國共戰爭造成的族群離散。（圖片提供：中影股份有限公司）

h. 《童年往事》裡的報紙頭條呈現兩岸之間緊張的氣氛。（圖片提供：中影股份有限公司）

i.

j.

i. 《青梅竹馬》中轟立在高樓上的大型霓虹燈招牌。除了形成臺北
　都會五光十色的夜景外，也是跨國資本主義體制在臺灣的象徵。
　（圖片授權：三三電影製作有限公司）

j. 《青梅竹馬》以博愛特區的大型燈飾展現出政治口號的空虛。（圖
　片授權：三三電影製作有限公司）

典」，旁邊另一條標題就是「國慶佳日前線傳捷／神鷹擊落米格五架」。

對正處青春期的主角「阿孝咕」（侯導演化身）而言，臺海戰爭還是太遙遠，他關心的是跟朋友混、念書考試、追女孩子、打架鬥毆。按照現在的說法，他對政治無感。片中另外一片木牌「鳳山軍人之友社」就呈現這個衝突。一樣是由這塊木牌的特寫鏡頭展開一段情節，先是幾個老兵在收聽陳誠副總統出殯的廣播，阿孝咕則在跟朋友打撞球，一個老兵衝過來把他拖到收音機前面，要求他立正聽廣播，兩人遂起衝突。相對於影片開頭的木牌「高雄縣政府宿舍」，指的是外省人來臺灣的宿舍，這塊木牌「鳳山軍人之友社」不僅代表特定族群（榮民）的集會所在地，也彰顯臺灣社會一直爭論不休的認同問題，以及外省人與本省人的對立問題。

《青梅竹馬》：都市冷感

與《童年往事》同年的《青梅竹馬》，改從都會的觀點，把上述影片出現過的文字符號再度呈現，不過意義截然不同。就像《兒子的大玩偶》一樣，《青梅竹馬》裡出現很多店招，只是這裡的店招是「FUJI FILM」、「NEC」、「SONY」等國際化的日本品牌，而且都是豎立在高樓頂的大型霓虹燈招牌。除了形成臺北都會五光十色的夜景外，也是跨國資本主義體制在臺灣的象徵。片中還有出現「銀座カラオケ」的店招，卻是用來呈現老臺北人（如迪化街、大稻埕的居民，侯孝賢飾演的阿隆，就是在迪化街賣布）的聚會場所，沒有〈小琪的那頂帽子〉強烈的殖民遺緒。

《青梅竹馬》也有政治標語，然而不再有緊張肅殺的政治氛圍。片尾一群年輕人夜間騎摩托車呼嘯穿越博愛特區，鏡頭帶到國父誕辰紀念日期間，懸掛在景福門上的大型燈飾，如「三民主義萬歲」、「中華民國萬歲」、「反共復國」等。如此的場景安排，除了呼應《童年往事》裡，國慶活動可以成為當時報紙的頭條，以及年輕人對政治的無感外，本片楊德昌導演用更諷刺的手法，點出這些政治口號已經淪為裝飾品，沒有人會認真看待，它們只是用來照亮臺北街頭而已。

《郊遊》裡的房地產廣告，除了大眾對家園的想像外，也呈現出後工業社會裡的極致剝削。（圖片授權：汯呄霖電影）

《郊遊》：後工業年代勞工的悲哀

　　以上四部臺灣新電影運動的代表作，在文字符號的呈現上，都可以讀出臺灣現代化歷程的痕跡，或者按照楊德昌導演的說法，就是臺灣從農業社會轉型到工業社會的過程。

　　本文將以蔡明亮導演的《郊遊》（2013年）結尾，不僅跨越三十年的臺灣電影變遷，也將透過本片的文字符號，探討臺灣進入後工業社會的景觀。在這部極簡且緩慢的《郊遊》裡，其實只有一組文字，就是李康生飾演的房地產舉牌人，在風雨中努力地用雙手撐起來的房地產廣告那面大牌子。李康生舉牌的建案名稱是「遠雄國都」，另一個舉牌人是「中正沂凰」。據說蔡導演就是看到路邊的舉牌人，才萌生拍攝本片的念頭。

　　前面《風櫃來的人》已經出現房地產廣告，是搭在路邊的看板，透過上面的誘人文字，提供路過行人購屋的美好想像，這樣的方式，有如一個大型店招。《郊遊》呈現的現象，是由低時薪的工人，拿著不成比例的牌子，而且還站在路中央，希望吸引路過行人或汽車駕駛人的目光，等於是舉著活動店招。在後工業社會裡，這樣的工作可以說是對工人最極致的剝削。這些舉牌工被嚴格規定舉牌與休息時間，而且要在指定的地點舉牌。如此的工作條件與環境，可以說比起工業時代，工人必須「服侍」機器的情況而言，更加惡劣。也就是因為這個原因，蔡導演讓李康生邊舉牌邊唱〈滿江紅〉。透過〈滿江紅〉的歌詞，《郊遊》說出了工人的「空悲切」，延續臺灣電影記錄社會實景的使命。

延伸閱讀

1 葉龍彥 著，《圖解台灣電影史》，臺中：晨星出版公司。
2 戴樂為、葉月瑜 著，《台灣電影百年漂流》，高雄：書林出版公司。
3 楊力州 著，《我們的那時此刻：華語電影五〇年流金歲月》，臺北：30雜誌社。

CHAPTER 19

社會現形練字簿

只要一個字，就能表達社會文化的奧義，比簡化字更言簡意賅。

鄭婷之
繪圖

編輯部
撰文

ㄐㄩㄥ

三一八太陽花學運後的流行名詞，擺脫過往戒嚴遺毒對政治戒慎恐懼的社會氛圍，青年的社會意識崛起，關心或是親身參與政治組織。相對過去埋首文學、電影的文藝青年（簡稱：文青），可能更熱中參與社會運動。

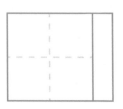

祖ㄗㄨˋ

相對詞就是「慣老闆」，壓榨員工的慣老闆，豢養出一群奴性很重的社畜，在不景氣的就業環境與條件下，不做反抗地為企業賣命工作。過去類似的勞工會被形容為使命必達的「憨百姓」或「被賣還幫忙數錢」。

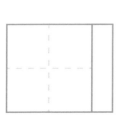

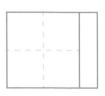

魯

（ㄌㄛˋ）

取自英文「loser」音譯，相對詞是「溫拿」，即「winner」。顧名思義，網路上常用以自嘲工作不順、沒有異性緣、領22k。過去常用的同義詞有「人生失敗組」。

同層

（ㄊㄨㄥˊ）

原本是氣象學名詞，因社群網路發達而又再度成為熱門詞語。過去在自己的社交圈內，多是與自己想法、信念相近的人；而在社群時代，又因演算法的緣故，看到的、廣為討論的都是類似的議題與意見。但是在同溫層中熱門的話題或價值觀，可能在真實世界裡並不受關注，或是錯誤的。過去常用的同義詞有「活在自己的小圈圈裡」、「物以類聚」等等。

虫

源自日本的流行語，意指活在自己世界、像是長不大的幼稚國中生。不過許多人會反而把標籤用在自己身上，帶有一種拒絕長大，看似自貶實則標明自我認同。

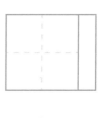

嬌吞傲

傲嬌看起來像驕傲倒過來，實際上是嬌嬈的嬌，帶有正面意思。源自日本的動漫御宅文化，表示外冷內熱的人格特質，老派的說可以說是口是心非，是讓人想逗弄的類型。

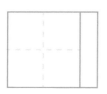

屄

ㄈㄢˇ

網路上討論某種議題如運動、政治
立場、性別、職業等等時,發文者
本身為相反立場的人,卻站在支持
的立場發表言論,意在故意引起網
友反感,或是藉由明顯的偽裝來達
到嘲諷的目的。

罒號問

ㄏㄠˇ

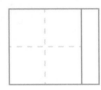

源自 NBA 球員尼克·楊(Nick
Young)的一張表情截圖,經網
友後製後加上許多問號,廣泛
用於不明白、傻眼等情境中。

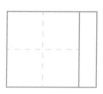

撩

ㄌㄧㄠˊ

影視娛樂風潮下的流行語，意指撩撥女心，代表人物像是韓國男星宋仲基在電視劇《太陽的後裔》中各種帥氣舉動。延伸使用如：撩妹達人、撩妹金句。

懷孕

ㄏㄨㄞˊㄩㄣˋ

在視覺方面比較老派的說法有「眼睛吃冰淇淋」，耳朵懷孕則是指聽覺上的戀愛，新聞媒體也經常如此下標，讚許歌手歌聲之動人，讓人一聽就愛上。

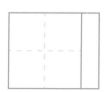

第五部　走進資訊時代的轉身

CHAPTER 20

中文輸入法與中文電腦之出現及對電腦產業的影響

倉頡輸入法及中文字形產生器大大改變中文世界電腦產業，發明人朱邦復一路歷經過什麼困難與挑戰？

郝明義
大塊文化董事長

　　民國初年，很多人主張：廢除漢字才是救國之本。除了因為漢字的「三難」（難讀、難認、難寫）造成教育的難以普及之外，還有一個理由就是當時西方有種種新式排版印刷科技，又有打字機的便利，相對照之下，漢字還有「難以檢排」的問題，不方便傳播媒體的使用。換言之，不方便新知識的普及。

　　其中，拼音文字可以使用打字機的便利，尤其為許多知識分子所關注。如何解決漢字也能像拼音文字一樣方便地使用打字機，成了一項追尋聖杯的任務。其中最著名也最有代表性的，就是林語堂。他幾乎傾注所有來開發中文打字機，最後雖然開發出原型，也申請到專利，但畢竟難以實際推廣。

　　漢字無法像拼音文字一樣地使用鍵盤輸入的焦慮，到電腦的發展日益方便、普及之後，尤其加大。而到了 1970 年代末、1980 年代初之際，即使王安電腦有中文電腦之號稱，但實際上仍然是需要專人在特定的電腦大鍵盤上檢字再輸入，中間的差異不可以道里計。

　　而就在個人電腦帶動的資訊革命終於風起雲湧，開始橫掃全球不久，真正名副其實的中文電腦卻也平地一聲雷迸現，不但造就以宏碁電腦為代表的臺灣電腦產業興起，也帶動包括對岸在內全球中文電腦相關產業之發展。

　　而最重要的是，每個使用中文的人都可以在自己鍵盤上方便地使用電腦，包括林語堂在內的幾十年來的遺憾，都得以解決了。

讓這件事情發生的關鍵人物，就是朱邦復。他最早發明了倉頡輸入法以及中文字形產生器，並且放棄這兩者的專利，是漢字進入電腦及資訊時代的推手。

　　朱邦復是個傳奇。今天在電腦上使用中文的人，都不該忘記他。

※※※

　　朱邦復出生在 1937 年的湖北。他的父親，是在大陸做過湖北省主席，來臺灣做過光復大陸設計委員會秘書長的朱懷冰。

　　朱邦復的少年時期很陰暗。母親長年為肺病所苦，等母親去世後，他與嚴厲的父親關係又極為惡劣，到了要登報脫離關係的地步。於是朱邦復在高三那年被轉學到臺中一中，畢業後再讀臺中農學院。

　　家園不值得留戀，等朱邦復服了兵役回來之後，他便做了一個決定：要在葡萄牙文一句不通、投資本錢根本談不上的條件下，和農學院的同學去巴西墾荒，然後衣錦還鄉。

　　熱情的理想抵不過冷酷的現實，他們的夢想很快就結束了。不服輸的朱邦復，就此在巴西展開一段五花八門的就業生涯，還進了音樂學院攻讀理論作曲，直到因為父親生病召他返臺而肄業。

　　朱邦復回臺為父親送終之後，開始一段茫無頭緒的生活。他在臺視做過外國影集的翻譯工作；管理過碧潭樂園……接著，應邀加入一個去巴西的墾殖計畫，邀約了十幾位好友投資。

a.

a. 朱邦復發明倉頡輸入法以及中文字形產生器，是漢字進入電腦及
　　資訊時代的推手。（圖片授權：中央日報）

然而，他自以為識途老馬，又帶著新的理想與抱負再度踏上巴西的土地，但他們的理想與其他人的利益相衝突。苦撐一陣之後，朱邦復被迫離職，再之後，剩下的錢幾個人瓜分了，各自東西，公司名存實亡。

朱邦復前半生的遭遇，至此跌落谷底；他無顏返國面對股東，流離顛沛，無以復加。

※※※

1972 年 2 月，巴西狂歡節開始，朱邦復這時和一群來自各國的嬉皮混在一起。

和這些嬉皮在一起的生活中，朱邦復收穫最大的就是對東西文明的比較，並且就哲學觀念的激辯，把自己以往一些模糊、並不清楚的思想整理出更清晰的脈絡。他從主張中國應全盤西化，到後來堅持要為中國文化盡一分心力，也是在這時受的影響最大。

也是這段時間，他愛上了一個叫凱洛琳的美國女郎；但他並未明白表露愛意，兩人維持著若即若離的距離。 最後，凱洛琳在嬉皮的燭光晚宴結束後，趁著朱邦復麻醉在大麻中的時刻，悄然遠去。

等朱邦復的大麻效果消退，由寂靜中醒來後，得知凱洛琳不告而別，接受不了這個衝擊。他跑到浴室中，把門關緊，塞了些毛巾在門縫中，盡情的痛哭宣泄。 此時，他突然有了段奇異的經歷。

朱邦復在自傳體的小說中寫到自己剎那間「心靈中迸發了火花。剎時，渾身一陣舒暢無比的痙攣，暖和的血流注入了我每一根神經，身邊、眼際，所有的感官都被籠罩在一種無比神妙的金光下…… 我不再思想，屏止呼吸，沐浴在這亙古的無所不在的愉悅中」。於是他跪地禱告起來：「宇宙中的至上主宰，由於我的愚昧，多年來自淪苦海，萬劫難拔。這一刻，我認識了你的愛，我將用這種愛，去愛人類，愛萬物。」

朱邦復宛如劫火中的鳳凰，冉冉再生。他現在等的只是找到一個目標，讓他投入熱忱與才華。

※※※

接下來的過程，可以分幾個階段來說。

第一個階段，是接下來他留在巴西一年多的時間裡，1973 年在巴西一家出版公司工作所受到的刺激。

這家出版公司是 1973 年營業額排名巴西第三十的大企業，員工五千人，每週固定出版九十八種專業雜誌，及無數不定期書刊。朱邦復在裡面做美工。

有一天，他那個單位的主管不在，編輯部門就直接交給他一份急件。這是一本在美國出版不久、非常暢銷的小說，已經翻譯成葡萄牙文，上面交代要當天上市。

朱邦復為這個指示搞迷糊了。但是看著編輯部人員一臉斬釘截鐵的神色，他只好硬著頭皮照規定的工作程序做做看了。

早上八點四十分，他做好了大樣，然後把稿件交到打字間。打字間裡有二十臺終端機，十五個人操作。結果，他們在十一點鐘以前就把二十多萬字的稿件全部打入電腦。

等到下午四點，朱邦復已經把完稿全部送入製版部。到晚上七點四十五分，他已經在市面上看到那本暢銷小說。

這一件事情帶給朱邦復前所未有的衝擊與震撼。他馬上就聯想到：這種傳播知識的速度與效率能不能發生在中文世界？他思索後的結論是：別的都不是問題。關鍵在於：有沒有電腦可以使用中文，在兩個小時就打出一本二十萬字的書來？

民國初年，知識分子看到打字機鍵盤無法使用中文的遺憾與急切，到了電腦鍵盤上成為更巨大的資訊危機了。

而朱邦復也因此知道了自己的生存意義和努力方向：他的任務就是要解決電腦鍵盤無法使用中文輸入的問題。於是，他在 1973 年回國了。

※※※

第二個階段，是他回國後到 1979 年的六年時間。這段時間，他集中精神、土法煉鋼地研究中文在電腦鍵盤上輸入法的可能。

從開始只有籠統的概念階段，朱邦復就決定了幾個原則：

首先，輸入的時候必須能夠「盲目按鍵」，換句話說，這套方法不但要易學，並且必須像英文輸入一樣，操作的人可以完全不看鍵盤，這樣才能達到速度與效率的要求。

第二，鍵盤可以輸入的中文字數絕不可只限於所謂「常用」的幾千或一萬來字，不但康熙字典的四萬三千多字要全都能輸入，還得考慮把一天天在增加的新字也網羅進去。

第三，中文輸入必須使用小鍵盤，並且要配合英文鍵盤的二十六鍵，把所有的中文字都能藉著這二十六鍵來輸入。想配合國外已經十分發達的資訊系統，這是唯一一條路子。

因此，他回國後雖然也考慮過就一些已有的輸入方法進行改良，但由於那些方法在根本上沒法配合他的原則，結果就都放棄了。

最後他決定要嘗試的路子最死，也最吃力。他一口氣買了許多字典，把字典裡的字一個個剪下來，不管字首也不管筆畫，只希望在茫無頭緒中尋求出新的規則和方向。

他全心全力在黑暗中摸索，剪了幾十本字典，把所有的中國字編卡，將卡片排列組合了幾千次後，他勉強訂出了一套字母表，定名為「中文形意檢字法」。

這套字母是：「日月金木水火土，人心手足口耳目，王石山虫魚犬馬，衣言絲草竹。」所謂字母，就是其他的中文字可由這些字母組合出來。而這套字母最大的缺點是：即使只是一般學生字典常用的八千字，以平均每字取三個字母而言，重複字也高達八％，無法符合「盲目按鍵」的原則。

到這時為止，朱邦復證明出來的只是這條路可行，距離理想則十分遙遠。

這幾年時間裡，他的日子過得很拮据。在朋友的介紹下，他在家具工廠工作過，編過雜誌，也去社區做過管理員。此外，他還做了些發明工作，申請專利來找點收入。

他尋求過不少人支持他的研究計畫，但是人人視他為瘋子的情況不可免。

而這段時間，對他最大的鼓舞，是在 1978 年經過好友林俊甫的推介，大周建設公司答應支持他的研究計畫，並為他聘請了四位中文系畢業的助手。其中之一就是沈紅蓮。

後來儘管其他的助手都紛紛離去；儘管大周建設公司也因財力不繼而放棄支持朱邦復，沈紅蓮仍一直伴隨朱邦復的理想一起工作，成為其後數十年不可或缺的左右手。

在沈紅蓮的協助下，朱邦復自《國語日報大辭典》著手，重新改良第一套字母。

他們利用中文形聲結合的原理，把觀念突破到把所有的中文字分為「字首」及「字身」兩部分；他們分析八千字的電報明碼，四萬三千多字的康熙字典，希望找出新的規律來；他們為了在混亂中找出頭緒，把編好的卡片排列組合，每整理一次就差不多要一個月的時間。

如此，朱邦復的字母，自第一代演化為第二代、第三代。 到第三代字母整理出來，朱邦復在中文輸入法的理論已經可說完全成熟，剩餘的，是怎麼從實證中繼續改善了。

※※※

第三個階段，是要實證他的研究。但是在尋求別人支持他實證研究時，國人偏重學歷，對他「黑手」出身的背景不肯投下絲毫信心。大家對他的心血結晶，不是認為痴人說夢，就是嗤之以鼻。

他奔走了一段日子，1979 年得到向三軍大學校長蔣緯國上將簡報的機會。

當時軍方一直需要一種人人易學的通訊方法，這樣在作戰時就可以人人擔負起通訊兵的任務。因此當蔣緯國了解朱邦復的構想及成果後，立即熱烈地支持他的計畫。

於是，朱邦復進了三軍大學，在電腦中心的支援下，以王安電腦完成了一萬二千字的中文檔，可經由電傳打字機供遠距離通訊用。蔣緯國親自為他的系統命名為「倉頡一號」，並在當年 10 月呈報國防部，供三軍參考。朱邦復在同年年底離開了三軍大學，但他的中文輸入方法自此取名為「倉頡輸入法」。

三軍大學的經歷雖然只有六個月時間，但這半年是朱邦復研究工作上的一個轉捩點。三軍大學，讓他證明了自己苦苦研究六年的中文輸入法是可行的；也給了他實際操作、掌握自己從沒機會接觸的電腦的絕佳機會。朱邦復就像一個飢渴的難民，在這六個月的時間裡面，把當時有關電腦的一切數學、電機等方面的知識全都吸收、精通。他後來能成為電腦硬、軟體皆通的奇人，可以說就在這時奠定下基礎。

※※※

於是進入第四個階段：朱邦復認清在他踏出中文輸入的第一步之後，接下來就應該是要發展中文電腦了。

他決心發展中文電腦的理由與理念很簡單：在英文資訊系統越來越普及全球的洪流中，人人終將只懂「ABC」，不懂「你我他」。他不肯坐視中國文字和文化就這樣逐步被淘汰精光。而震撼整個電腦界的中文字形產生器也就在他的腦海中萌芽了。

當然，當時臺灣還沒有中文終端機。電腦要處理中文，必須有附加的中文系統，而一套中文系統的價格動輒要上百萬。這些系統在英文終端機上顯示的中文，都要先建立中文字形檔。所謂字形檔，就是把中文字形描繪在一個個 16×18 的格網中（那時 16×18 的規格最風行），存進記憶體中，需要的時候再找出來。

這種系統雖然能處理中文，但有許多嚴重的缺失：首先，價格太過昂貴，根本無法推廣；然後，不同廠商有不同的字形檔，字形檔不但蹩腳難看，不同系統間還沒法共用；最後，建立字形檔不但需要龐大的記憶容量，費時良久，並且在作業速度上非常緩慢。

朱邦復構想的中文字形產生器，就是針對這些問題改進的。

第一，在中文輸出上，他拋棄在格網上描繪字形檔的觀念，提出向量組字法的理論。向量組字法就是利用 15×16 的點陣，來呈現出美觀又規格統一的中文字形。

接著，他建立利用字根來組合字形的觀念，這樣就不必把所有的中文字都網羅進去，可以節省許多成本與空間，並且操作起來也迅速異常。

第三，他不要用記憶體來儲存字形。他要把字形結合在 IC 板路上，直接以硬體方式與終端機結合。

1980 年 4 月，朱邦復的構想在幾乎可說國內所有的電腦公司都碰壁之後，乾脆邀約了幾位朋友，以有限的資金創立豪邦電腦公司。為了研究使用，朱邦復買了部宏碁公司的 Z 型電腦。他準備親自動手，把中文字形產生器的理念付諸實現。

朱邦復的突破性觀念，經由宏碁公司業務員而轉給施振榮。於是，在那年 5 月的一天，施振榮親自到內湖拜訪朱邦復。6 月，雙方就決定簽約合作了。

他們合作的條件大致是這樣的：朱邦復將倉頡輸入法及字形產生器委託宏碁公司附加在他們生產的電腦上；宏碁公司則以硬、軟體部門的工作人員進一步配合生產字形產生器。不到半年，宏碁公司堂堂推出天龍中文電腦，標示出「中國人的光榮」。

字形產生器出現，才有了中文終端機；要處理中文，代價才從百萬元降低到十五、六萬元；中文處理的速度才提升到前所未有的境界。

朱邦復與宏碁的合作關係，在 1981 年 4 月告一段落。其中主要原因是雙方的理想無法配合。宏碁雖然把中文處理的價格降低了十倍左右，操作速度也巨幅改進，但朱邦復並不滿意。他渴望的是更低廉的價格，更神速的功能。這樣中文電腦才能真正與社會大眾結合；這樣中文電腦才有生存、發展下去的資格。而宏碁在當時對價格與功能都暫無調整的意思。

在這之前，1980 年底，朱邦復就獨力創立了零壹科技公司。因此，他不與宏碁合作後，就全心全意發展零壹科技，準備把那裡塑造成一個不沾商業色彩的獨立研究中心。

在 1981 年 7 月，零壹科技和全亞電腦合作推出了使用第二代字形產生器的「倉頡八〇〇」，結果因為當時臺灣颳起了蘋果電腦的旋風，遭到極為嚴重的挫折。但這也使得朱邦復看出了另一個可行的方向。

他決定把中文字形產生器與蘋果電腦結合。當時蘋果電腦的價格低廉，不但一般社會大眾，連學生都可以接受。他的心血結晶如果能配合這麼普及的電腦，他在發展中文電腦上的初步理想也就達成了。

於是，他一方面改良倉頡輸入法與字形產生器，一方面把字形產生器以低廉的代價，委託國內許多電腦廠商製造；於是，佳佳有了「漢卡」、神通有了「漢通」、誠洲有了「倉頡」；於是，中文終端機的售價自十餘萬元跌降到四、五萬元；於是，功能雖然不及中文終端機，但是只要花三、四千元買一個字形產生器，人人都可以享受到中文處理的方便與實用了。

中文電腦這才真正進入百花齊放的時代。

※※※

朱邦復一切價值的彰顯，以及他一切價值之不得以彰顯，都在於他做事總是直指純粹、終極的理想和目標。

這種純粹、終極的理想和目標，如果有機會可以和商業世界的運作有某種交集，那就會爆發無與倫比的影響力。朱邦復發明倉頡輸入法與中文字形產生器，和宏碁的合作，以及漢卡的普及，可見一斑。

但是，純粹、終極的理想和目標，本身就注定極大的可能是難以和商業世界的運作產生交集，甚至往往是背道而馳。

朱邦復後來發生的事情，都是因為如此。

正因為中文電腦的百花齊放、百家齊鳴，所以中文電腦相關的許多技術也就紛雜而沒有標準。朱邦復看出其中的問題，願意和當時的資策會合作，由資策會收購他所有的發明再公開為大家可以使用的共同標準。他天真地以為此事可行而停頓自己公司的發展，最後不但沒成，還因為他放棄一些專利的行為，而被人密告有「共產思想」，被逼得不得不遠走美國。

三十年前，我在寫了一篇有關朱邦復的報導之後，和他有了信函交往，後來 1989 年，我們第一次在深圳相遇。之後，他回臺灣，在臺東隱居，我成為他的出版者。再後來，香港的一個文化集團邀請他出山當副總裁，以及再後來他又埋首澳門做自己的研究，我多少知道一些他的企圖和雄心。

這一路上，我一直看到一個極端天才型的人，以極端的熱情進行他對世界根本性改造的研發時，在實踐上總是難以和現實的商業世界發生交集。

當年，在朱邦復還沒找到三軍大學支持他進行輸入法的實證研究之前，他就有過這樣的感慨：

「⋯⋯直到今天，很遺憾我的理想還沒有全部實現。人人視我為瘋子，即使這個瘋子一再證明了他沒胡思亂想，但在一百個成功之後（只是工作的成功，而非權威的成功），第一百零一個構想仍被別人視為『沒那麼簡單！』」

其後的四十年，他反覆遭遇的，也仍然是這些。

※※※

最後，再說一個朱邦復的狂想吧！

他的狂想很多，但多年前我聽了之後一直記得，也覺得最有意思的，是他相信中文電腦另有生命——使用中文的概念，而從硬、軟體上都給電腦本身的發展帶來革命性的新生命。

用今天大家熟悉的說法，我覺得他是說如果使用中文來開發 AI，將會有完全不同的生命。

希望那件事情可以發生，讓漢字有另一次新奇的轉身。

CHAPTER 21

倉頡戰隊 CJ

倉頡輸入法擬人

人戈日口　土口一日金　口十戈　弓中廿心人

筆頭 漫畫　編輯部 協力發想

倉頡戰隊一共有 25 位隊長（字母及難字鍵），和他們各自率領的隊員（輔助字形）。按照特性分為四大類：哲理、筆畫、人身和字形。
每次執行指令的時候，各個隊員間會相互結合，組成漢字，幫忙人們迅速完成各種文字任務。

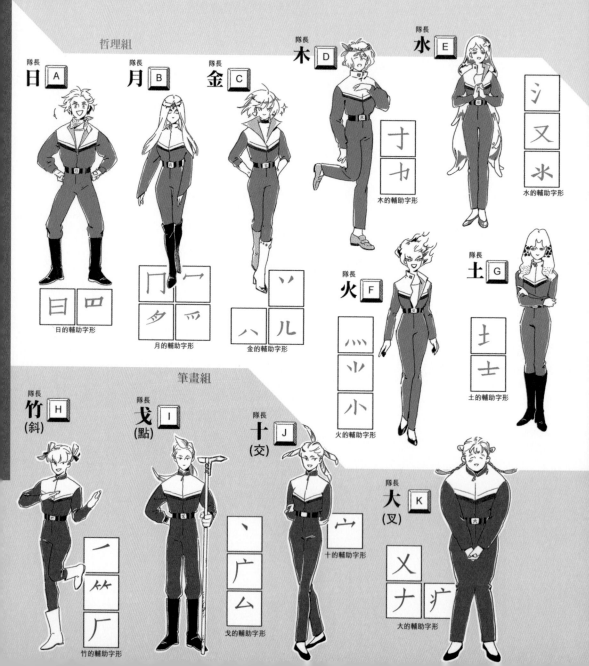

哲理組

隊長 日 A

日的輔助字形

隊長 月 B

月的輔助字形

隊長 金 C

金的輔助字形

隊長 木 D

木的輔助字形

隊長 水 E

水的輔助字形

隊長 火 F

火的輔助字形

隊長 土 G

土的輔助字形

筆畫組

隊長 竹 H （斜）

竹的輔助字形

隊長 戈 I （點）

戈的輔助字形

隊長 十 J （交）

十的輔助字形

隊長 大 K （叉）

大的輔助字形

隊長 尸(側) S

尸的輔助字形

隊長 甘(並) T

廿的輔助字形

隊長 女(紐) V

女的輔助字形

隊長 田(方) W

田的輔助字形

隊長 山(仰) U

山的輔助字形

隊長 卜(卜) Y

卜的輔助字形

字形組
人身組

隊長 人 O

人的輔助字形

隊長 心 P

心的輔助字形

隊長 手 Q

手的輔助字形

隊長 口 R

隊長 中(縱) L

中的輔助字形

隊長 弓(鉤) N

弓的輔助字形

隊長 一(橫) M

一的輔助字形

隊長 難 X

什麼是取碼？

倉頡輸入法就像是用剪刀把漢字割成不同部件，要怎麼割，主要視乎該字的字形結構和組字原理，而不是漢字的筆順。選取適當的倉頡字母或輔助字形，以代表該字字碼的過程稱為「取碼」。一個漢字最少用一碼輸入、最長則為五碼。

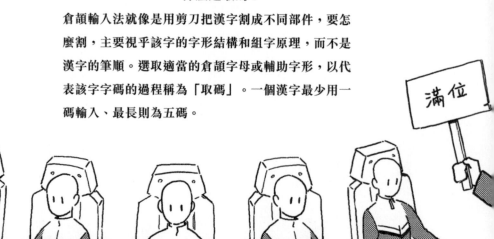

滿位

倉頡輸入法把絕大部分的漢字分為兩種：
「分體字」，即可被分割為字首和字身的字。
「連體字」，即筆畫交連而無法切割分開的字。

分體字的情況

字首　字身

張

弓尸一女

......

連體字的情況

鳥

竹日卜火

字首：若不超過兩碼則全取。超過兩碼則取第一碼及最後一碼。
字身：若超過三碼則取第一、第二，及最後一碼，其他碼則省略。

字首為第一碼，其餘為字身。
字身在三碼以內的，依據其取碼順序全取。四碼或以上的則取字身的第一、第二、第三及最後一碼，其他則省略。

杏
木口

朙
日月

因
田大

所有的取碼都是依照這個順序噢！

難字鍵是特殊的存在，有些筆畫繁瑣的字，只取其首碼或尾碼，其餘字形以難鍵 X 代替。

龜
弓難山

麻煩事都丟給我…

加油噢！

各位~開會囉~

這個碼數太多了。我已經知道了

毛
竹十十山

毛
竹十心

噢噢！

這個總該對…

位置都是三個的情況下，資源要留給筆畫多的成員噢~

節省經費

毛
竹手山

原來如此。

我也被刷掉了…

又來了…

先繁後簡原則：

當一個中文字有多種取碼的方法，而碼數又相等時，應先取字形較繁複，以及包括面積較廣的字形，次取較簡單的字形。

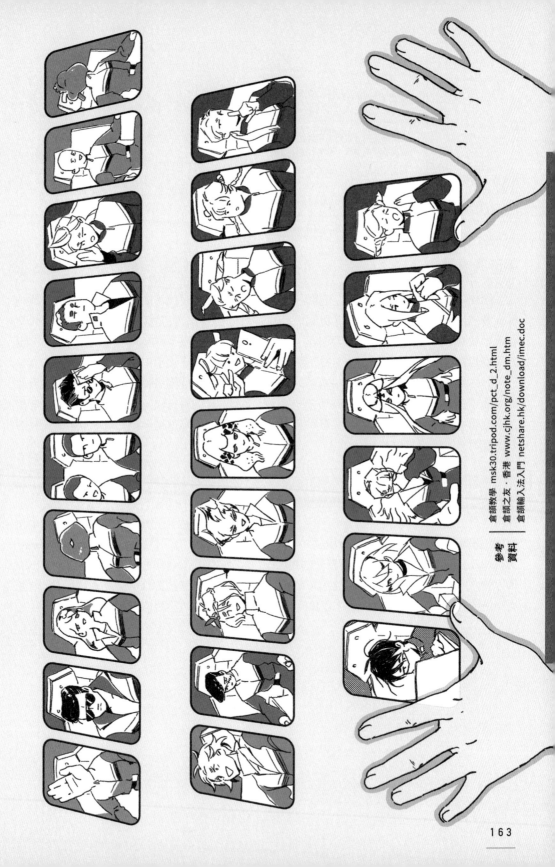

\ 在鍵盤上認識倉頡戰隊的成員們吧！/

參考
資料

倉頡教學｜倉頡戰隊 msk30.tripod.com/pct_d_2.html
倉頡之友・香港 www.cjhk.org/note_dm.htm
倉頡輸入法入門 netshare.hk/download/imec.doc

CHAPTER 22

中文字體設計與漢字字型繪製

本文由字形、字體、字型的基本概念切入，並解說漢字字形結構獨特之處，期望將中文漢字流行風尚提升為深度、專業的產業發展。

王明嘉
設計師、王明嘉設計
事務所負責人

字形的意識

國內最近一、兩年，與「字」有關的人事物都變得炙手可熱：從一開始用來消磨時間的線描書，到後來的中西寫字教本，再到最近的字型刊物等等，都是國內過去從未出現過的文化類型熱潮。特別是對漢字字型的興趣，幾乎已達高潮的程度：許多鉛字時期的舊字形，成為文青刊物和臺青品牌的新寵；早被工商社會遺忘的民間俗字和手工廣告字體，翻身成為平面設計科系學生的最愛。短短一、兩年，國內這股字形意識的高漲和漢字字型的氣勢，看似就要補平臺灣半個世紀以來，對現代字體編排和字型製作的懵懂無知。只是在這股幾近全民運動的熱潮洶湧之間，可以看到許多中西字體設計概念的混雜推擠，和新舊字型製作認知的諸多偏頗。

早期的鉛字排版時代和過去的照相打字時期，臺灣有關字體設計和字型製作的資訊，幾乎等於零。1990 年代，藉由電腦排版夾帶引進的零散雜陳資料，及二十一世紀網路湧灌的資訊，絕大部分只有英歐文字體資料。時下與「字」有關的熱潮，正激起一股前所未有對中文字體和漢字字型的好奇與憧憬。只是這一波中文漢字的熱潮，幾乎跳過「字體」的基層認識，直接栽入「字型」表面樣式的追逐，欠缺中文編排的知識性論述和專業化論證。本文提出中西字體共通的重要概念並討論漢字字型的結構性議題。期待眼前這股中文漢字的熱潮，能超越一時流行的風尚，繼續往正規字體設計的方向發展和專業字型製作的層次爬升。

有一點文青味，幾許在地氣氛，古拙中帶幾分可愛的復刻字形……中文字體的新生能否往下扎根，向上發展，要看真正的字體工作者，能否把這股「字」的熱潮，帶往正規字體設計和專業字型製作的方向發展。（圖片提供：王明嘉字體修院）

文字是透明的，字體是有色的

　　字體學或字體編排，尤其是字體設計，無論國內外，向來就是一門鮮為人知的技術與學問。任何一位稍具基礎認知的字體編排工作者或略諳此道的平面設計師，多少都得要有十年上下的相關歷練。文字造形或字體編排的認知與素養如此不易培育，除了早期字體專業少人鑽研，相關知識與技術不易傳習之外，文字作為語文內容傳載的媒介「透明性」，更是造成字體本身在閱讀時，很難被讀者意識到它的存在（這是應該的），版面編排時容易被設計師忽略（這是不應該的）的主要原因。

　　字體編排（typography）是用字體（type）來書寫（graph）的視覺化呈現。每一顆字體都有一定的視覺形式，即字形，會散發某種程度的視覺意涵之外，一顆顆字體組排之後的整體空間關係，是另一種層次的視覺形式——即版型，也會顯示一定程度的視覺意義。同樣一篇文章，用明體或黑體的字體印刷，看起來有小說散文或論文報告的不同文類意象；同樣一帖詩作，居中或齊左的排式，讀起來會有激昂崇高或清雅婉約的不同情緒感覺。原本中性內容載體的文字，參雜字體（及編排）的形式意涵時，也是文本從透明轉化為不透明的時刻：閱讀不再只是個別文字內容的言辭閱讀，同時也是整體版頁形式的視覺閱覽。

　　字體編排設計與一般平面設計一樣，都是內容視覺化的呈現模式；不同字體的字形樣式，都有其不盡相同的意涵特徵，及其適合表達的字句言辭及表現的文章類型。不只是專業設計者要有這樣的專業訓練與工作素養，其實一般人也多少都有這種不自覺的經驗認知。只是字體背負語文傳言達意的天職，必須接受文字辨認識別的制約，比起純粹視覺表現的圖像設計，更重視內容意義傳達與視覺形式表現的一致性。有些字體的造形相當中性，只做單純語意內容的載體角色，用在什麼樣的文章都沒問題。有些字體的樣式比較特別，就算原始設計沒有其他的表現意圖、特殊的字形樣式，多少會引發閱覽者的聯想意涵。有些字體設計在表現某些特殊意涵，甚至有運用場合的限定性，如果勉強用在某些不搭配的情境，任誰看都會覺得不對勁。

　　縱然原本很單純是傳言達意的工具性角色的字體，但由於使用的特殊情況，也可能衍生超出原始造字意圖想像不到的結果。比如臺灣大街小巷看得到的永和豆漿大王，雖然每一家都跟「永和」無關，也不是同一家連鎖店，但每一家「永和豆漿大王」招牌的字形卻長得都同一個模樣——就是最傳統手寫楷書的字形樣式。如果連這種幾乎不被字體專業者認可，平

無論是「魚目混珠」的意圖，還是「產業共識」使然，臺灣的大街小巷，都可以看到某些看似不起眼的字形，其實有著神聖不可侵犯的堅持與傳承。（圖片提供：王明嘉字體修院）

一般人雖然沒受過專業字體訓練，但生活裡對文字的耳濡目染，對不同字形的應用，其實都有不自覺的認知經驗。一家普普通通的麵店裡，老闆知道店名要專門請人寫的書法體，才能彰顯品牌地位和獨門意象；菜單掛板的品項繁多，使用印刷的黑體字型，簡明統整又易認，方便點餐最要緊。隨時隨手塗寫的黑板字，表現每日更換的鮮蔬印象；玻璃門上的古典隸書，則強調店家堅持傳統的美食信念。　（圖片提供：王明嘉字體修院）

面設計人覺得沒個性，一般大眾忘了它是什麼樣子的字形，都有這麼強烈到等於強制的識別功能，可以想像其他有明顯設計意圖的字體，如何在吾人日常生活的周遭環境裡，形塑你我對該字體（及各式各樣字體）的官感意象而不自知？文字的天職是傳言達意，應該是透明的；但字體必須靠視覺形式來呈現，卻是有色的。使用文字的人，多少都會帶著有色眼光，選用自己心中認為適配的字體。怪不得英文又稱一個個字形為 character，強調字體是有天生特質的感知意涵。

必也正其名──字形、字體、字型

目前國內的設計行業，由於桌上電腦排版的引用，間接「夾帶」進來的字型與螢幕上觸目可及的一堆相關用語，一時間，設計者口出必「typography」。而工商企業界曾經風行又式微，最近又復甦的「字型」的製作與發行，過去沸騰過好一陣子，現在則是幾近全民運動的標語字彙。其實「字型」（font）是一個原本鮮為人知的字體行業用語。電腦排版還未普及之前，連一般美國平面設計師都很少人知道或在工作中使用 font 這個字眼，大都就只說 typeface 或簡單地說 type。只有比較資深使用字體的設計師或專職的字體排印師（typographer），才會有使用這個字眼的習慣。

國內過去只有少數設計工作者會提到字體設計，現在大家流行說字型設計。這兩個字眼在歐美字體工作者心中，其實有明顯分際的專業性解釋意涵。臺灣不只一般人和對字體有興趣的設計科系學生，搞不懂字體和字型有什麼不同，就連造字產業裡的專職工作人員，也大部分對類似的專業用語似懂非懂。專業語彙是專業知識的起點，中文的字體專業要向下扎根，漢字的字型產業要往上發展，必須對相關幾個重要字體專業語彙概念有乾淨清楚的了解：

「讀」的文字要透明，「看」的字形要適配。不搭調的字體，再怎麼好看，都只是美麗的錯誤，有時還會是災難一場。（圖片提供：王明嘉字體修院）

字形：任何以具體媒介（筆寫或印製）呈現出來，能被語文社群認知的字詞的視覺形式，就是字形（letterform），腦海中儲存和想像的是字形的印相（imprint）。

字體：一般手寫的字體（writing style）或書法藝術的書體，指的是人手各殊的情況下寫出各式各樣的字形，在時代推移和品味集聚一段時期之後，逐漸形成一種或數種代表性的體式，或被書寫社群公認為某類體式的傑出樣式，如書法中的顏體、柳體、歐體等。手寫字體或書法書體，雖然在心智上有一定的感知認同，但實際書寫時，不只每個字形會因書寫工具的微調有所變異，同一個字的筆畫，也可能因表現需要或空間情境的限制，做粗細長短調整和角度位置的更動。

印刷和平面設計的字體（typeface）是因應印刷科技的需要而創造的一種字形體式。除了也跟一般手寫字體和書法書體一樣，指的是一組可辨認的獨特的字形體式之外，還特別強調如每一顆鉛字般固定不變的字形筆畫樣式。一個字體通常會有一個名稱（如新書體或Helvetica），指的是一套相同設計的字形樣式，並與其他不同字形樣式的字體（如清圓體或Frutiger）做區別。

字型：手寫和書法的字體，可以隨心所欲把希望的字形大小，用筆墨在紙上寫出每一個字形的實際樣子。但印刷字體的每一顆字形在紙上的實際樣子，必須來自實際包含所有字符（glyph）的字型，英文叫作 font。如字體是一套字形的標準樣式，字型就是該字體的實際形式。過去的鉛字時代，一個字體只有一種大小，只要鑄造一組字型（包含所有字符的鉛字），有五種大小，就要鑄造五組不同大小的字型。如果這個字體又有粗細兩種筆畫變化，那就是 $2 \times 5 = 10$，一共要鑄造十組字型，依此類推，追加擴增。

現在電腦上的每一個字體，看似可以隨心所欲地放大縮小，不需要每一種大小都「鑄造」一組字型，其實還是需要的。因為你不能只從字型表單上選一個字體（如「文鼎粗明」），你還必須繼續往下選擇級數大小，螢幕上才會出現你所要字體的實際樣子。而這個「決定級數大小」的動作，其實就等於「鑄造」一組字型的過程；更換另一種級數大小，又是鑄造另一組字型的過程。

中文字從軟質書法書體往剛性印刷字體發展的過程，反映漢字字型從毛筆手寫的有機筆形，走向西方硬筆描繪的製圖筆畫，並從早先自然流動的扁長體形，漸變為四正方塊的幾何體式。（圖片提供：王明嘉字體修院）

中文字因獨體、單音、整意的顆粒點狀，不同於西洋字母連結拼音的橫向線性，注定中西字型樣式與字體編排迥異的特性與限制。（圖片來源：王明嘉字體修院）

幾乎所有的漢字拆解之後，都會殘留某些有意義的「部件」（parts）；打散之後的拼音字母，就像散置的樂高積木，只是一堆空無的「單位」（elements）。（圖片來源：王明嘉字體修院）

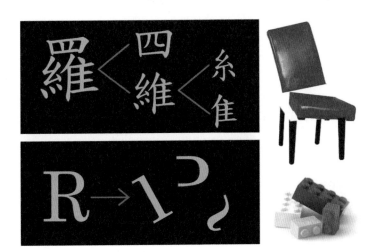

字體學或字體編排設計

字體學或字體編排設計，向來就是一門鮮為人知的技
術與學問。任何一位稍具基礎認知的字體編排工作者
或略諳此道的平面設計師，多少都得要有十年上下的
相關歷練。文字造形或字體編排的認知與素養如此不

字體學或字體編排設計

字體學或字體編排設計，向來就是一門鮮為人知的技
術與學問。任何一位稍具基礎認知的字體編排工作者
或略諳此道的平面設計師，多少都得要有十年上下的
相關歷練。文字造形或字體編排的認知與素養如此不

字體學或字體編排設計，向來就是一門鮮為人知的技術與學問。任何一位稍具基礎認知的字體編排工作者或略諳此道的平面設計師，多少都得要有十年上下的相關歷練。文字造形或字體編排的認知與素養如此不易培育，除了早期字體專業少人鑽研，相關知識與技

字體學或字體編排設計，向來就是一門鮮為人知的技術與學問。任何一位稍具基礎認知的字體編排工作者或略諳此道的平面設計師，多少都得要有十年上下的相關歷練。文字造形或字體編排的認知與素養如此不易培育，除了早期字體專業少人鑽研，相關知識與技

寬闊和高舉的中宮，字面塞滿字框，字形龐大高聳，作為標題文字有搶眼吸睛的壓
迫感。但內文字型的中宮宜適中偏小，才有足夠的外宮間隙，襯現體形，充裕字距，
疏通字與字之間的行文連結，舒緩閱讀的緊繃壓力（上）。一致性的中宮形式，可
以統整字塊的方正意象和平整的紋理色調。但書法類型的字型，如果也採取千篇一
律的機械式安排，那原本是行雲流水般的行書體，可能就「不行」了（下）。（圖
片提供：王明嘉字體修院）

漢字字型的議題──獨體與複筆

中國文字的演化，很早就從象形文字進入形聲意混合的意符文字（ideography）或詞符文字（logography），每個字詞都有獨立的字符，每個字符有其完整的意涵。中國文字這種獨體整意的文字特質，不只過去形塑了世人對中文的「方塊字」印象，也決定了中文字體的字形特質和漢字字型的筆畫特徵。就實際漢字字型設計製作，有三個主要字形特徵要處理，即獨體、方塊、中軸，相對的字型設計策略就是單顆字符、方格字框、中宮區位。

漢字字型的設計，為了反映中文獨體整意的文字特質，確保每個字符都能鞏固其獨立完整的字形體式，因此特別強調每個字型設計的中心結構，即漢字造字者稱為「中宮」的字形區位。「中宮」這個大約源自書法練習本的九宮格概念，雖然在真正書法練習上沒什麼實際作用，但在漢字字型的設計工作上，卻扮演了決定一套字體設計成敗的角色，及一組字型繪製的品質優劣的基石指標。

中宮的宮指的是字符的筆畫本身以外的空間區域，相等於西洋字型所謂的反間（counter）或現代造形藝術稱為地形（ground）的概念。字符內部的空間叫內宮，會影響一個字符的筆畫是否清晰，筆畫與筆畫的組織是否明白的關鍵；字符外部的空間就叫外宮，是決定一個字符的外形長成什麼樣子的必要條件。中宮大概就是整個方格的中央區塊，不過指的是概念的成分大於實際量測的大小位置。中宮的上下左右位置安排和面積大小及寬窄的設定，會決定後續發展的全部字符的字體平衡、字形重心和體態樣式。

中國書法可以隨意調整每個字的筆畫長短、體形大小和角度位置，但漢字字型的每一顆字符都是固定不變的樣子，中文動輒上萬字符數量的字型設計，把每一個字符單獨的形式好好地繪製已經不容易，實在無力再顧及上萬字符排列組合之後的未知形式，只好每個字符都設計出一個最大公約數的中宮形態，適用於各種書寫或印刷情況。擬定並抓好中宮的位置、面積、形式，等於掌握了每一個中文字符居中造形的獨體本質，及控制整套漢字字型設計的整體意象。

中文字體設計者在談到漢字字型繪製時，最感到頭痛的，就是中文字符從一字一畫到一字數十畫都有。但無論只有一畫的字符，還是數十畫的字符，卻都只能在同樣大小形狀的四方框之內呈現。結果這些筆畫數目差異極大的字形排列成行之後，就會形成一連串大小不一或忽有忽無的孔洞形狀，組排成的字塊（type block）會出現紋理灰調不均的現象。

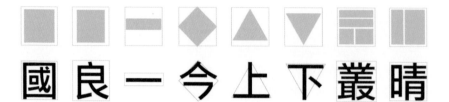

國 良 一 今 上 下 叢 晴

十 四 但 君 看 詹 量

不 北 加 便 哺 佩 醃

漢字字型雖然限制在一個個四方框內繪製，但中文字體的字面（typeface 的直譯本意），不盡然都是方塊字的樣子。而且這些形狀迥異、筆畫多寡不一的字符，透過隨機組排的規律，會平均分配形成統調的字塊紋理。字型繪製者普遍都擔心中文字符的筆數落差造成的孔洞現象，其實在文字演化的過程中，已經自行在宿命天敵和天賜良方之間取得平衡的解決方案。（圖片提供：文鼎科技）

事實上這是一個不是問題的問題。試問一般人閱讀書本或報章雜誌，或瀏覽電腦手機畫面的實際經驗裡，有誰曾經意識到這些漢字的筆畫數量差異，以及其造成的中文閱覽困擾呢？說起來可能是語文使用者習慣適應的結果。但根據字體編排學理的解釋，這也是一個虛假的議題，甚至是與事實相反的表象反應。根據筆者手頭上進行的漢字字型設計研究的一項發現：中文字符的筆畫數量差異變化，不只不會造成中文閱讀的干擾（從一般人的閱讀經驗已經證實），甚至是中文文字閱讀的必備要件。

由於中文的方塊字形，每個漢字字框的形狀大小幾乎完全一樣，打字成行的字串和字塊，看起來有如全大寫字母排印的英文文件，讀起來欠缺字體學所謂的辨識度（legibility），如果每個中文字符的筆畫量再一樣（或近似），反而更降低可讀性（readability），甚至妨礙閱讀的持續進行。而中文的筆畫差異，正好提供中文平整單調的方塊字，一個增加字裡行間紋理變化的閱讀興味的激素，不應該視為中文字體設計的宿命天敵，反而是漢字字型繪製的天賜良方。

字型是私房工藝，字體是公共事務

似乎古今中外世界的各民族文化，對文字都有一份比其他日常事物更謹慎對待的態度。臺灣早期經濟未起飛之前的一般老百姓家裡，屋內大都雜物堆放，談不上有什麼文化教養的觀感印象。但記憶中，只要有書寫文字的紙條，有用沒用的，都會稍做整理，疊置一處。縱然要丟棄，也不敢隨便就往垃圾桶一丟，多少都要做一番處理。過去的客家村落更設有「敬字亭」，專門用來焚燒廢棄的文字紙片，更是漢文化崇敬書寫文字的具體表現。

從事與文字有關的行業，也向來都比其他行業更有一分莫名嚴肅的工作態度和敬業精神，而且無論早期的造字工作者，還是現代的字體設計師，都有一股強烈維護傳統和尊重古法的工作習性。其實過去字體工作者，很少稱自己是字體設計師，頂多就是工藝匠人。刻畫的字型多以傳統既有的樣式為榜樣，不隨意造次創造新字。如果真的有什麼創新的必要，也是以在已有的字體形式上，做些微和漸進的增刪修減為優先考量，做到承先啟後，發揚光大字體行業的傳統。西洋造字傳統裡，會以古典造字者或前輩設計師的名字作為新字體的命名，以向前人致敬為榮；維繫共同傳統的價值，遠大於個人聲名的寡占。

但字體行業保守的私房工藝傳統，不等於字體工作者的自我封閉。一個字體設計師深知字

體是涉及公共事務的設計事業。一組字型設計製作完成，要能開放出去、賣到市場給大眾使用，就必須先獲得文字社群成員的肯定，得要他們認可並願意使用，而不是設計者本人喜歡怎麼創造就怎麼做。更何況字體承載語言文字，原本就是整體社會文化的產物，它的功能效果本來就會受整個文化社群的制約。一個字型的體形式樣，也必須建立在一般語言文字使用者的認知習慣上，並不是設計人喜歡怎麼樣的形狀就怎麼描畫。

國內過去完全沒有過字體設計和字型製作的歷史經驗，也沒有能力造就一個有規模的造字公司。早期臺灣使用輾轉從大陸字廠來的鉛字舊式字形。工商逐漸起飛之後的照相打字年代，從日本引進新字型科技，提升臺灣字體造形美感的同時，也以日式漢字的方正實滿字形，全面取代民初以來保守傳統的楷明相間的寬鬆字式。1990年代的麥金塔電腦，把數據造字的技術引進臺灣之後，造就臺灣有史以來，第一批雨後春筍般的造字熱潮。在不到五、六年之間，又紛紛倒閉萎縮，最後剩下苦撐至今的少數一、兩家比較正軌經營的造字公司，剛好也同樣就是當時開創臺灣造字熱潮的那一、兩家。

十九世紀末的最後幾年，北美州正面臨造字科技的第一波轉型，二十八家原本渙散各地獨立經營的字型工廠，在有心人士召喚下，於1892年集結整合成立美國字型公司（American Type Founders Company，簡稱ATF）。不只示範帶領整個美國字型產業，從殖民地舊式字體印刷，邁進二十世紀新世界字體印刷時代，由ATF推動的西洋古典字體復刻運動，更鼓動催生美國本土字體設計產業與文化的生根發展。1970年代成立於紐約市的國際字體公司（International Typeface Corporation，簡稱ITC），也是第一家全面使用照相字體的字型公司。ITC發行的《U&LC》期刊結合字型產業與文字造形文化，是那個時代全世界平面設計家和文字造形工作者，每期必看的聖經刊物。

基於字體是公共事務性質的設計事業的概念，國人應該仿效ATF和ITC的時代性發展模式，支持有長期經營信念和足夠技術規模經驗的造字公司。一方面鼓舞正規專業字型公司的永續成長，另一方面確保社會有持續穩定的字體品質及創新字型的製作發行。對字型設計有野心的人，則可以透過與具有規模的造字公司合作，省去發行、販售的麻煩，專心在個人的私房工藝，做字體設計的深入研發和字型繪製技藝的精鍊。那麼中文漢字的字體設計和字型製作，才可望更深入的生根，往更高廣的未來發展。

2-1. 「字體」選用法則及運用策略
Font Selection and Usage Strategy

繁體字 字體選定 Traditional Chinese Font Selection

1 華康儷金黑

the space in the character is narrow, weak recognition
字體內之留白空間狹窄，造成視覺上文字的破壞

× 字體內之留白空間狹窄，「辨別性」較低
○ 有筆鋒
× the space in the character is narrow, weak recognition
○ emphasize strokes

2 jf 金萱體 2.1 半糖

橫筆畫太細 horizontal stroke seems too thin

明體　黑體
Serif Typeface　Sanserif Typeface

偏大　偏小
Large　small

× 橫筆畫太細，「誘導性」較低
× 文字大小參差不齊，「可讀性」較低
× 明體和黑體之字體混雜在一起，使得筆跡不統一，「可讀性」較低
○ 有筆鋒
× horizontal stroke seems too thin, low attractiveness
× variations in character size,low readability
× variations in serif and sanserif typeface, low readability
○ emphasize strokes

3 文鼎方新書
H7C95B5 EB

the space between the character is wide and easy to read
— 文字間距寬敞容易識別

the space is wide and easy to read
留白空間寬敞，文字容易識別

○ 文字間距寬敞，「可讀性」較高
○ 文字內之留白空間寬敞，「判別性」較高
○ 有筆鋒
○ the space between the character is wide and easy to read
○ the space in the character is wide and easy to read
○ emphasize strokes

4 文鼎 UD 晶熙黑體
AR UD JingXiHeiX

the space between the character is wide and easy to read
— 文字間距寬敞容易識別

the space is wide and easy to read
留白空間寬敞，文字容易識別

○ 文字間距寬敞，「可讀性」較高
○ 文字內之留白空間寬敞，「判別性」較高
× 沒有筆鋒
○ the space between the character is wide and easy to read
○ the space in the character is wide and easy to read
× weaken strokes

Taiwan Taoyuan International Airport Terminal 3 Area Signage Design

從本文作者參與評審的桃園國際機場第三航站指標字型的分析資料中，可以一窺專業字體工作者，如何在看似平常無奇的字體當中，點出各家字型的優劣點，及其在各種場合的適用性與可能缺失。（圖片來源：中原大學文化創意研究中心）

延伸閱讀

剛對字型有興趣，過去很少有機會接觸這方面資訊的人，可以買一期《字誌 TYPOGRAPHY》來翻翻。每一期裡頭都有新舊字型資訊的介紹，簡單易懂，是入門的有趣刊物。

如果你曾碰觸過字體的一些知識性議題，對字型這門產業人事物的實際運作情形，想有入行般的進一步認識，可以買《中國字體設計人一字一生》（廖潔連 著）這本書來看。這本書裡頭訪問的，都是真正字型製作的參與者。看完這本訪問錄，等於瀏覽一遍現代中文字體設計簡史。

最後，假設你已經正式或非正式地做一些中文字體的設計嘗試，而且也有一些小心得，但總覺得對漢字的字形了解有限。那麼《漢谿書法通解》（沈培方 著）這本書，正是你補充中國傳統書寫藝術的簡易良方。這本清人以古文寫的小冊，其實不難念。稍用耐心閱讀，裡頭許多書法筆畫結體的論點，可以提供你漢字字型設計的諸多參考。

CHAPTER 23

中文字型產業的挑戰與改革
——網路社群時代新模式

走過起起伏伏，投身於中文字型產業的人們，看見了怎樣的挑戰與應有的改革？

葉俊麟
justfont共同創辦人

　　中文電腦字型產業約在 1990 至 1995 年左右達到高峰，期間多家字型公司成立，許多目前仍沿用的中文字型（如微軟內建的細明體）都在此時期產出。但字型行業並未隨個人電腦普及而盛行，反在 2000 年後迅速沒落。主要原因仍是出在版權意識薄弱。在字型盜版猖獗下，有能力的字型廠商多轉進日本市場，並逐漸成為經營的重心。

　　其他字型廠商，或轉向其他業務，或結束營業，而後十餘年間，臺灣無論在字型數量或是字型設計的觀念上都停滯不前。我們曾統計臺灣在 2004 至 2014 年的十年間，針對臺灣市場推出之字型數量還不足五套，同時間日本有約三千套字型，甚至遠不如對岸的三百套字型！這十年間，臺灣無論在產業或學術上，對中文字型多嗤之以鼻，探討和研究付之闕如。有些民眾甚至以為數位字型是電腦程式自動產生的，對字型需要購買甚為詫異，免費下載則是理所當然，直接、間接助長盜版盛行。這種不健康的產業環境，或許源自於社會大眾對此一行業根本性的疏離與不解。

故步自封，無法帶來活水

　　其中一種不解，源自於「這不就是畫個字嗎？」認為這是一項輕鬆容易的任務。

　　在中文字型行業中，日常閱讀用的明體、黑體看似單純，但越單純的字型其實越難製作。需要設計團隊投入大量時間設計、反覆調整才能達到。

字數也是相當驚人的門檻。以臺灣來說，至少需要製作臺灣基本標準的「BIG5 碼」，上看一萬三千餘字。相較於其他語言文字，投入中文字型設計的人力工時極為龐大，成本與效益明顯不符。雖然也有廠商構思以程式快速生成多套字型，大幅降低製作時間與成本，但字型品質與所投入的設計時間基本成正比，這些字除了品質不佳外，使用於各種文宣和廣告中，對民眾的美感都帶來負面影響，這是相當不好也不負責的作法，我們期許有志於投入字型設計者，都能承擔起自己所設計的字型，並以此為借鏡，畢竟字型設計是文化事業，不能單純以商業視之。

　　另，產業在觀念上故步自封，也是導致產業環境不健康的原因之一。

　　之前和許多優秀的設計師們交流，他們確實有認知到字型設計的重要性，但想理解中文字型設計卻苦無管道，僅能以學習歐文的字體排印學（typography）或歐文字型設計（type design）作為入門手段，以此來理解中文字型設計的內容。但東、西語言文字在本質上截然不同，在形態結構與歷史文化差異更大，以西方理論來推想中文字型設計，非常容易產生誤解。國內設計師普遍對中文字型陌生，連帶對中文的排印、版面組成理解和闡述易有似是而非的曲解，就遑論字型設計更深入的議題了。

　　追溯到產業源頭的問題，其實不完全是盜版造成產業的沒落，其中一部分原因可歸咎於字型公司，多視相關技術和知識是公司內部的專業領域知識（domain knowledge），僅限內部分享，不許對外交流，而封閉只會導致停滯與衰退。反觀同時間，無論在日本或中國大陸或韓國，產業間的交流頻繁，字型設計的品質與觀念都大幅超前，臺灣不但沒有進步反而倒退。當設計師都不了解字型設計的內容時，又從何談起對字型設計的重視呢？這也是 justfont 下定決心致力於推廣字型知識的主因之一。

　　中文字型設計有太多可以探究的領域，除了平常需累積基本的字型設計能力外，尤其在基本字型的製作上，很神奇的更會直接觀照設計師內在涵養與價值。所以如果要深入中文字型設計，除了要探究漢字的各種源流面貌外，亦要對文字源流、文化、工具、社會等面向進行學習，更進一步如能由外而內，回歸自身本質的探討，或能達到從心所欲不踰矩的境界。唯有不斷地實踐和反思，不斷地提升自己，更多與其他字型設計師交流學習，在理論與實務並行下，或許能獲得些許成果。

字型在網頁中的應用與發展

雖然臺灣字型產業在這十年間整體體質衰弱，但隨著科技創新，也看到新的機會點。例如網頁字型，就是近年新興的字型應用。

字型一般來說需安裝在系統當中，方能被應用程式所使用，並呈現在螢幕上。但隨網際網路發展，使用者漸漸習慣以不同裝置上網，設計體驗的一致性便遭受挑戰。舉例而言，桌機與手機、平板內建字體不同，品牌網頁的視覺印象就不統一。網頁字型（webfont）提供一個單純的解決方案：安裝一段程式碼，便能在不同的裝置上，顯示一模一樣的字型，維持設計體驗的一致性。

以往針對這種現象的解決方案，是將文字轉換成圖片。即便圖片可呈現出字體風格，但轉換圖片時丟失文字的訊息，非常不利於網頁資訊的交換和檢索，這也是網頁字型的優勢所在：字體風格取悅人眼，文字資訊則讓機器能夠判讀。

在 1993 年網際網路協定標準定義後，網頁字型的概念隨之提出。微軟在 2002 年申請網頁字型的主要專利，並推出了 WEFT（Web Embedding Fonts Tool）的工具，分析網頁所使用的字型，並轉換為 EOT（Embedded OpenType）格式，處理後即可將字型顯示於網頁中，而瀏覽者不需安裝字型即可呈現；作為第一個基於網路的字型處理工具，能支持靜態網頁的處理，並且在網頁中顯示而不需要安裝字型，是非常成功且具意義的。

可惜 EOT 格式是封閉的，只有 IE 能支援此種效果，缺乏廣泛的瀏覽器支援，限制了網頁字型的發展。一直到 2008 年微軟公布格式，並且開放專利授權，網頁字型技術才開始真正發展。W3C 隨後在 2010 年公告 WOFF（Web Open Font Format）格式，這種格式與主流的電腦字型格式 Opentype 能夠相容轉換，也容易擴展。目前，OpenType 已成為網頁字型主要格式。

而或許更重要的是，網路龍頭 Google 於 2010 年也推出了網頁字型服務，一開始上線就提供了八百套免費字體，迅速獲得大量知名網站採用，也直接推動了歐美字型行業的新一波發展。

中文網頁字型的應用起步稍晚，主要是中日韓統一表意文字（CJK Unified Ideographs）

字符動輒以萬計，容量龐大，為拉丁語系的數十倍，每套中文字型約在 3 至 10 MB 上下。如果如同歐文直接嵌入網頁，會導致瀏覽端明顯延遲，因此無法實際應用於網頁中。

justfont 在 2011 年提出的解決方案即是「動態子字集」：即時分析網頁中實際使用的文字後，在伺服器端即時產生子集合（subsetting）字型，壓縮後並提供下載，最大程度節省流量，即時提供中文網頁所需字型，提出的解決方案運用至今，是全球首先推出中文字型服務的公司，完全解決中文字型以往無法運用於網頁中的問題，為中文字型網頁運用提供了很好的解決方案。

網路帶來的變革與契機

網路也帶來新的互動方式。雖然對字型科技本身沒有直接影響，但卻有助於讓從前不受關注的字體領域得到目光。

近年歸功於社群網路的興起，字型的討論風氣日盛，其中 justfont 所經營、參與的字型媒體平臺如「字戀」、justfont blog，確實開啟了推廣字型知識的契機。粉絲團成立當下，即清楚定義為推廣字型知識內容，與所經營的業務脫鉤，避免商業的介入影響知識性與公正性。這與典型的電商社群導購模式有很大差別，不追求導流到商品頁，而志在傳遞良好的字型知識；此外更多次舉辦各種講座，甚至實體展覽，都是秉持著相同的精神。因為我們清楚知道，唯有扎根於教育，才能徹底改變整個產業生態，形成良性循環。

教育所需的時間是漫長的，因此經常有人戲稱 justfont 在做慈善事業，收效緩慢且需點滴經營，初期在推廣粉絲團，關注的人非常少。但也因為長期經營線下活動，如大型

a. 字戀小聚的主題也包括排版。（圖片提供：葉俊麟）

b. 金萱字型製作過程，大家比對不同字符中的筆畫，針對許多細節微調。（圖片提供：葉俊麟）

字型講座、每月定時的免費字戀小聚、定期聚會，累積後也讓團隊認識非常多字型同好，在他們身上學到許多，而這種開放、無私的討論風氣，確實非一人或一間公司所能帶起的，須歸功於一群有意識想改變現況的人們。

後續 justfont 受到關注，是接連幾次的公眾議題發酵，出版社向我們邀請出書，在 2014年底推出的《字型散步》銷售成績斐然。從臺灣日常生活中遇到的字型議題出發，由淺入深，探討字型的各種面向，相當適合成為字型知識入門的書籍。藉由網路社群推廣、配合實體書籍出版，確實增加許多原本無法接觸到的群眾，意外也收到許多學校演講邀約，《字型散步》在字型知識推廣上是非常重要的里程碑。

但即使字型領域許多議題已開始受到關注，但真正有能力，且有意願投入中文字型製作的人仍為數甚少。我們清楚認知僅憑社群討論推廣，並無法真正改變產業現狀，於是毅然決定投入字型設計，所憑藉的並非高度的可行性。其實專案執行前，許多評估都不甚樂觀，當下大多數看法是「花錢購買字型」是一件非常不可思議的事情。周遭朋友委婉勸阻的多，也提出許多不看好的理由，justfont 團隊其實抱持的是捨我其誰的決心去做：即便募資專案不成功，我們也會咬牙前進完成這套字型。

為了確保我們能夠執行，前置的籌備時間花了將近一年，從構思字體樣式開始，我們翻遍了古籍刻板，尋找各種能找到的書法字帖進行試做，也針對所觀察到的市場環境做整體評估。確定製作樣式後，為了確保字型開發的完整性，我們先投入製作了三千字樣，才於 2015年在 flyingV 平臺上發起「金萱」字型募資案。

非常意外地，在很短時間內金萱計畫即獲得許多支持，還有許多媒體報導。媒體的關注焦點很多都著墨在冷門產業與巨大支持中的反差。但實際上這次募資的主要意義，不在於製作一套中文字型而已，更有關實驗出一種足以改變整個產業的運作模式。

開啟字型產業模式的變革

在「金萱」專案之前，中文字型通常需要具規模的公司才可能進行。尤其是高品質字型，需投入非常多人力，歷經漫長的時間製作才可能完成。換個角度看，製作字型也存在一定風

險：除成本高昂外，市場評估亦困難，回收的途徑也不明顯……這些不確定因素，讓中文字型製作有相當高的門檻，願意投入者也寥寥無幾。

而金萱專案則打破了這種產業慣性。只要具備字型設計能力，有意願投入的個人或小型公司，皆可循此投入到中文字型設計中。初期製作的基本字樣可先投入社群，評估市場需求，再以群眾募資方式直接面對市場。達標後取得後續的開發資金，讓整套字型有了完成的途徑。

此種模式的建立是以網路社群為基礎，再以群眾募資尋求支持的資金，可見的未來確實會成為另一種可行的模式。應當注意的是，團隊如何培養正確的字型設計觀念與提升字型設計能力，才能在承諾時間內完成一套符合品質要求的中文字型，是我們需要更努力的項目。

深入字型設計學習

媒體充斥的現在，手機和網路隨時可接收到許多資訊，但這些資訊相當零碎，字型領域也面臨這樣的挑戰。除非真的著手製作，否則很難將學到的知識轉化為對應的設計能力，字型設計絕不是單靠知識吸收就可以上手，實際練習相當必要。

有鑑於此，我們在 2014 年開始舉辦相關學習課程，以小班制授課，從基本的明、黑體繪製逐一指導，希望讓有志於此的學生，在學習完成後能開啟字型設計的途徑。2017年，justfont 開始了「造字鼓勵元」計畫，沒有附帶任何版權歸屬條件地提供學生獎勵金，出發點是想鼓勵學生們多投入並嘗試設計字型。金額不算很多，但希望可以在能力範圍

c. 字體課上課中。（圖片提供：葉俊麟）

d. 學習字型設計從手繪開始。（圖片提供：葉俊麟）

內，長久進行下去，第二屆目前正在徵件當中。現階段目標，除了將字型基礎知識擴散，讓大家建立正確的觀念外，期許能讓更多人進一步參與或製作字型，逐漸建立字型設計的知識和能力。

認識我的人都知道，我很鼓勵有志學習中文字型設計的人同時研習書法。或許有人質疑兩者的關聯度並不高，但幾次有趣的觀察都發現，同時學習字型設計，有書法底蘊的人對於字型設計的領悟特別快，無論在字型架構的理解，以及字型空間的處理上都優秀許多。以目前的中文印刷字型而言，探其源由，無法脫離漢字的書寫而獨立存在。從歷代法帖中揣摩探索中文字型設計的筆韻，或可得其韻味。

身處字型設計領域，認識許多中文字型設計的前輩們大都異常謙和，驕傲自得者甚少，也時時提醒自己即使偶有一得，卻怕是以偏概全之論，在此就不多說了。

臺灣字型的未來

臺灣字型現況的改變的確已略見成效，我們看到了許多優秀的新設計師願意投入字型設計，但畢竟沉疴已久，顯著的改變不會是個人或一家公司能做到的。我們希望改變的是整個字型產業生態。有肥沃的土壤，才能產出新的設計師願意投入製作，並設計出高品質字型，也讓更多人願意付費支持好的字型，回歸到土壤的養分中，這才是一個良好的生態環境。

我們的願景，是希望用二、三十年的時間，來改變臺灣的文字風景。這是困難的，未來的路還很長，挑戰也很艱辛，特別藉此感謝為這願景而一直努力的夥伴們。

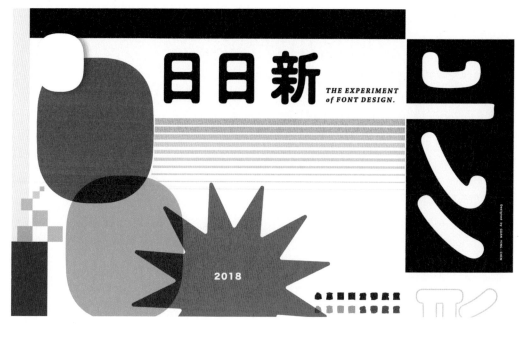

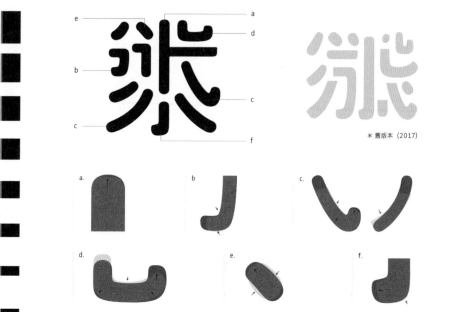

justfont 第一屆「造字鼓勵元」獲獎作品，發想自明治至昭和年間臺灣報紙上的手寫圓體，再做細部調整。這樣的字體開始跳脫書法規範，融入圖像元素，在二十世紀初看來摩登，現在看來則復古懷舊。（圖片提供：陳冠穎）

CHAPTER 24

如何寫出好漢字：
從毛筆到e筆

科技發展未必代表傳統文化的終結。
傳統文化與數位時代交會下，漢字書法在現代有了新可能。

張炳煌
中華民國書學會會
長、淡江大學教授

　　我在 1981 年曾應中華電視之託，製作並主持三臺聯播的中國書法電視節目，獲得極大的回響，成為臺灣在書法發展上重要的里程碑。而就在此時教育部為著漢字的正確，以十年時間由著名學者審定公布標準國字，除了公告使用，並由中華電視臺負責製作《每日一字》，在強勢媒體上播出，我則有幸再受邀在此節目上負責標準國字的書寫。

　　《每日一字》由林黎先生主稿，李豔秋小姐、李蕙芳小姐等數位當時著名新聞主播輪流擔任主持，我則以毛筆將該字以正確筆順寫出教育部公布的標準國字。播出後受到各界佳評，是學校重要的文字教育，也是社會人士喜愛的益智節目。期間曾因受到必須嚴格遵守智慧財產權的法律，改變播出方式，有些內容幾乎重做，可見製作嚴謹。而我書寫標準國字示範，居然寫了將近十九年，這是一個大家記憶頗深的節目。

　　由於華視轉型，節目停播之後，仍然受到大家的重視，華視曾籌集資金製作《新每日一字》，我則仍然受命書寫，但是時代已經改變，我使用的書寫工具，已從毛筆改為「數位 e筆」，不僅方便書寫，更在製作上非常便捷；或許可以說這個節目見證了臺灣在正體漢字的發展和書寫工具的改變。

　　記得早期的小學到初中設有書法課程，每週必須繳交毛筆書法及週記，我並不喜歡以毛筆書寫，僅是應付了事。但是我就讀的基市一中初中的導師卻非常重視書法，在他的嚴厲斥責下，只好試著學習，在無特定師承的教導下，只是盲目學習，以為只要拿起筆來努力寫即可。就在因緣際會，獲得參加日本學生書法比賽並獲獎的契機下，小小年紀開始有了務須好

好學寫字的雄心。

　　初學時無老師的指導，所幸還懂得臨帖，靠著一股必須寫好書法的志氣，摸索前進。高中畢業後上了世新的電影製作，竟因這層學業關係，而參與三臺聯播的中國書法電視節目。由於製作必須全心投入，而放棄已經從事的貿易業，一直到現在，始終無怨無悔地在書法志業上努力。因為未曾有名師指導，走了不少冤枉路，深知學習過程的重要，只要方法得宜用心學習，必見良好成績。於是在電視上推動書法的時候，積極研究學習的方法，並在華視的合作下，進行書法函授及電視《今天》節目的書法教學，在各方指導下，總算有了好的方法並累積經驗，而能專心於書法的學習課程研究。

書法的運筆原則

　　書法以文字的書寫為開端，在長久的歷史中，毛筆是重要的工具，由於文房工具中的筆、墨、紙的特性，書寫者的善於運用加上了在字外功的涵養（文學、藝術涵養、個性、人生體驗等），而造就書法家及書法藝術的境界。在科舉制度實行的年代中，文人在書寫能力均屬上乘，然而能有藝術造詣、成就為書法家稱號者卻是少之又少。可見得僅有書寫的功力將字寫好，和書法藝術所具有的內涵當有一定的差距。漢字是表現中國書法唯一的載體，在古文字體傳承的文物，雖少書寫的字跡流傳，但在後世運用各種字體書寫，而應用於書法甚至藝術的表現，其變化豐富多元。所以漢字的書體是書法重要的元素，從古文字體、小篆統一文字，再經由漢代隸書、六朝魏碑，乃至唐代楷書，這是正體漢字的傳承，經歷代使用直到今天，臺灣還特別進行了正體楷書字的標準化。除了正體楷書，一般實用方便的行書及草書在漢代衍生後，不僅是方便實用的書體，更因易於傳達書寫者的情感和書寫的韻律，而成了書法藝術的重要表現書體，歷代書家的名作甚多。

　　毛筆書寫是現在一般談論書法的重要工具，具有超過二千年的歷史，一直都是同樣的製作方式，以動物毛料作為筆毫以供運筆，即使到現在有些動物毛料已不易取得，甚至列為保育動物，製筆者會攙入化學纖維，其製作和表現的特點仍以古為師。不管毛筆的原料如何改變，重要的是筆鋒的表現和筆毫的彈性，這是毛筆最重要的價值。我們在使用毛筆時必須善於運用這項特點，所以執筆是首要課題，為著能便於筆鋒的運作，執筆時必須盡量使毛筆直立，便於各種運筆方式（下頁圖a）。而在運筆時要能妥善進行提按，以方便筆畫粗細的運用。

為能掌握這項原則來運筆，我在長久的書法教學中選擇十二個字（圖b）作為基本運筆的學習。因為漢字是以筆畫組合而成，雖然有數萬字，但是拆解之後，主要是由單一筆畫的橫、豎、撇、捺、點、挑、鉤，加上複合而成的複合筆畫組成部首、偏旁，進而組成漢字，只要掌握這些基本筆畫，就容易了解各筆畫的運筆法則，這應該是學習的第一步。

學習毛筆書法應有的三個歷程

書法學習和獲得知識必須讀書的要領一樣，必須透過臨帖吸收，所以書法字帖是學習的必要書本，選對字帖是符合個性、產生興趣、易於學習的良方。一般來說，書法老師從學習者的書寫作業應該能夠看出適合的字帖，沒有老師指點，也能從自己的喜好去判定，但還是應以唐朝楷書名家如：歐陽詢《九成宮醴泉銘》、褚遂良《雁塔聖教序》、顏真卿《麻姑仙壇記》（或《顏氏家廟碑》）、柳公權《玄秘塔碑》等名帖中擇一進行臨帖練習，作為入門帖。楷書學習是必然的途徑，畢竟現在我們教育是以正體漢字為主，漢字傳承自有其意義，與簡化字的使用不同，所以從楷書帖入手應是正確的方法。

學習書法應有三個歷程的進階，入門帖的臨摹吸收是初步的學習，但是不能只在一本字帖打轉，學習者最後的期望是希望能寫一手自己的字；所以融合各家是重要的進階，可以在臨摹一本字帖，寫到臨帖作品或運帖作品後，再選擇另一本字帖來臨摹，藉由不同字帖臨摹吸收，進行融合，這應是學習的第二階段。從臨摹至融合，其實都是吸收字帖各字的形狀、神韻。

臨摹是學習不斷成長的功夫，臨摹並不只是照著字帖上

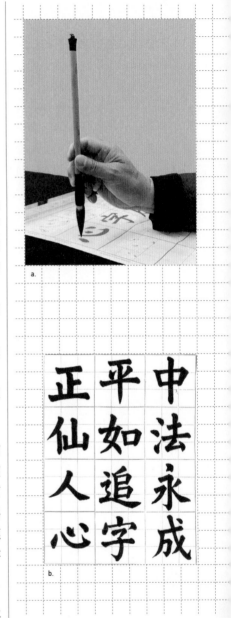

a.

b.

的字形描寫，而是確實掌握筆法，將書法上的筆畫形狀和由筆畫所架構的字形，確實臨寫出來。除了形之外，需要隨時將筆力展現出來；所謂書法應是創造文字的生命力，這種生命力最直接能感受的是筆力貫入，所以運筆時應該秉持「以心導氣、凝氣貫力、運力行筆、氣隨心動、收放自如、運筆無礙」；書寫時應該隨時以心意來引導運筆。

經過臨摹吸收乃至融合後，在學習中已經累積很好的素材，適時用自己的意思來寫，即能達到所謂自運的階段。自運是運用所學來發揮自己的書寫，他可以隨著不斷的融合而持續進步，活到老學到老，就是如此進階的手段。想要寫出自己的字，就得依賴不斷的融合來表現。

毛筆因為必須充分掌握筆鋒的運用，的確需要相當的時間和技法訓練，才能運用自如。雖然沒有特別的速學法，但是按部就班卻是必然的過程，更重要的是方法正確，學習速度自然加速。然而學習心態才是學習書法能否好好進展的重要關鍵，如果能夠好好享受學習過程，由於定靜心念、接觸書法與文學、藝術的涵養，而能在生涯的情緒管理中，獲得最佳能量，那就能獲得最好的成就。

硬筆書寫的表現

能善於表現書法而成為書法的藝術，必須從文字的書寫能力開始，一般都認定書法就得以毛筆書寫，但以現在觀點來看，更宏觀的事實，應該包含著近百年來通用的硬筆甚至時代產物的數位用筆。

畢竟毛筆已經不是日常的書寫工具，除非有意在傳統書法上有所長進，不然想以學習毛筆書法強化日常漢字書寫，將因為需要時間和耐心，而不容易及時獲得效果。所以一般的書寫直接以硬筆來學習，也是很好的途徑。

硬筆是硬質材料所製成的書寫工具，一般以鋼筆和原子筆為主，兩者在書寫時因為筆尖的構造不同，而在筆鋒的表現上略有差別。鋼筆能微微的提按，書寫時以壓力輕重，而使筆畫能有粗細變化。原子筆講求其滑順度，如果書寫時下方墊著數張紙增加厚度，也能在運筆時略略表現漢字筆畫有粗細形狀的特色。

了解硬筆的工具特色，還是得有字帖的練寫，才能達到寫好字的目標。硬筆字帖與毛筆

字帖不同，硬筆因為是小字為主，在筆畫形式上不像毛筆那麼粗細明顯，主要在於字形構造的表現。一般硬筆的初步學習要求的是正確、工整、美觀，但在日常應用時，更重要的是便捷，這與毛筆書法學習過程相同，楷書之後，可能更希望練習行書的書寫，甚至草書的那種揮灑快意。行書、草書是為著方便快速書寫而形成的書寫體，運用的是簡省筆畫、筆法和連接書寫而成的實用書體，一般而言行書是適度的簡化，我們能認得，草書則是簡化及連接較多，如未經過學習，一時無法認得。所以行書可能是學了楷書後，方便進階的書體。毛筆書法的學習仍須以名帖如王羲之《蘭亭序》、蘇東坡《寒食帖》等為主，學習過程還是以臨摹吸收，再經過融合而漸有長進。硬筆也是相同的方法，但不一定得從古帖入手，也有專門為著硬筆學習而出版的字帖。行書可以應用到楷書字體，而使楷書在書寫時能夠因為帶有行書筆意而更快速和瀟灑，也可稱之為行楷。還能與草書合用，稱之為行草。

一套 e 筆即可抵用各種筆

隨著數位時代來臨，表現文字的方式更為多元，書寫工具也不斷出新。必須以墨水寫在紙上的毛筆或是硬筆，無法直接和電腦的多媒體連接應用；而年輕人樂於接受 3C 工具，觸控顯示文字已經在年輕朋友間造成流行，用筆寫字似乎不再受到青睞，如何運用數位化來加強與傳統書寫連接，應是這時代必然的工作。我因長期進行書法推展的工作，深知只是延續傳統，可能難以獲得年輕世代的認同，於是 2001 年開始與淡江大學資訊工程的教授們，共同研究如何將數位推進書法，經過約六年時間的努力發表 e 筆書畫系統，這項系統能以磁性感應運筆的輕重而產生粗細筆畫，並且研發動態及各種在數位上可以展現的功能，而名為「數位 e 筆」。數位 e 筆能以數位工具表現各種筆的書寫特性，是當代數位書法的先河。不僅方便在介面上自選硬筆、毛筆的筆觸，而且是以漢字書法為主的工具，與後來其他研發出現的電子筆大有不同，與書法教學連結起來，可以發揮最高的學習效果。

e 筆以書寫板連接到一般電腦，即能在書寫板上依自選的用筆特點，用電子筆來書寫（圖c）；例如想使用毛筆，可以選出筆的大小，鋒芒的飽滿或尖細度。如是硬筆則可以選較小級數的筆寬和微有鋒芒的特性。一套 e 筆工具即可抵用各種的筆，又無墨紙的需求，寫出的字跡可以儲存具有動態出現運筆過程的筆跡或圖檔（圖 d），對於初學者而言既環保又非常方便。

除了可以直接在書寫板上與電腦連接表現出書寫的功能，更因在研發過程中將動態筆跡

的功能加以升級，應用拆解筆畫重新組合成原跡動畫的呈現，而能將許多古今名跡轉化為動態字帖，顛覆只能以圖形印出字帖的方式。現在呈現的是復活原跡的運筆過程，完全能與數位媒體結合，非常方便學習者的應用。在數位 e 筆的系統上，特別將這些動態的學習內容建立成資料庫，學習者只需在電腦上就能獲得各種學習範帖或範例，也能在手機上取得學習內容。具有科技感的學習和數位化的應用，大大提升書法學習的效果。即使不用 e 筆進行練習，也能在以毛筆練習時，運用這些動態資料而獲得良好的學習成績。

淡江大學首設以 e 筆結合毛筆在電腦教室上書法課，修課學生都能及時在手機收到學習的範帖，然後在課堂上以 e 筆進行練習，並以網路傳輸由老師即時在課堂投影批改。在 e 筆練習一段時間後，將所學以毛筆書寫成作品，學生學習情緒高昂，效果特佳。臺灣目前已經由教育部通知各縣市教育單位，選出學校進行 e 筆書法教學推廣，中國大陸也因將書法設為學生必修課程，而陸續有縣市採用 e 筆進行教學。目前的數位 e 筆不僅只是書寫的練習，也可進行篆刻和各種繪畫的應用，任何顏色和筆觸，都能在介面一次搞定。練習之後還能直接完成創作，不論彩色或水墨，都能用大圖輸出方式將作品列印出來（圖 e）。

以數位筆來進行文字書寫，繼淡大十餘年前的數位 e 筆後，前年蘋果電腦的 Apple Pencil 問世，在 iOS 系統上已造成西方人士的應用風潮，但因未能融合東方的書法元素，尚不能如數位 e 筆的書畫表現，目前正在進行整合，相信很快具有東方書法特色的數位筆將在國際上出現，漢字書法的推展或將更進一步。

c. | 數位 e 筆可自選用筆特點，一筆呈現各種筆的特性與風格。（圖片提供：張炳煌）

d. | e 筆楷行草各體，寫出的字跡可以按需求儲存成不同形式的數位檔。（圖片提供：張炳煌）

e. | 以 e 筆寫出的《心經》。任何顏色和筆觸，都能在數位 e 筆介面一次搞定，完成創作後大圖輸出。（圖片提供：張炳煌）

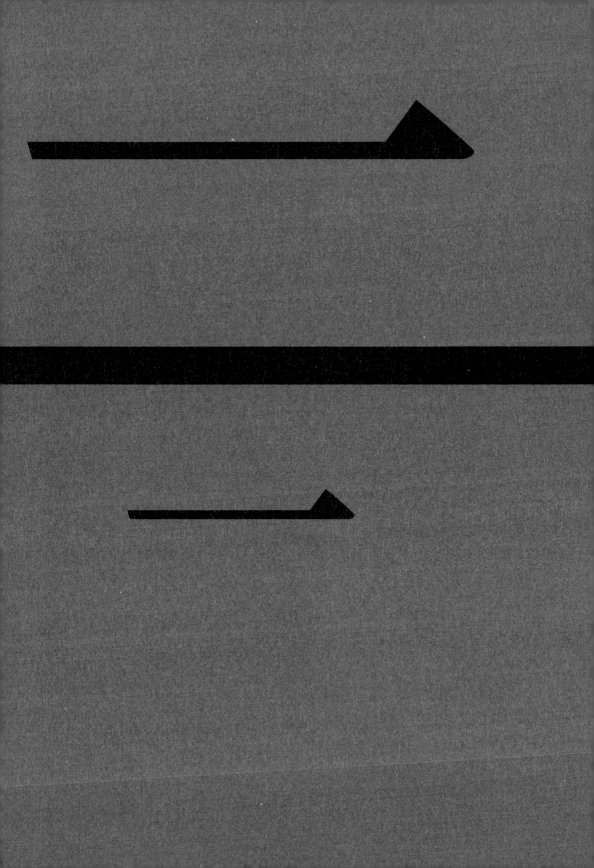

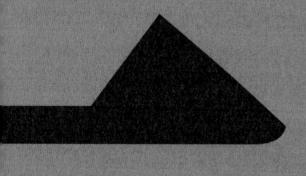

第六部　走進藝術與生活的轉身

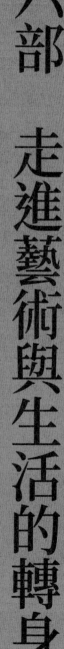

CHAPTER 25

放任身體的感覺去寫字，寫出自己的字

——專訪設計師何佳興

採訪整理／邱鐘義　攝影／何經泰

作品大量運用漢字元素的何佳興，談漢字如何穿梭藝術、平面設計以及臺灣在地文化。

> "
> 如果我很堅持地去寫，
> 十年、二十年下來，
> 「我的字」會變成什麼樣的字？
> 我想拿我的一輩子
> 來做這個實驗……
> "

何佳興

同時以藝術家和設計師兩者的身分活躍，堅持將書法和篆刻融入設計作品當中，第十一屆和第十四屆金蝶獎金獎得主，2017 年獲推薦進入國際設計師協會 AGI（Alliance Graphique Internationale， 國際平面設計聯盟）。

何時開始有了以漢字作為設計的發想呢？

其實一開始我並沒有將書法、篆刻和設計結合的想法，對我來說書法和篆刻是藝術創作，是我的藝術表現，但是設計是我的工作，是為了生活的平衡，兩者是各自獨立的。剛開始設計這份工作時並沒有那麼順利，於是什麼案子我都接，後來接到做書的案子，才聯想到書也是字的構成，書法篆刻也是字；做書的時候是在書的框架當中去安排文字，這跟篆刻很像，也是在有限的空間當中去發揮，安排每個筆畫或段落。我才慢慢意識到這兩者的邏輯其實是一樣的，然後以此為出發點，找出更多書法篆刻和設計之間的關聯性，慢慢地將我的藝術創作和工作結合起來。

您因為大學主修書法和篆刻而開始走向這條路，在大學之前就對書法有興趣了嗎？

小學的時候父母有送我去學書法，那時記得是臨歐陽詢的帖，也常代表班級學校比賽，大都得到佳作獎，算是對書法有興趣吧！念大學時主修書法和篆刻反而是意外，我本來想念的是西畫組，結果分數不夠，被分到國畫組，於是才決定主修書法跟篆刻。到大三時我對書法篆刻非常投入，甚至一整個暑假把自己關起來拚命地寫字跟刻印章，想做到自己理想的書篆表現形式。

又是怎樣從書法和篆刻當中開啟藝術之路？

因為對西畫還是很有興趣，後來我跑去雙主修當代藝術。當代藝術重視各種觀念的思考辯證，這點彌補傳統的限制，於是我萌生想要嘗試書法跟篆刻傳統外的其他表現形式，開始想要寫自己的字。我覺得傳統書法是「定性」的好訓練，可以讓自己收斂沉澱下來。雖然想要寫出創新的書法必須建立在大量臨帖，練習基本功，但臨帖和創作是兩種路徑，沒有整合便成限制的框架，反而不易形成風格。回想中國書法史，從甲骨文到楷書中間的變化不可謂不大，過程是時代集體想像力的累積、富於創造力的，但是書法基礎教育較不會提到這些，大都歸納字體的筆法規則，其中創新的想像力都被忽略了。我們回頭想想甲骨文的書寫，那是「貞人」在怎樣的精神狀態下書寫出來的？歐陽詢寫《九成宮醴泉銘》，他一輩子書法的精華，

就集中在這幅字裡，但是較少能理解其生成的脈絡，是怎樣由臨摹到寫出屬於自身成熟風格的過程。於是我想脫離這些框架，想說也有些基本功的訓練，就試著放下既有的認知，隨著自己身體的感覺去寫字，來寫出自身的線條。一開始的字當然很不成熟，但是我想如果我很堅持地去寫，十年、二十年下來，「我的字」會變成什麼樣的字，這過程的感受是什麼？我想拿我的一輩子來做這個實驗。我從1998年左右開始做這樣的實驗，不到二十年，我發覺字已經有很大的變化，剛開始的字很硬，轉折之間有稜有角，像是骨頭，我想可能跟習慣拿硬筆寫字有關，即使拿毛筆也當硬筆寫，也可能是小時候臨帖是從歐陽詢開始，歐陽詢的字本來就是比較硬的字。這幾年字開始有變圓潤了，骨頭旁邊開始有一點筋了，不知道再寫個十年、二十年會不會長出肉來。

何佳興的篆刻與書法作品。

那是從寫字當中開始感受到漢字的美學嗎？

這幾年比較能轉換漢字美感上的應用。像在設計的文字編排，通常會覺得繁體字較難排得好看，不像英文或日文，容易營造出畫面氣氛，我想字型的成熟度和風格多樣性當然有一定的關係。但另一方面來說，現在回想，當初學書法和篆刻時所訓練出來的空間感對我幫助很大，這種空間感已經內化到我的身體裡，於是同樣的繁體方塊漢字，我可以排得比較靈活。我甚至認為不用長時間練習書法，只要用心的將漢字從甲骨文到楷書好好寫上一遍，了解字的演變脈絡，能欣賞字帖，對於空間感的掌握度都可以提升不少。只是現在的書法教育在這部分是失衡的。

我覺得漢字的線條就是契合東方文化，這要從比較大的面向來談。西方的古典和其哲學邏輯發展出點、線、面，放到藝術上來看是趨向寫實。但是東方的發展跟西方有些差異，一直以來都是以線條（線性）為主，因此在藝術表現上是多點透視，不同於西方點、線、面的單點透視。這種表現方法很符合東方一貫的哲學、宗教觀，二元對立和超越二元的循環，講求融合。對我而言東方藝術，包含漢字的美學核心就是線條的表現。

書法寫作中講究一筆無回，跟西方油畫中經常重複塗抹，這也是線條的一種呈現嗎？

前面是大致的歸納，我想線性是隨著文化流動的，不是絕對，不一定只存在東方或西方。以現況來說，世界文化還是以西方觀點

臺灣月琴民謠祭的海報裡融入了宮廟元素。

為主，但也已經發展到了極致，現狀是東西方有更多的流動。我想東方的線條美學現在是處於新的融合發展階段。

談談《心經》吧。從篆刻到書法，《心經》一直是您創作的主題之一，怎麼會選擇這樣的主題？一路寫來，心境上有變化嗎？

我從 1998 年開始篆刻《心經》，後來也常以它為我書法創作的主題，其實一開始選擇這個主題帶有反叛的意味。但是這麼多年寫下來，感覺好像被收服了，從一開始急著想擺脫舊形式，到現在接受新舊共存的相互為用，我還是用我的字在寫，但是心態完全不一樣了。後來就會藉由每次寫的《心經》來檢視自己字體的狀態。

話題回到設計。設計和藝術不同，設計要講求跟客戶的兩方配合，不像藝術是自我展現，那您在將漢字融入到設計作品當中時，客戶的反應如何？有遭遇到挫折嗎？

挫折是持續有的。不過設計是一個需要互相配合的工作，就像剛剛說線條會在虛實之間

不停流動一樣。剛開始用漢字做設計時，我非常堅持，而且百分之一百相信我的堅持是對的，以後見之明來看我也的確是對的。但是我發現，當我越堅持、態度越硬，和客戶之間的溝通流動就越難，也就更難達成共識。慢慢體認學習到線條中不落入二邊的哲學之後，我也開始意識到溝通交流的重要性，之後和客戶的溝通便漸漸順暢起來。可是我還是有我的堅持，只是換了溝通的方式，就有很顯著的成效，這大概也是從漢字中學來的一種人生觀吧！雖然這個道理不一定要從漢字中領悟，不識字的老人家也知道這些道理，但我算是從漢字中體認出來的。

反過來說，我和客戶也跟著社會脈動一起成長，像十年前，宮廟被認為只是傳統的低層文化，主流一直擁抱的是西方或東洋的外來現代文化。有個經驗是透過文建會和國外的當代藝術策展人在臺灣交流。他說飛越半個地球來到臺灣，看到的藝術表現就跟從其他國家裡看得到的藝術形式沒兩樣，這有點可惜，他期待的是轉化在地文化後的當代藝術，這讓我思考文化的價值。之後我受到陳明章老師音樂創作理念很大的影響，開始將宮廟常民文化的元素加入設計當中，他很清楚堅定的耕耘臺灣在地文化。

一開始遭受到這樣的挫折，那又是何時開始對自己的堅持比較有信心？有明顯的轉折點嗎？

覺得自己還在嘗試跟摸索的階段。不過當然有一些契機是有鼓勵到我的，像是描繪家將

的「臺南藝陣館開幕紀念海報」，參加日本TDC（Tokyo TDC 2015），這是具有指標性的國際設計比賽，我得到排名前面的獲獎作品，雖然不是票數前十的最大獎，但對我來說是非常大的鼓勵，讓我確認轉化臺灣在地文化是有其創造力的，也能在國際上對話。

再來是 2015 年日本東京藝術大學和文化部合作的 T5 計畫，透過計畫來交流研究臺灣書籍裝幀設計的生態，訪問了五位臺灣的書籍設計師。那時很榮幸被選入代表其中的一個面向。後來也應邀到日本東京藝術大學座談，老實說我大量參考日本的設計，但是對談中我發現他們認為我的風格呈現是很有「臺灣味」的，而且外國人覺得的臺灣味和我們自己在臺灣覺得的臺灣味是不太一樣的。對日本人而言，他們所謂的臺灣味是一種對土地與文化的認同，反映在設計中的感覺；而我們的臺灣味有時仍是一種文化認同的建立過程，這是很不一樣的。

近一點的話就是聶永真先生推薦我進入 AGI——國際平面設計聯盟（Alliance Graphique Internationale）。AGI 是設計師的殿堂。我申請時提出的作品，就很有意識地將書法、臺灣文化、東方、亞洲這些元素都加入進去，用色、線條都有考量到。這些讓我更確認設計的價值之一是轉化自身文化成為設計語彙，和不同文化進行對話。

漢字畢竟不是專屬於臺灣的文字，中國、日本、韓國、新加坡等地也都有使用。您在用漢字做設

計時，有沒有遇到這些同樣有漢字文化國家的批評或是鼓勵，又或是您對這些國家中運用漢字作為設計的狀況有沒有一些了解？

日本漢字字體的設計和應用的高度是有目共賞的，東京藝術大學交流回來後，我意識到在文字編排的應用和美學上，臺日還是有些差異，或是以簡體橫排的中國，往後希望有更多的機會和其他應用漢字的國家，交流了解這些細微的差異其背後生成的脈絡。我也期望能歸納出更多線性的應用邏輯。

既然不是唯一使用漢字的國家，臺灣要如何將漢字做出自己的特色來？

書法教育若能以遊戲的方式臨摹篆隸草行楷，取代臨摹唐楷，引導了解漢字（繁體字）的生成演變，線性的空間感便內化在身體，這身體的空間感也會累積成文化的集體空間感，是一種美感的基礎。常民文化裡累積大量表現形式，若在建立線條美感的基礎下傳承創新，影響臺灣在漢字的應用和美學上是方方面面的。

既然提到繁體字和簡體字，您在作品中有使用過簡體字嗎？運用起來和繁體字有何不同？

我有排過簡體字的書，不過老實說我排簡體字時做得很不順手。首先是簡體字它有限制橫排，再來我比較常做繁體字的工作，在搭配或是使用的一些字型上都比較得心應手。所以現在接簡體字書的案子時，我都會跟客戶明說自己對簡體字的駕馭程度

沒繁體字高。

這是在設計工作上來說，不過如果從書法上來說的話，我個人是覺得繁體和簡體字之爭其實並不是什麼大問題，跳脫政治方面的考量，其實漢字是一直在在繁簡間循環的，像前期的隸書其實就是小篆的草寫版。雖然我本身很喜歡繁體字，但是若是從此只能使用繁體字，那漢字的演化是不是也就停滯了，有繁體簡體之爭，代表漢字現在還是活的文字，後續還有發展的可能性。不過情感上我還是不熟習簡體字。

剛才提到簡體字的橫排，直排或橫排對您在做書的時候有差別嗎？

其實沒有差別，對我來說都一樣，既然被書的框架限制，直橫排是沒有差別的。只是硬要我只能做橫排，選擇性就變小了。

現在的作品主要以書籍和海報為主，有想過將漢字元素運用在更廣泛的範圍中嗎？

我的創作還是屬於平面的範疇。剛剛提到藉由書法和篆刻所培養出來的身體空間感，如果把它立體化呢？像是建築、表演、當代藝術等等，這些都是持續在發展的。另外在書法上，雖然臺灣漢族仍占多數，還有很重要的原住民文化，而原住民寫起書法的空間感似乎跟我們又不太一樣，他們有自己的空間感。就像日本的書道及其衍生的民族觀點，這種藉由線條帶出的身體空間感在不同

的領域有太多發揮的可能性。

既然各國對於藉線條而生的空間感都不同，那您覺得漢字文化圈的這幾個國家所寫出來的書法有不一樣的地方嗎？

明顯的不一樣。日本書道和其文化契合的表現是較為人熟悉的。韓國也是，以篆刻為例，就像是浙派的篆刻風格，韓國人就很擅長。浙派源自漢印，字體比較方正古樸，跟韓國文字方中帶圓的感覺很像，因此我覺得韓國人刻起浙派篆刻來特別得心應手，很能抓到神韻。

我還想再補充一個就是字型，因為發展一套漢字字型不易，現在繁體字的字型選項還是太少了，若從書法篆刻歷史的各家轉出，還有很多能發展的風格。如果能有更多的字型出來的話，相關設計能從根本的質提升。

既然寫出自己的字了，有想過自己做一套字型出來嗎？

做字型是另外一門專業，開發字型須透過字型設計相關領域的合作。我有在想，目前只是初步的醞釀階段。不過我更期待的是清代書法家的書法和篆刻風格轉換成的字型，清代的書篆算是集前朝大成，例如香港在發展的趙之謙風格的北碑字體。

既然現在字型不夠多，那平常工作時的字型習慣選用哪些？還是自己揮毫？

有些是自己寫的。像「臺灣月琴民謠祭——卜聽民謠來北投」這張海報裡的北投兩個字。設計排版字體的話，我比較偏好使用日文字型，日本相關產業健全，日文字型裡的繁體中文的質量很好，書的內文排版我大多數都是選用日本的字型，像是經典的森澤龍明體，使用其完成的編排文氣十足。

除了書法以外，不同的書寫藝術，例如民藝裡的剪紙、手繪字也有其待開發的價值。書法筆法以中鋒為價值，是觀照自然裡「屋漏痕」、「錐畫沙」而來，創作常須回到本質，就像沒學過書法的小朋友，在寫起甲骨文時反而流暢，而且更能抓住字的神韻，大概是小朋友不把它當成字，而是當成圖去畫，反而沒有被「寫字」時的一些規範束縛。

您對漢字的想法很多，除了設計或藝術之外，您覺得漢字在日常生活中還有哪些可以發揮的地方？像是漢字刺青等等。

塗鴉、刺青等和青少年次文化結合能活化書寫的表現形式，會衍生出很多新的能量，當然樂見。

另外就還是書法。不一定是正式的書法，廣義來說只要拿毛筆寫的字就是一種書法。相較於硬筆，毛筆透過墨水寫出來的字能更精準的表達一個人的個性和當下的心理情緒。刻板的書法教育訓練，反而讓人對漢字和拿毛筆寫字敬而遠之。傳統裡還是有很多的文化底蘊跟精髓，但若是讓人對其望而生畏那就不好了。日常生活中多數人若能像拿硬筆

一樣自然的拿毛筆寫字畫圖，累積在文化紋理上是可觀的，回到書法漢字，也才能在現代社會產生實用性。

不拿毛筆寫也行嗎？像是近年流行的硬筆書法？

當然也行，只要去寫字，就能夠體會漢字的美，也可以訓練空間感，不用區分是用什麼工具去書寫。不過如前面提到的，用硬筆寫出來的線條跟空間感自然跟用毛筆寫字有一些差異，但是有去寫就是件好事。最怕的就是大家習以為常，忽略思考寫字的文化。

能請您解釋是怎樣將漢字融入設計的嗎？

主要是線條，身體內化線性的空間感。這建立在理解書法字體演變的歷史，和篆隸草行楷的書寫經驗、篆刻的訓練、水墨畫等基礎。因為這些大部分人完全陌生，這樣聽起來很困難，但我想若是小學的書法課像遊戲般的循序寫過篆隸草行楷，這基礎就具備了，或是轉換一下心態，當興趣重新接觸學習一段時間，有字體演變基本概念和寫過篆隸草行楷的經驗即可。這空間感就會反映在設計最基本的文字編排和版面。再來才是技術性的問題，篆刻史幾乎是一種東方（線性空間感）的平面設計史，篆刻的版面安排歸納的方法，也很適合移植至平面設計，轉換過程需要像遊戲般的想像。

漢字的筆畫就是線條，我會將漢字的筆畫拆解回線條的狀態，有時候也會把線條重新組合成字。或是設計出合適的線條，模擬水墨皴法，組合出具有水墨畫感覺的畫面，像是馮翊綱老師的《漢字相聲》這本書封面的設計。這些都持續的實驗探索，覺得還有很多可能性可以放進設計裡。

您好像很喜歡打破框架？

創作是為了表現創造力，這樣一點一滴文化才會不斷的推進，書法的歷史也是如此。現在我才較理解創新和傳統是循環的，當框架限制創新時，打破是一時的權宜。

對於漢字文化在臺灣發展的前景，您覺得如何？

東方的線條美學現在是處於新的融合發展階段，漢字的定位也有各種不同的契機在醞釀。我覺得較迫切的問題是臺灣主要使用繁體中文，但卻對繁體中文相關的文化、藝術表現形式陌生，基礎教育也大都失衡，在繁體中文的文化脈絡，和擴展其運用的面向上都難以形成思考，不易累積出其文化上明確的定位。希望是由大家一起激發，走出一條臺灣的漢字未來。

CHAPTER 26

千奇百態的漢字紋身
——專訪紋身聯合會理事長李耀鳴和紋身師達達

採訪整理／邱鐘義　攝影／周致

漢字走上世界潮流浪頭，紋身師遊走文字與圖騰間，觀察漢字紋身反映的社會變動與文化。

> 一窩蜂盲從，現在後悔了，
> 就跑來我這邊要蓋圖。
> 所以我堅持，
> 你要知道你自己身上
> 要紋的東西是什麼意思。

李耀鳴

長年投入紋身工作，並致力於紋身業的組織化及證照化，現任中華民國紋身從業人員職業工會聯合會理事長。另外也曾主辦 2010、2011 年世界紋身菁英博覽會，2018 年也即將在臺北舉辦此盛會。他是西門町紋身大街創辦人，也是西門町商圈管理協會的理事長，他的店 Kevin 紋身彩繪藝術工作室也在紋身大街上。

達達

在 Kevin 紋身彩繪藝術工作室擔任首席紋身師，並擔任臺北市紋身工會總幹事，國中畢業後就開始從事紋身工作，特別擅長圖騰字體的設計與創作。

從年長的老兵伯伯們手臂上的「反共抗俄、殺朱拔毛」，到時尚球星貝克漢腰側的「生死有命富貴在天」，文字一直是紋身文化當中一個很重要的主題。在現今的臺灣，漢字仍是紋身時重要的主題之一嗎？這兩者結合在一起又能擦出怎樣的火花？為此我們來到西門町的紋身一條街，訪問了中華民國紋身從業人員職業工會聯合會的理事長李耀鳴及紋身師達達，請他們跟我們談談紋身當中的漢字。

踏進李理事長的店面，首先印入眼簾的就是牆上數不盡的紋身照片，各式各樣的圖樣讓人眼花撩亂，但是我們找了又找，卻一直無法找到想要看到的跟漢字有關的紋身，僅有的幾幅也都是配合大面積的圖存在的，難道漢字紋身真的已經沒有市場了嗎？「其實紋字對我們或客人來說，都是基本款啦，牆上放的是比較進階的作品。」彷彿看出我們的疑惑，李理事長出言向我們解釋，並請員工拿來幾本以紋字為主的圖集讓我們翻閱。原

致力紋身業組織化及證照化的李耀鳴。

了。「這幾年我的目標是推動工會，現在全國總工會成立了，下一步希望能建立證照考試制度，一步一步來，希望能讓這個行業浮上檯面。」

翻閱著理事長提供的圖集，才發現紋漢字在身上的真的很多，而且千奇百怪各種字體字樣都有。「最常見的就是紋名字啦，自己的、另一半的、家人的都有，這種的最多。」透過理事長的解說，我們才了解到漢字紋身現在大約占來紋身的兩成左右，本地客外國客都有，比例大概是六比四，還有些外國客人是特別來臺灣紋正體漢字的。「不過臺灣人和外國人紋名字的習慣也不太一樣，臺灣人喜歡紋名字當中的一個字就好，外國人則是傾向把全名都紋上去。」圖集中果然有不少這樣的案例，在身上紋名言金句或是格言的也不少，如「忠」、「尊嚴」等字句。「紋這些的比較多是盲從，有些明星或藝人身上有紋些什麼字樣，就會有人一窩蜂的想要紋一樣的，像是貝克漢的『生死有命富貴在天』就是這幾年很流行的漢字紋身。」此外也有一些像是詩詞或者是宗教經文的漢字紋身，不過宗教經文的紋身，漢字的比例較低，藏文或是梵文占多數。

圖集中有一種特別的文字，乍看之下像圖，仔細觀察後才會發現這其實是漢字。「這是我發明的圖騰字，一開始是為了那些在身上紋對方名字的情侶而設計的，因為年輕人談感情有時分分合合，感情好時來我這邊紋上對方名字，分手後就來說要蓋圖或是洗掉，

來許多客人剛接觸紋身時，比較在意外界的眼光，會選擇相對比較不引人注目的文字下手，而李理事長店內的師傅，都是美工或設計相關科系畢業，對於字體設計也都是箇中好手，難怪會說是基本款。「像你們看到那幅有字的圖，其實是分好幾次來紋的，一開始也是紋字，後來才慢慢在周圍加上圖。」

李理事長從事紋身業已經有二十多年的日子，最初是從指甲彩繪開始入門，後來兼營人體彩繪，最後才從事紋身，從紋身還不被社會大眾所接受時，就在這個行業默默堅持

理事長店中部分關於漢字的紋身圖照片（翻攝）。

圖騰字紋身要細看才會看出是文字，這兩幅圖騰字都是「翔」字。
（圖片提供：李耀鳴）

這也讓我們很困擾，於是我就設計出這種文字，看上去像圖案，仔細分辨才看得出來是字。」詢問理事長後才知道，聽來輕巧的創造一種字體，背後可是下了苦功，不只要翻閱各式書法字帖，還得融入自己的想法。理事長的這番巧思，不知道拯救了多少一時衝動的少年男女。「不過我也觀察到，來紋另一半名字的，如果選用正楷體紋，這對情侶的感情通常比較好，有長長久久的打算，選圖騰字的，可能都抱著會分手的想法吧！」

對紋身師傅而言，要洗掉或是蓋掉原本的作品是一件麻煩事，但是客人往往也是有不得已的苦衷。李理事長回想起剛入行時，隨著開放大陸探親，有許多老兵伯伯來到店裡，希望能將身上當年紋的反共標語去除。「有些老兵連俄國在哪裡、俄國人長啥樣子都不知道，卻在身上紋了『反共抗俄』，就是當時一窩蜂盲從，現在後悔了，就跑來我這邊要蓋圖。所以我堅持，你要知道你自己身上要紋的東西是什麼意思。對外國人也是一樣，我們一定會解釋清楚這個漢字的意義，以免他們後來反悔。我遇過一個要紋『牛肉麵』的，跟他溝通了半天，他堅持要把他最愛的臺灣食物紋在身上，那以客為尊嘛，他知道自己紋了什麼，我們當然也會尊重！」

此時另一位師傅達達正好完成手邊的工作，過來接替理事長接受訪談。達達國中畢業之後就跟隨李理事長入行學習，至今也有十九年經驗，特別擅長圖騰字紋身。「說到紋名字，我之前做過一個案例，客人要求把

姓氏做成像日本家紋或家徽一樣的圖案，我弄完以後他很滿意，過幾天還帶著兩個女兒跑來紋一樣的圖案。」達達由於特別擅長圖騰字，這幾年接的漢字紋身案例也多，對於之前理事長所說的漢字紋身的現況，達達也做了一些補充說明：「其實這幾年來紋漢字的客人有越來越多的趨勢，我想是因為字體的選擇變多了的關係，像是老闆研發的圖騰字，或電腦上越來越多的字型，大部分的客人其實都希望有一個參照物，像現在電腦字型多了，他們就會指定要紋的字體，以現在來說，草書跟篆刻體是比較受歡迎的字體。」

就在此時，店裡也恰巧進來一位想要紋字的客人，在徵得同意後，我們拍攝了他紋身的過程。期間師傅拿著手機展示要紋的字體給客人看。「這就是現在科技的進步啦，以前我們是要先在客人身上彩繪，弄出大概的圖樣來，客人滿意了我們才紋下去，那客人不

正好來店裡紋漢字的外國客人，在不露臉的條件下，他答應讓我們拍攝他的紋身，分別是手上的「冒險家」和背部的「費德」字樣。

滿意可能就直接走了，現在有電腦跟手機，客人可以先挑選圖樣或字體，也可以快速的展示各種不同的字體給客人看，比以前方便多了。」

至於這幾年大陸地區遊客來臺灣紋身的也有增加的趨勢，那大陸客比較喜歡紋正體字還是簡體字呢？達達表示基本上都會建議紋正體中文，因為對師傅而言比較熟悉，而且簡體字有時筆畫太少，反而不好發揮，但是若是客人堅持要紋簡體字，那還是以客人的需求為主。

「現在是網路的年代了，很多優秀的紋身師都會把作品上傳到 IG 或是 FB 上，讓全世界的網友都能看見，看到圖特別來臺灣紋的客人也是有。」對於漢字紋身的未來，達達並不擔心，認為走向國際後，不論紋身或是漢字，都不會輕易的被淘汰。

正在為客人紋身的達達。達達國中畢業之後入行學習，已有十九年經驗。

CHAPTER 27

噴出漢字新未來
——專訪中文塗鴉工作者曾昭昶

採訪整理／邱鐘義　圖片提供／曾昭昶

曾昭昶的塗鴉中可見漢字不同於西方塗鴉的韻味，也展現鮮活躍動的香港在地文化。

> ''
> 塗鴉是簡單的愛好，
> 也可以代表自我的一條路。
> 日常生活吸收題材，
> 自我思考後以不同風格的
> 塗鴉字體釋放出來。
> "

曾昭昶

香港塗鴉達人，塗鴉工作室 AWS（Afterworkshop）
創辦人。以 Uncle 為名從事塗鴉創作多年，另外也
從事平面設計、插畫、產品設計等工作。

請問您一開始接觸塗鴉的時候是從西方的塗鴉文化入手嗎？

我是在 2000 年的時候開始接觸塗鴉（graffiti）文化，對中文字塗鴉的興趣也是從那時開始。當時在香港已經出現比我更早就研究漢字塗鴉的人，當中最有名的就是 CEA crew、Spoon 和 Syan。而我開始的時候都是先練習英文字，因為假如不先練好英文塗鴉，也不可能把塗鴉風格融入漢字裡。雖然我有心一開始就創作中文塗鴉，但還是得先練習英文字體，飯要一口一口吃。

您又是何時開始創作以中文字體為主的塗鴉？第一幅作品的創作動機跟緣起又為何？

不計算草圖的時期，第一幅以噴漆做出來的漢字塗鴉是 2002 年，寫的是「蒲窩」（因為塗鴉的地點叫蒲窩青少年中心）。第二幅

創作於 2002 年的第一幅漢字塗鴉，寫的是「蒲窩」。

「福」字裡的色彩呈現出「羊」字。

是「福」字，而裡面呈現了「羊」字的配色（因為那時候是羊年大年初一）。

在創作中文字體塗鴉時，和西方塗鴉文化在線條或是結構上有何不同？有哪些困難？

在創作中文字體塗鴉時，有一些筆畫能夠參考英文塗鴉，但有一些不行，中文字的部首結構組合始終比英文複雜；而且某些中文字會有很多重複的筆畫，例如火字部的四點，那幾點的變化也需要好好處理。另一個困難的地方，是中文字的整體字型結構。以微觀去看會覺得每個筆畫都畫好，但宏觀去看整個字型時，可能就會發現不平衡的問題，例如上大下小，左右部分比例不合適等等。寫中文塗鴉字體其實也可以與傳統中文書法做結合，例如行書、草書、楷書等，當然亦可以以現代化一點的黑體等來呈現。

以塗鴉創作的角度，在塗鴉中使用繁體中文、簡體中文和粵語字的難度有不一樣嗎？您傾向在作品中使用何種字體？

在塗鴉中使用繁體中文和簡體中文，在創作上面對的困難都不一樣。因為塗鴉字體都是粗壯結構的，繁體中文筆畫多，從英文字型基礎上轉化為繁體字，就會顯得空間不夠，有時候更需要把一些筆畫刪減，不過優點是結構複雜反而使整個文字的堆砌較容易修正。舉例來說，一些筆畫複雜的字，比如左右排或上下排列的文字，假如某筆畫位置偏了某方，還有足夠的其他筆畫去「補位」或把整體平衡。相反的，簡體中文在創作時看似困難沒那麼大，但其實整個字型結構往往更難拿捏得準確，這是因為筆畫少，使得每個筆畫在字型的整體平衡上的重要性增大了，情況有點像寫毛筆書法那樣。

而粵語字其實是意義上的分別，寫的是地方方言。在香港澳門，寫粵語當然會寫繁體，而中國廣東地區如廣州深圳，如果寫粵語就會寫簡體。在中國其他省份或臺灣，有時都會看到塗鴉藝術家寫一些方言塗鴉。

以您的了解，港、臺和內地的塗鴉藝術家對於中文字體塗鴉的看法為何？會用中文字體來創作的塗鴉藝術家多嗎？有形成風潮嗎？

以我的了解，港、臺和內地的塗鴉藝術家都沒有太多人研究中文字體塗鴉。因為把英文塗鴉轉化為中文，只是塗鴉藝術家的其中一種想法，這並不一定是我們發展塗鴉風格的唯一方向，畢竟街頭塗鴉風格五花八門。記憶中也不算出現過風潮。在臺灣，有不少塗鴉藝術家把英文塗鴉名字寫成中文諧音，像 Amos 寫成阿默斯、Ano 寫成阿諾等，相信都曾經把中文名字寫成塗鴉作品。在中國，偶然也會有寫漢字塗鴉交流，例如幾年前湖北的「粮道智造」團隊曾舉辦過一些漢字塗鴉手稿的線上活動，可惜都沒有一直延續下去形成風潮。近年中國寫中文比較多的還有 Touch、Zeit 和陳十三（Mora）等。

塗鴉是國際文化，而不懂中文的外國人在看中文字體塗鴉時，會特別想要知道字本身的意義嗎？還是看不懂也沒關係，美才是最重要？

這個問題我也曾經問過不少外國人。由於寫中文字的塗鴉藝術家並不多，所以目前並未有外國人看到中文塗鴉後很想去了解那個字本身的意義。不過，在 2010 年的時候，我在個人網站上發表過一篇〈中文字體塗鴉〉的文章，內容主要是全中文寫上我對中文塗鴉的看法和一些相關作品，結果有朋友告訴我，那篇文章被一位很有知名度的丹麥塗鴉藝術家 Bates 的博客（部落格）上轉載了，這是我最難忘的事情之一。

對我來說，創作中文字體塗鴉時，字義也很重要，我們並不只是表現字的美，其實這也和中文書法相似。中文書法題字，也會是一些勵志的字，或是一些座右銘，很少會題一個完全沒有意義的字吧！我在創作中文塗鴉時，多數會畫一些社會有關的詞或能引起共鳴的事情，以及一些香港本地文化有關的字。像我寫過關於香港茶餐廳文化，因為茶餐廳的服務員都習慣創造一套茶餐廳語言，會混合中、英、繁、簡、同音甚至近音字組成，務求短時間內把食品下單。我寫了其中一個例子「叉旦反冬央」（即叉燒雞蛋飯、凍鴛鴦）。

「叉旦反冬央」的塗鴉，濃濃香港味。

依據作品使用媒材不同，有時需要使用電腦輔助。

關於媒材，您的作品不只有大型畫在牆壁上的，還有匾額、照片拼貼等，在創作方式上有什麼不同嗎？

使用的媒材不同，在創作方式上也有一點分別。大型壁畫全用噴漆手畫，其他作品很多時候會用上電腦幫助，方便輸出。

對於 3D 中文立體塗鴉的興趣是因何而來的呢？3D 塗鴉在閱讀性上會不會很難掌握，您的作品如何兼顧美觀和閱讀性呢？

3D 是塗鴉的其中一種風格，就是在平面上呈現立體，除了表現立體，還需保留它的可讀性，所以在創作上更困難。我的 3D 塗鴉作品都是以可讀為首，風格（可以解讀為立體化、走勢、感覺、美觀等等）為次。

畫面綜合不同文字與繪圖元素，構圖複雜，但主視覺文字「九龍城」輪廓清晰。

以 3D 立體浮雕呈現的「福」字。

服裝產品上有著「茄旦反加底」的塗鴉圖案，帽簷下方則有著「塗鴉」字樣。香港塗鴉工作室的傳統匾額上也有著現代塗鴉，再加上公仔，十足混搭風。

長久被視為次文化的塗鴉走入官方對外交流的大堂。AWS 參與拍攝「見・識香港『創意無限』」的宣傳短片,在一般視為「正式場合」的學校牆壁上進行塗鴉創作。

您覺得塗鴉和日常生活的關係是什麼?

其實是簡單的愛好,也可以代表自我的一條出路。日常生活吸收題材,自我思考後以不同風格的塗鴉字體釋放出來。

您還有製作其他產品,如 streetwear、figures,會有加入漢字的創作元素嗎?對「次文化」與漢字的結合有什麼看法嗎?

會,剛剛最新的衛衣(大學 T),就從前面提及的「叉旦反冬央」改為「茄旦反加底」(即番茄雞蛋飯,加多一些飯),原因是剛巧聯想到一部周星馳的電影《喜劇之王》。還有一系列的玩具名叫「吉祥三寶」,我也是用中文塗鴉字寫成玩具系列 logo。

您對中文字體塗鴉設計上的表現感到樂觀嗎?還是認為很難突破西方主流文化的限制?

我對中文字體塗鴉設計方面是感到很樂觀的,因為我們正在創造西方人暫時做不到的事情(除非有喜歡研究中文字及畫塗鴉的外國人出現),其實我很樂於繼續研究這個嶄新的文化,是中西方傳統文化結合出來的新事物。

CHAPTER 28

美感細胞的教科書再造
——讓孩子接觸到不一樣的美

採訪整理／邱鐘義　攝影／周致

教育現今充滿許多跨界的可能，美感教育碰上漢字啟蒙可以蹦出什麼新滋味呢？

> ❞
> **我們希望**
> **能有更多元的選擇，**
> **讓孩子能接觸到**
> **不一樣的美感。**
> ❝

美感細胞

由三位交大學生（張柏韋、陳慕天、林宗諺）所創立，想要藉不分貧富城鄉人手一本的教科書，將美帶到全臺灣每一個角落。

你小時候上學時的教科書漂亮嗎？有色彩繽紛的圖案跟豐富的遊戲嗎？面對這個問題，大部分人的答案應該都是否。但是這幾年，有一小群的孩子可能會大聲的跟你回答有，因為他們所用的教科書，是由美感細胞團隊所提供的美感教科書。美感細胞是由三位和教育或是設計都搭不上邊的交大學生所創立，宗旨是想要將美帶到全臺灣，他們所推動的美感教科書計畫，正悄悄地改變臺灣的教科書，同時也悄悄地改變臺灣。

教科書站在學齡孩童接觸漢字啟蒙的第一線，對於漢字的學習有巨大的影響力，恰好美感細胞的美感教科書一開始也是由國小國語科著手的，因此編輯部特別訪談了美感細胞團隊的陳慕天（左圖左）和張柏韋（左圖右），請他們談談美感教科書計畫和漢字的啟蒙教育。

想請問美感細胞團隊的緣起，以及為何鎖定教科書作為傳遞理念的第一步？

起因是我們三個（張柏韋、陳慕天、林宗諺）在大學時期都參加了交換學生的計畫。我們到歐洲半年，回來後不約而同地覺得，歐洲很美，美在一些小細節跟小地方，說不出來但就是覺得美。後來討論了很久，得出來的結論是歐洲人的美感教育做得很好。於

是團隊就成立了，剛開始的目標是把美帶到臺灣，我們討論過很多種把日常生活的臺灣變美的方法，像是城市建築規畫或是廣告招牌設計等等。但是對三個大學生而言，這些都是短期內不可能達成的任務，我們很認真地去問過相關人士，發現這些連政府這麼龐大的力量都沒辦法做到，更別說是我們了。

經過一次次的淘汰跟選擇，最後選定了教科書作為改革的第一步。原因有很多，最現實的就是教科書是相對便宜的選項，是我們可能還負擔得起的。再來教科書是學齡孩童每天都要接觸的東西，我們認為從日常所見之物著手，成效會更好，況且亞洲地區對於教科書有一種迷思，認為學校教的就是對，因此從教科書開始把美感帶給大家就成了我們的第一步。

那麼對於舊有的教科書，是覺得有哪裡不夠美嗎？

若是在計畫剛開始的時候，我會跟你說對，教科書很不美。但是隨著這幾年的成長，我們慢慢體認到，沒有絕對的美或者是不美，今天的美不代表二十年後還是一樣美，現在不美的東西以前或以後也未必不美。在深入了解舊有教科書的製作流程後，我們發現到，與其說是舊教科書不美，倒不如說是舊教科書只提供了單一的一種美，我們希望能有更多元的選擇，讓孩子能接觸到不一樣的美感。我喜歡拿吃東西來做比喻，牛肉再好，你三餐都只能吃牛肉也是會膩的。我們

希望的是端出火鍋來，想吃什麼東西的鍋裡都有，都可以一起來吃，而不是端出另一道菜色來取代牛肉，這樣遲早有一天我們的美感教科書也會被取代。

我們把自己的教科書稱作美感教科書很霸道，好像只有我們的版本才是美的，其他的都不美，其實不是的。只是用這樣的名字比較能夠吸引其他人的注意而已，我們沒有貶低其他教科書美感的意思。也許有人會說現在不是以前只有部編本的年代，有各種不同版本的教科書可以選擇，但是很多人不知道的是，在課程綱要當中，其實對於教科書的字體、用紙、插圖等等都規定得十分細緻。標準楷體並非不漂亮，但是若能讓孩子接觸到更多不同的字體不是也很好嗎？現在各家出版社的教科書，受限於規則，其實長得都還是差不多的。

你們第一波的美感教科書是從國語開始的，漢字啟蒙教育跟國語課本息息相關，對國語教科書有什麼看法嗎？

我們的教科書對於內容沒有做任何更動，只是在插圖、配色跟設計上做一些改變而已。為了做教科書，我們幾個也曾經下過功夫去研究兒童藝術成長心理學，在那當中，我們學到了所有的教育一開始都應該是要引起學生的好奇心為主。我想國語課也不例外，尤其漢字的書寫是比較枯燥乏味的，那麼更應該讓學生感到有趣，才不會以後視寫字為畏途。

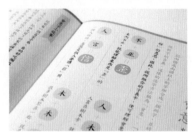

一下國語的筆畫貼紙與扇面拼貼區，讓孩子擁有一本封面由自己「設計」的教科書。

美感國語課本是跟康軒合作，請他們授權課文內容讓我們使用。我們在一年級下學期的國語課本中就有加入一些遊戲的元素在內，提供了一頁的筆畫貼紙及一頁的空白扇子，讓小朋友自己在扇子上用貼紙貼出字來，看得出來小朋友們都玩得很開心。雖然有些貼出來的根本不算字，但是至少他們不排斥接觸了，還有些小朋友貼出圖來，小孩子的創意總是讓人吃驚。在五年級的課本中，配合課程內容中的六書原則，我們也在封面上做出改變，填字遊戲讓小朋友練習學到的六書原則拼字，我想這些應該可以讓小朋友們對漢字多一點好奇心，也更有興趣和意願去學習漢字吧。

美感細胞團隊未來的打算為何呢？

我想團隊目前在製作實驗性質的美感教科書方面已經取得了一些成績，但是我們的教科書目前只能是實驗性質，如果送審的話絕對過不了關，因為剛才有提到的那些對教科書

中年級的孩子開始有空間概念，插畫家特別用俯視角度呈現雨傘，試圖引導學童感受不同視角的空間感。

五下課本中講解六書原則的課文。

的規定。其實這些規定當初在制定時都是善意的，像規定教科書用紙只能用銅板紙，銅板紙在那個年代是很貴的，當初的這些標準其實都是高標。但是隨著時間過去跟社會的進步，高標慢慢變成低標了，標準又沒有去更改。因此，我們現階段希望能引發更多人對這個問題的關注，透過國教院、立法院等單位，在體制內鬆綁這些規定，再由現行的教科書出版社來製作出有不同風格與美感的新教科書，畢竟在這方面他們才是專家。

至於團隊，未來想要從事的目標可能會是研究，在製作美感教科書的過程中，我們也發現很多值得去研究的問題，像是多少磅數的紙比較適合低年級的孩子，讓他們在寫字的時候不容易寫破紙，又或是怎樣的配色可以顧及到最多色盲的孩子等等。我們希望能繼續研究這些問題，對教育以及臺灣的美感持續做出貢獻。

貼心的封面摺口還有書籤的功能，可以標記課程進度。

五年級的封面結合「六書造字」概念。你能由木開始拼造新字，一路組合到力嗎？

用不同顏色標出生字部首，讓小朋友更容易學習。也特別考慮色盲色弱學生的需求配色，在紅色中攙入了橘，避免閱讀障礙。

書名「國語」字樣採用局部泡泡龍的印刷加工，觸感特殊，並且選用有別於以往的封面紙質。

改造後的魔鬼細節

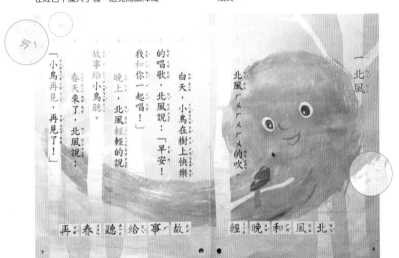

〈北風〉課文，課文上方有行數標記，方便老師教學使用。插畫角落藏了課文密碼「友愛」，你找到了嗎？

CHAPTER 29

新一代漢字是這樣練成的

——來字哪裡、華力創意、一間印刷行的玩創文字世界

採訪整理／邱鐘義　攝影／周致

當代漢字除了作為文義的載體外，還有些什麼功能？本單元邀請在漢字文創上默默努力的
一些團隊，請他們分享走這段路的過程以及對漢字與漢字文創的想法。

> "
> **產品雖然是我們設計，**
> **但是使用上的巧妙**
> **是關乎個人。**
> "

來字哪裡

2017 年以「組字印章」獲得德國紅點設計獎新秀賞，
只需要六個印章就可以蓋出所有的漢字。

六個小小的、透明的印章，看起來不太起眼，像精巧的小玩具，但是很難想像，光靠這六個印章就可以蓋出「所有」的漢字來，《康熙字典》中任何一個字都難不倒這六個印章。更厲害的是，這套「組字印章」2016 年得到了金點概念設計獎，隔年更獲得德國紅點設計大賞新秀獎的肯定。

這組印章的創造者「來字哪裡」團隊，一直以推廣正體中文字為目標，他們是怎樣想出這組作品，對於漢字又有怎樣的想法，今天我們就來好好的向王蔓霖（左圖左）和王介盈（左圖右）這兩位創辦人問個清楚。

你們接觸文字的契機是什麼？

是從學校的文字設計課程開始的。高中我們就讀於設計相關科系，那時候就有這樣的課程，要求我們手繪文字，了解其規則。那時是初次接觸文字設計，比較像是摸索階段，雖然每天接觸中文字，卻從來沒有深入去了解。是到大學時期上了姜彥竹老師的字體設計課程後，深深的吸引了我們，才開始喜愛這門藝術，去深究每個漢字造形的由來和其背後的故事。

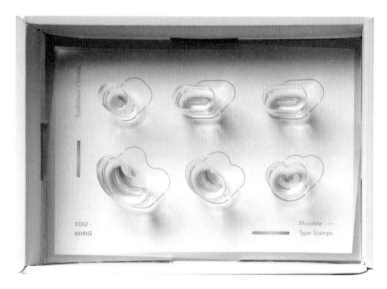

六個小小的透明印章可以蓋出所有的漢字。

為什麼想到要製作組字印章？

字體設計課程上有很多同學都選擇做電腦字型，但是我們覺得多數的字型設計較局限在平面上，並且欠缺了一份互動性，因此想要做能有互動的產品，而非單純按一個鍵而已。這是我們那時的畢業作品，我們投入了很多的想法在裡面。

開發過程中有受到什麼鼓勵和打擊嗎？

因為是畢業作品，老師自然是鼓勵居多，同學也都是從事設計相關，比較能夠了解作品設計的概念，在他們身上獲取到的比較多的也是鼓勵。但是出社會後就有很多人質疑這組印章可以用來做什麼，認為蓋出一個字來要這麼久，並不實用。但是，我們的組字印章並不是講求快速和實用的，而是想要讓使用者在蓋字的過程中重新體驗到文字的樂趣，也由於蓋字是比較緩慢的過程，希望讓使用者享受到慢活的感覺。這些是在設計階段遇到的問題。

到了產品化階段又是另外一種問題了。找工廠、開模、找師傅這些對我們都是全新的體驗。很累人，但也很有趣，要去接觸很多之前從來沒有接觸過的事物。

比較幸運的是我們兩人的家人都給予全力的支持，這讓我們比較沒有後顧之憂。

漢字的基本是永字八法，那你們是如何將永字八法簡省為六個印章的？

主要是利用了印章的可旋轉性，將永字八法中的橫跟豎變成一個圖樣，同理也將撇和捺合而為一，再配合上其他點、鉤、挑等筆法做出我們的組字印章。不過我們沒有特別給每個印章取名字，因為不想帶給使用者刻板的印象，如果我們把其中一個取名為「橫」，可能使用者就只會拿它來印橫畫了，這樣反而扼殺了自由組字的創意。

設計產品時是以剛學習漢字的小朋友和外國人為目標，那實際的銷售上有達到期待嗎？

買給小朋友的家長很多，買給學生的老師也不少，不過客戶的國籍有時就不太好分辨。在展覽銷售時，我們有發現會來試用產品的客層很廣，各種年紀的客人都有，我想這和年齡無關，只要是喜歡漢字的都是我們希望推廣的客群。不過比較訝異的是客人不只有年輕人。

在展覽銷售時有沒有比較令人印象深刻的事？

有一次在華山藝文中心展覽，有一位老師帶著她的學生來我們攤位上參觀。她的學生大約都是國小國中年紀的特殊生，對這群孩子而言，寫字是一件比較有障礙的事，又比較容易受挫。在試用我們的組字印章之後都很喜歡，會賴在攤位上不想走，一次又一次的蓋，那時我們就覺得很感動，原來我們的產

印章組裡包含節日小卡與練習小卡，方便使用者運用。

品還可以以這樣的形式幫助到需要幫助的人。也跟我們當初設計產品時的理念相合，就是可以提升字與人之間的互動。另外就是有陸客來蓋簡體字，或是外國人蓋出他們自己的文字。我想產品雖然是我們設計的，但是使用上的巧妙是關乎個人的。我們遇過很多客人在使用時蓋出我們自己都無法想像的作品來，雖說我們取名為「組字印章」，但是也不一定要用來蓋字，我們看過蓋出騎馬打仗圖的，真的非常厲害。

有觀察過關於蓋字的「筆順」這回事嗎？會不會有很多人堅持照筆順蓋？跟年齡有關嗎？

有耶，我覺得這跟年紀比較無關，是和地區有關。像是香港跟臺灣雖然都是使用正體中文字，但是我們觀察到，臺港兩地年齡相近的人，在使用印章的時候也有些許不同。我們感覺香港人在使用時是比較會跳出框架，他們蓋起來不一定會照筆順，甚至會蓋出格子外。我想這跟當地的文化傳統有關。我們

不希望印章只被應用在蓋字上面，而是成為創作的工具，讓每個人都能透過印章發揮自己的創意。

有遭受到批評嗎？

也是有，有的人對產品有些誤解，會認為何必用到六個印章，有些筆畫簡單的字用一兩個就可以蓋出來了，所以只想購買其中一兩個，但是我們希望的是能蓋出所有的中文字。也會有人認為一個點就可以蓋全部了，但是這樣又太麻煩。另外常聽到的批評就是覺得蓋一個字要太久，不實用等等，也有人認為這樣是破壞了漢字原有的美感，或是讓傳統書法中的力與美喪失。我想組字印章也許沒有辦法蓋出傳統書法的一些美感，但是相對的也可以蓋出書法當中沒有的一些東西，印章其實也有參考書法的筆畫來設計，但這畢竟是有限制性的，不可能像書法一樣擁有氣韻筆墨飛白的傳遞，不過在空間感和結構上，就端看使用者自己的表現了。力道上我想藉由印章之間重疊蓋的部分多少也可以表現，或許不像傳統書法那樣美，但也不是完全沒有美感。而且我們的目的並不是要複製書法的美，而是藉由像遊戲一樣的蓋章來引發對於漢字或是寫字的興趣。

請兩位分別談談最愛的漢字，以及對漢字未來的希望。

蔓霖｜有人問過我我最愛的中文字是哪一個，我想我對所有的中文字都喜歡，但是我有特別印象深刻的字，就是「木」這個字：單木為木，雙木為林，三木就是森林了，我想中文字的樂趣就在這裡。正體中文字是我們的母語，但我們卻那麼晚才發現漢字的美。我希望能讓更多人看到、了解中文字，特別是正體中文字的美。也希望正體字不要消失。

介盈｜我很喜歡「愛」這個字：中間有個心，代表愛與心有著互相的關係。其實愛很抽象很難去表達，每個字都有它的故事性與意義性，這也是文字有趣的地方，希望大家都能感受漢字的美。

聽起來兩位對漢字的未來很有抱負。

其實是希望在未來漢字文化不會隨著時間而消失。且能透過我們的努力提升大家對正體中文字的興趣，從體驗中了解正體中文之美。

還有以漢字為核心的產品發想嗎？

有。但是不好意思，請讓我們賣個關子，暫時保密。

" CHiNGLiSH
是一座連結東西方
文化的橋梁。"

王九思

華力創意總監,新銳時尚藝術家,自創 CHiNGLiSH
字體,將漢字與拉丁文字糅合。

Chinglish 在英文中指的是中國人說的英文,有獨特的腔調和漢語文法,其實有貶低的意思,但是偏偏有這樣一個人,將 CHiNGLiSH 當作自己品牌的名稱,用他獨特設計的、夾雜著英文字母的漢字,企圖連結兩個世界,扭轉 Chinglish 在外國人心中的形象。他是時尚藝術家王九思。

踏進位於臺北市敦化南路上的華力創意辦公室,首先看到的就是公司的宗旨「玩文化,創文字,舊傳統,新概念」以獨特的 CHiNGLiSH 字體呈現。這種以漢字為基礎,混合了英文字母的字體正是我們到訪此處的原因,想請王九思跟我們談談他對漢字的想法和設計這種字形的理由。

想先請您談談是怎麼設計出這樣獨特、又可以讓中文世界和英文世界的人都看得懂的字體?

我想這跟我的背景有關。我在臺灣出生,但是五歲時就搬往美國,成長和受教育都在美國,由於出生的東方背景,因此在我從事設計和藝術創作時,總希望能夠融合東西方元素,不過一開始並沒有想到由文字入手。直到 2011 年,我有一個機會和巴黎瘋馬秀合作,在他們的舞者身上創作,當時我想做的是《西遊記》裡的妖精。我以白骨精、蜘蛛精、鐵扇公主和狐狸精為主題,以漢字呈現這幾位妖精的名字。當時我突發奇想,將「妖精」兩字拼音 YAO JING 的縮寫 YJ 融入在漢字當中,這次的作品開啟了我後來融合漢字和英文字母的想法,算是 CHiNGLiSH 的前身吧。不過融入的英文是字首拼音,還無法讓外國人看懂,跟現在的 CHiNGLiSH 還是有差距。真正做出的第一組作品是「愛」和「幹」這兩個字。

我有想過為何自己能做到別人都無法做到的融合漢字與拉丁字母,最後的結論可能跟

我不會寫漢字,但卻又看得懂漢字有關。對我而言,母語其實是英文了,中文只是第二語言,因此我在看漢字時比較沒有包袱,可以將漢字拆解成單純的線條,再融入創作當中。現在我跟其他設計師一起創作CHiNGLiSH 的時候就有發現,會寫漢字的設計師會依照筆順去書寫,我想這多多少少會造成一些局限。

2011 年與巴黎瘋馬秀的合作,結合字母 YJ(妖精)與各妖精的漢字名,算是 CHiNGLiSH 的前身。圖為白骨精與鐵扇公主。

CHiNGLiSH 和您作品中一貫融合東西方元素的概念相符合，對於 CHiNGLiSH 有什麼樣的期許嗎？

CHiNGLiSH 和我之前的作品不太一樣。之前的作品是一次性，為主題而設計的，但是CHiNGLiSH 是一個未完成的作品。漢字有一萬多個，我們目前設計出來的還不到二百個，我希望能夠做出更多的字，這會是一條很漫長的路，目前一個漢字快的話要三天，慢的話可能需要一週才能設計好，但是我們會堅持下去。在我的想法裡，CHiNGLiSH已經不只是融合東西方元素而已了，它可以成為一座橋梁，連結東西方文化，讓外國人可以藉由它熟悉漢字的字形。我並沒有奢望讓外國人透過 CHiNGLiSH 來學習漢字，只希望讓他們不排斥漢字，如果能因此產生對漢字或中華文化的興趣那就更好了。有些紐約的朋友也認為好好發展的話，CHiNGLiSH甚至能形成像是塗鴉一般的次文化。

目前 CHiNGLiSH 在市場上的反應好嗎？

大體上的反應都很不錯，不過很遺憾的，在歐美市場的接受度是較高，可能是因為歐美對於漢字一直有不錯的接受度吧！反倒是在亞洲市場的反應沒有想像中好，日本和韓國雖然有漢字文化，但是他們已經逐漸放棄了漢字，因此反應不佳還在預期之內，香港的接受度還可以。比較訝異的是臺灣地區的接受度反而不高，不知道是不是因為一些政治因素的影響，至於大陸和新加坡地區，因為我堅持 CHiNGLiSH 必須以正體中文為本，

因此反應很兩極，看得懂正體中文的都覺得還不錯，但是只看得懂簡體字的人接受度就很低了。不過也沒有關係，我也不是想要全部的人都接受。

未來對 CHiNGLiSH 還有什麼樣的規畫？

我想 CHiNGLiSH 是一個概念，我們會持續運用設計出來的字形從事藝術或是設計方面的創作。之前有和 Room 101 聯名設計的銀飾系列，也曾經和大陸方面合作設計《星際大戰》（大陸翻譯為《星球大戰》）的系列商品。未來會推出時尚品牌，也會有服裝設計跟家具設計方面的企畫。不過最重要的還是持續設計出更多的 CHiNGLiSH，如果設

真正的第一組 CHiNGLiSH 作品是「愛」和「幹」，結合了漢字與英文單字。圖為與 Room 101 合作的飾品。

2016 年在臺北當代藝術館展出的空間裝置作品〈CHiNGLiSH Rules The World〉，CHiNGLiSH 字體滿布空間。

計得夠多，往電腦字形等方面進行也是有可能。現在的 CHiNGLiSH 在字體上是有規範的，漢字的部分我是選用明體，英文的部分則是哥德體，選用這兩種字體的原因是我本身比較喜歡華麗的風格，我想先用這樣的規範來創作 CHiNGLiSH，等到創作出來的字形夠多時，才會考慮要不要更換基礎字形。

對您而言，漢字的意義為何？對於漢字和漢字文創的未來又有什麼想法？

其實就像剛剛說過的，一開始漢字，或者說中文對我而言只是一種第二語言，並沒有特別的想法。不過開始 CHiNGLiSH 的創作後，隨著接觸的增加，我越來越覺得漢字很有趣，背後的文化意涵也很豐富。至於漢字以及漢字文創的未來，我認為都必須要走出去，目前漢字文創不好推廣，有部分原因跟創作者

還是將漢字視為文字有關。如果不將漢字視為文字，而是當作一種圖騰的話，商品也不用局限在了解漢字文化的客群了，可以走向國際，我認為漢字和漢字文創的未來是在國際市場上，而非限縮在漢字文化圈當中。

由「星球大戰」和「Star Wars」組成的 CHiNGLiSH 文字。

只要還有人在用，
字就是活的。

顏宏霖

一間印刷行老闆，產品「一張名片——隨身活版印刷機」將傳統工藝隨身化。

臺北市重慶北路的巷弄中，隱藏著一間有著奇怪名字的咖啡館，這間以「一間印刷行」為名的小店內有復古的偉士牌機車、手製的木頭家具、花窗玻璃以及兩臺鑄字機，就在這樣的環境當中，我們見到了這次訪談的對象顏宏霖。

初次和顏宏霖見面時，只見他手上拿著一個木頭小盒，仔細擺弄一陣後將一個金屬蓋子蓋上，再一壓一推後，就像變魔術一樣，一張現印的名片就神奇地出現在手中，這就是顏宏霖開發的「一張名片——隨身活版印刷機」。

活版印刷術已經有上千年的歷史，但是近年來不敵電腦排版跟列印的快速方便，已經逐漸走向歷史，但是在這臺隨身活版印刷機上，我們彷彿看到了古老工藝的復甦，原來不用到印刷廠，在家裡就可以運用鉛字排版印刷，體驗到文字的重量以及古人的智慧。

請問是什麼時候開始對漢字或是印刷術產生興趣？

其實我之前並不常接觸漢字，平常也都使用電腦打字列印，直到就讀臺大城鄉所時期，有一門產業調查的校外實習課，需要選擇產業貼近觀察，當時我選的是日星鑄字行。在日星才第一次發現文字是非常具體跟有重量的，和電腦或是手機上的文字有很大的不同；日星就像三維的字典一樣讓我接觸到字的世界，那種老工藝也深深的吸引了我。

那時就有想過能不能用漢字或是印刷術來做些什麼，不過還沒有很具體的想法，直到後來觀察市場需求後才想到要來做隨身的活版印刷機印名片。我們體認到這門技藝雖然優美，但是也的確沒有現代科技方便，所以我們想要做日常生活經常會用到的東西，體積又不能太大，最後想到的就是名片。另外我們也結合了凸版印刷的技術，可以印出圖案，因為名片上常會需要公司行號的商標，商標圖案只用鉛字是沒有辦法做出來的，凸

「一張名片──隨身活版印刷機」，木頭小盒裡宛若藏著神奇魔法。

版印刷還可以解決鉛字中所缺乏的罕用姓名的問題。

為什麼你們會向購買者提供免費的教學課程呢？

我們的產品不像杯子或碗筷，一看就知道要怎麼用，因此對於購買產品的客戶，我們有附贈使用教學課程。我們首先教授的就是活版印刷術的原理，不懂這個就無法使用產品，之後才是產品的使用說明。我想透過這樣的課程多少可以將這種傳統工藝和文化稍微傳播出去吧！此外，我們也可以近距離接觸到客人，其實滿出乎意料的，之前設想的客群是以年輕人為主，但是實際在銷售上中年人大約占一半，年長者和年輕人各四分之一左右。尤其是很多年長者，可能之前曾經從事印刷這一行，購買產品對他們而言是一種情懷。後來我有想過，年輕人對名片的需求度不高，而且可能根本不了解什麼是活版印刷，偏高的單價也可能是讓他們卻步的原

因，不過來上課的還是以年輕人居多，算是有把種子傳播下去吧！

我們從課程中也收到了很多反饋，有些年長者會分享很多我們不知道的東西，像有一次一位從事中文打字業的客人跟我們談起，我們才知道在中文電腦出現之前，還有中文打字機這種東西，這也算是一種教學相長吧！

對產品未來還有怎麼樣的規畫？對漢字文創的未來樂觀嗎？

其實市場沒有想像中的好，而且我很怕這只是一窩蜂的風潮，等熱度過了就完了。目前在產品改進上是希望朝兩極化發展，高單價的部分會加上更多的傳統工藝，結合大稻埕地區的傳統木工、金工，推出更有質感的產品；另一方面則是便宜化，用環保塑膠代替木材，做出更輕、更便宜的產品，希望能吸引更多年輕人購買。

研發更多的版型也是我們努力的目標，畢竟要從一片空白當中排出自己想要的版型是一件很累人的工作，我們製作的版型可以縮短這方面的時間，讓更多人不會因為排版受挫而喪失興趣。

我也希望能透過跟學校的合作，讓學生能接觸到我們的產品，想想這樣一臺隨身活版印刷機，不論在歷史課、國文課、物理課都可以用得到。在教印刷術時，讓學生自己印一次絕對比單調的課文更令人印象深刻。在新產品的規畫上，未來也有朝隨身造紙機發展

的想法，讓名片從紙到印刷都可以自己來。

對於漢字文創，我想我還是抱持著很樂觀的態度，現在年輕人願意朝這方向努力的人越來越多了，也有很多不一樣的發想，只要還有人在用，字就是活的，就擁有無限的可能性。

「黑角」也是一間印刷行特別研發的產品，以環保塑膠射出製成，用來取代一般活版印刷中填充空隙的鉛角，更輕也更環保。

隨身活版印刷機的使用說明書。

隨身活版印刷機的印刷步驟

首先要做的是製版，擺放金屬活字跟填充空隙的黑角，將活字固定在所需要的位置（若是覺得製版困難，一間印刷行也有特製的版型可以縮短排版的時間）。製好版後將版型鎖緊在機身上，輕輕地塗上油墨。接著將紙片稍微彎曲以後固定在軌道上，並用尺規調整到適當的位置。再來蓋上金屬壓力蓋，用力按壓後輕輕將壓力蓋拉回，印好的名片就會出現在滾輪上了。

CHAPTER 30

徜徉於數位空間的文字魔法師
——專訪數位藝術家黃心健

採訪整理／邱鐘義　攝影／許育愷

漢字在黃心健手中從平面走向立體，在空間中變換，以新穎的方式帶出「認識字」的最初喜悅。

> 由不懂到懂的過程
> 是一段非常奇妙的轉變，
> 會有一種
> 對世界探索的感動，
> 令人狂喜。

黃心健

學的是科技，玩的是藝術。既是 SONY PS2 遊戲的藝術總監，也是政大傳播學院的教授。不曾停下嘗試結合藝術和科技的腳步。2017 年以《沙中房間》獲得威尼斯影展最佳 VR 體驗獎。

請問是從何時開始將漢字元素加入藝術創作當中，其中的發想又為何？

應該是 2003 年開始吧，當初的想法是以前在國畫當中，除了畫作本身以外，題字也是整個藝術作品的一部分，有時好的題字更會為作品增色。漢字本來就是一種象形文字，因此對中國之前的藝術家而言，字跟圖之間的界線並不像西方那樣涇渭分明。或是像國畫中繪竹的筆法，其實就是由寫字的筆畫轉變而成的。另外以設計的角度來看，像是椅腳這種中國傳統家具的線條，我認為也是從書法中轉化而來。所以我很喜歡將一些書法的筆畫加入我的作品當中。最早採用這種作法的應該是 2003 年的作品《心之鯉》，這是個互動裝置，當中的魚是由一個一個的「心」字組成。這雖然是一個新媒體作品，但是回到剛剛我們所說的中國傳統藝術來看，在欣賞畫作時，畫本來是很具象的，但

是當畫作中有文字存在時，畫本身又會轉為抽象的存在，這種具象與抽象、虛跟實之間不停的轉換，我覺得是一種非常有趣及美麗的藝術呈現。

雖然剛剛說到文字本身就是一種圖像存在，但是您作品中的漢字似乎大部分都還是有意義的文字，而非單純的圖像是嗎？

我想對於能夠讀得懂中文的人而言，漢字首先還是載意的工具，因此如果在作品中放入漢字，漢字會變成他們首先去關注的東西。觀眾會試圖去了解這些字的意義。但是在我的作品中，這只是漢字的第一層意義，也就是字義本身，如果觀眾再深入的去看作品的話，會發現漢字還有其他的意義存在，像是用漢字構成圖形等等，因此觀眾可以一層一層的去解讀這些字在作品當中的含義，賦予作品更多的層次感。另外在影像和文字的結合中，若是影像和文字表達的意義相同，當然是一種意思，但如果兩者不同呢？又可以創造出一個完全不一樣的想像空間來。像是比利時畫家馬格利特（René Magritte）的一系列畫作，就是著名的「圖文不符」，倒也是另一種趣味。

在作品中，您偶爾也會使用西洋文字，同樣是文字，跟漢字運用起來有什麼差異嗎？

雖然我的母語是漢語，但是我開始學習設計是在國外，因此是透過西方文字去了解設計的內涵。對我而言，西方文字反而是我較早去了解其情形與設計運用的，我甚至是在了解這個字的含義之前，就先去解讀它的線條跟比例了。我覺得在設計的領域中，西方的字母像是布料上的花紋，有比較多的 texture；而漢字受限於方塊字，因此不論字體怎樣改變，巨觀來說都還是很相近。我認為西方的文字在圖像上具有比較大的設計空間，西方文字不一定是對稱的，也非方塊字結構，所以在排版上的變化較多。因此，不可諱言，西方文字具有較多設計上的元素讓設計師操作。但漢字也有它獨特的優點，像是漢字每個單字都有它獨特的意義，這點上西方文字也有類似的字根，我想我們不用分出優劣，可以將漢字和西方文字彼此應對，重新思考我們的文字和對方文字的優缺點。

以漢字作為藝術元素的發想跟您在國外留學的背景有關係嗎？

當然是有一定的關係。我想在國外的過程會讓人重新以另一種角度去思考、回顧自己出身的文化，甚至有時你去看其他語文對於中華文化的看法，會比用中文更好理解。因此，這種對文化的反思多多少少影響了我創作時的發想。

您認為漢字獨特的美學在哪裡？

漢字有很多美的地方，像是剛剛說到方塊字是漢字的一種局限，但是像草書就完全打破了這種限制，也不一定需要對稱，這讓草書

在排版時感覺就像一幅畫。我以前創作時曾有過一個發想，把草書的寫作過程當作一個有機的生物，在一個空間中不停的游動與行走。這種有機性在西方文字當中比較欠缺，西方文字的草書仍有其一定的規律性，但漢字的草書打破了很多文字規則，是非常具有藝術性跟美學的作品。

您作品中的漢字似乎仍以印刷體居多，有特別的含義嗎？

其實就是我自己的字寫得不好看。不過我也有跟一些書法家合作，將他們的字體放進我的創作當中。像是《支離疏》這個作品就請到張光賓老師為我們揮毫。也因為我自己覺得字寫得不好，因此比較倚重印刷體，甚至在研究所時期還想過來設計中文字體。不過西方字母才二十六個，加上大小寫不過四十來字，對一個設計工作者而言是個不算太難駕馭的數目。但是漢字不一樣，光常用的字體大概就有三千個左右，要設計一整套字體是過於浩瀚的工作。我常常在想現在的科技像是 AI（人工智慧）或是軟體能不能幫助設計師來設計這樣一套字體。現在漢字的印刷字體跟西方比較起來真是少了太多，我認為印刷字體是一種文化傳統的呈現，但是現在做漢字字體的都是商業公司。如果能吸引更多人來參與字體設計，對於固有文化傳承一定有幫助，以漢字作為藝術創作的空間也會有爆炸性發展。

您的作品不只在國內展出，也在國外享有大名，那國外看不懂漢字的觀眾對於作品中的漢字元素有怎樣的評價或看法呢？

這個問題我有問過一些國外的藝術家朋友，其實像是亞洲傳統的書法藝術也有面臨過一樣的問題。于右任的書法對我們來說是珍貴的藝術寶藏，但對於不懂漢字的外國人而言，文字不通的確形成了阻礙。不過像是草書，西方人雖然不懂文義，但會將其視為抽象藝術來看待，觀賞其線條、比例、布局等等。至於我作品中的漢字，則是希望能夠讓觀眾找回「認識字」的那種最初的喜悅。

什麼是「認識字的喜悅」？這部分可以再多加說明一下嗎？

舉個例子來說好了，我以前陪小孩看《芝麻街美語》，小朋友學會了 danger 這個單字，然後他就自己編了一首歌，就一直重複這個單字，一直在唱怎樣的事物是危險的，對於學會這個字充滿喜悅。現在我們看漢字都很習以為常了，大部分的時間就是眼睛掃描過去，知道在說什麼就好了，我希望能夠讓人找回剛剛認識這個字時的感動。小時候剛學會一個字時，會有一種在這個我都看不懂的世界中認識了一個字的感動，然後會不停的在書中、報章雜誌中去尋找這個「我懂」的字，我覺得這種由不懂到懂的過程是一段非常奇妙的轉變。會有一種對世界探索的感動，令人狂喜。我希望外國觀眾能夠藉此認識到一點點漢字的世界，能令他們有這份感動。

《心之鯉》當中的鯉魚由「心」字組成。（圖片提供：黃心健）

漢字仍是屬於 2D、平面的字，那在新媒體藝術中是怎樣將平面的字轉為立體應用的？

我舉這個文字方塊為例好了，像是這個中文方塊（見 234 頁圖），其實就是一個 3×3×3 的魔術方塊，上面有不同的漢字，扭轉方塊就可以拼湊出不同的詞來，這是我們之前公司天工開物設計來送禮的一個小產品。漢字的特色之一，就是可以組合不同的單字形成新的語詞，只是之前我們都在二度空間當中來進行，現在把這個概念弄到魔術方塊上，就是三度空間了。我們平常玩的字謎等等文字遊戲也可以透過這種設計讓其立體化，創造出無限的組合。

您作品中經常出現文字的拆解、四散、重構，有什麼特殊的意義嗎？

我想漢字當中也有很多字是藉由不同的部首或筆畫拼接起來的，如果把這些字拆開，可以變成不同意義的字。西方文字中也有這種遊戲，就是 anagram（易位構詞遊戲，即將一個單字的字母拆散重新組成另一個單字，

《支離疏》中使用的文字由張光賓老師揮毫，
源自散式盤的文字會隨著觀者接近、離去而
組合、散落。（圖片提供：黃心健）

235

常用於解謎）。我想漢字也可以利用這種玩法，像是環形文字或者是回文詩、藏頭詩等等，甚至時下網路文化中流行的同音成語，都是跟漢字的拆解和重構有關係，也是專屬於漢字的特殊文字遊戲。

對於漢字在藝術作品中的運用，有遇到什麼困難點嗎？或是局限？

藝術本來就是什麼素材都可以嘗試的，所以不能說有什麼困難。不過有時我覺得中國傳統文化在藝術中似乎有過度被保護的傾向，也就是說恪守傳統變成了一種局限或是枷鎖。但是藝術嘗試我想就是一種突破枷鎖的過程，不一定要局限在傳統當中，可以試著改掉一些既定的想法，就算是錯誤，做出很糟糕的作品也沒有關係，畢竟這種嘗試錯誤的過程也是創作必經的一條路，因此不要覺得那是困難。至於局限嘛，嚴格說來並不是漢字的問題，而是在西方，科技的發展比較快速，像是英文有很發達的語意網路或是同義字字典之類的工具，但是中文世界至今並沒有一部很完整的同義字字典。就拿英文的 sofa 這個單字為例，在普林斯頓大學研究的語意網（Wordnet）中，我們可以看到這個單字的上下層級關係，往上一層可能是指所有的椅子類家具；向下則是各式各樣不同 sofa 的形態，這可以構成完整的語意脈絡圖，但是在漢字的世界中目前還看不到這種整理好的完整脈絡。

現代社會常常認為研究文字的人很傳統，都

小小的中文方塊可變化出無限組合。

在研究古老的東西，但我卻覺得文字應該要跟最新最尖端的科技結合，像是語意網這類的科技，整理出來後可以看出很多東西，激發更多創作的空間，我覺得這是目前漢字所欠缺的一些東西，也是使用在藝術創作上的一種局限。

請問對於以漢字來做藝術創作，抱持樂觀還是悲

剛剛也說到很多人覺得文字是很老、很古板的東西，如果拿文字跟最新的科技結合來從事藝術創作會不會有違和感？

其實我們每天都還在使用文字，不能覺得文字就是老東西。就像我們每天都穿衣服，也一直有服裝設計師創作新的服裝。因此拿文字跟最新科技結合來創作，對我來說是天經地義的事情。每個文字工作者都在發明屬於自己的文字，賦予文字新的意義。如何用文字去描述我們對未來的想法，對我而言是很有趣的事情。

您以漢字為創作元素從 2003 年到現在也有十幾年了，在創作概念或方法上有什麼演進嗎？

一開始拿漢字做元素其實只是有趣，或是拿來連結傳統藝術。但是慢慢一次一次地使用漢字創作，形成了一種積累的過程，到現在可能都還在積累，還沒有看到突破，不過很多時候，就是要這樣的積累才會在某一天看到突破的契機。方法上的話，新的科技當然對創作手法有幫助。

觀的想法呢？以此作為創作元素的藝術家有越來越多嗎？

是有不少藝術工作者以漢字作為題材來創作，我所知道的在書法領域或是裝置藝術中都有。像是大陸的徐冰，他的新書法藝術就是個例子。不過我覺得以漢字為題材的創作還可以進一步的發展，或是像我剛剛說的跟新科技的結合，都是未來可以努力的方向。

可以請您說明一下幾個作品中漢字的意義嗎？

像《拂拭》這個作品，是用手拂過桌面來控制桌面上《金剛經》經文的出現和消逝，取的是「身是菩提樹，心如明鏡臺；時時勤拂拭，勿使惹塵埃」、「菩提本無樹，明鏡亦非臺；本來無一物，何處惹塵埃」這兩句禪宗偈語的概念。

《拂拭》，用手拂過桌面，可控制桌面上《金剛經》經文的出現和消逝。（圖片提供：黃心健）

另外像《現在》這個作品就是很簡單的翻牌作品。「現在」這兩個字不停地在翻轉，當中想要傳達的是佛經中「當下」的概念，每次牌子停頓下來都是一個剎那。

因為自己很喜歡禪宗的一些思考，所以經常以其為題材創作。不過我是將這些當作是生活哲學在看待，倒不是真的對佛家很虔誠信仰，剛好這次你們看到的幾幅作品都是以佛經做主題。

這個《支離疏》剛剛有提過，是跟張光賓老師的書法作品合作，當中的文字是散式盤，

散式盤是中國現存最古老的戰爭條約。當中我將文字重新建構成人體，而在人體上刻文字，也就是所謂的黥面，在古代是一種刑罰。但在現在社會，身體上的文字有時是一種藝術或是愛情的表現，因此有了將文字跟人體結合的發想。選用散式盤的文字是由於這個文字是戰爭條約，有一種有人的地方就有江湖的感覺。

創作時，簡體字或是繁體字對您來說有區別嗎？

事實上我對於簡體字並沒有很深的了解，單

純就外型上來說，我覺得簡體字有時候比較不具有傳統漢字的對稱性，也許可以說有一種殘缺的美吧。至於簡體字是不是比較貼近六書原則之類的，我並不太了解。

未來還有以漢字為主體的創作計畫嗎？

有在思考一些更複雜的文字建構，和把文字變成雕塑，然後用 3D技術製作的一些計畫。另外還有將漢字重新拆解成線條跟筆畫，然後運用這些線條跟筆畫創作的想法。有的想法還比較抽象，等到真的做出來再說吧！

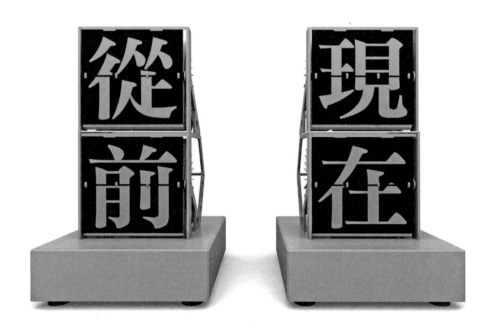

《現在》裡的字牌不停翻轉。（圖片提供：黃心健）

結語

郝明義
大塊文化董事長

經過為時一年多的策畫、採訪，我們完成了《漢字的華麗轉身》這本書。

從計畫開始的時候，我們就希望一如過去臺北市政府舉辦漢字文化節的出發點，使這本書能成為紙上的嘉年華會，讓讀者可以看到臺北在承接正體漢字文化上的現實與壓力，但也能看到我們可以在今天獨特的時空點上，讓漢字再次轉身的光榮與機會。

在實際的工作過程中，我們很感謝各方參與撰稿與協助提供資料的人，不只落實了原始的構想，更擴大也豐富了這本紙上嘉年華會的層次與面向。

經由大家的共同闡釋，我們希望讀者不只能看出漢字在歷史長河中，經歷的種種轉化與改變的波濤動盪，也能看見在眾聲喧嘩的新時代裡，如何更深刻理解、體會漢字文化的底蘊，並善用臺北在今天獨特的時空環境，為正體漢字創造出新風景。

我們希望《漢字的華麗轉身》能引起更多人共同展望這個新風景，也一起讓漢字的下次轉身更加燦爛似錦。

catch 240

漢字的華麗轉身
漢字的源流、演進與未來的生命

撰文	王明嘉、呂佳真、李宗焜、李歐梵、邱鐘義、 郝明義、張炳煌、陳柔縉、陳儒修、游國慶、 黃智陽、葉俊麟、管仁健、蔡亦竹
繪圖	阿尼默、筆頭、鄭婷之
受訪	王九思、王介盈、王蔓霖、何佳興、何思瞇、 李耀鳴、姚榮松、張介冠、張柏韋、陳慕天、 曾昭昶、黃心健、達達、顏宏霖
攝影	何經泰、周致、許育愷
	以上名單按首字筆畫排列
責任編輯	冼懿穎、張雅涵
特約編輯	邱鐘義
封面設計	林育鋒
內頁排版	林育鋒、許慈力
校對	許景理、呂佳真
出版	臺北市政府文化局 臺北市市府路一號四樓 www.culture.gov.taipei
統籌指導	鍾永豐
行政統籌	李麗珠、劉得堅、李秉真、郭佩瑜、張婷、 馬祖鈞、簡孜宸、林品臻、吳婉瑩、黃藝瑩
企畫執行 與總經銷	大塊文化出版股份有限公司 臺北市 10550 南京東路四段 25 號 11 樓 www.locuspublishing.com 讀者服務專線：0800-006689 TEL：(02)87123898　FAX：(02)87123897 郵撥帳號：18955675　戶名：大塊文化出版股份有限公司 法律顧問：董安丹、顧慕堯律師 版權所有　翻印必究

初版一刷：2018 年 8 月 25 日
初版二刷：2018 年 12 月 10 日
定價：新臺幣 480 元
ISBN：978-986-05-6486-0
GPN：1010701167

Printed in Taiwan

漢字的華麗轉身：漢字的源流、演進與未來的生命／
王明嘉、李宗焜、李歐梵 等著 ──初版・──
臺北市：臺北市政府文化局，2018.08　240 面；17*23 公分 ──
(catch；240)
ISBN 978-986-05-6486-0(平裝)

1. 漢字

802.2　　　107013196